魅丽文化 飞言情工作室

郡主微微甜

JUN ZHU
WEI WEI TIAN

第四娘 著

江苏凤凰文艺出版社
JIANGSU PHOENIX LITERATURE AND ART PUBLISHING

图书在版编目（CIP）数据

郡主微微甜 / 箫四娘著 . -- 南京 : 江苏凤凰文艺出版社，2020.5
ISBN 978-7-5594-4776-0

Ⅰ . ①郡… Ⅱ . ①箫… Ⅲ . ①言情小说 - 中国 - 当代
Ⅳ . ① I247.5

中国版本图书馆 CIP 数据核字 (2020) 第 058290 号

郡主微微甜

箫四娘 著

责任编辑 张 倩
特约编辑 郭玲玲 刘冬鸣
封面设计 熊 婉
出版发行 江苏凤凰文艺出版社
南京市中央路 165 号，邮编：210009
网 址 http://www.jswenyi.com
印 刷 湖南凌宇纸品有限公司
开 本 880mm × 1230mm 1/32
印 张 9.5
字 数 190 千字
版 次 2020 年 5 月第 1 版
印 次 2020 年 5 月第 1 次印刷
书 号 ISBN 978-7-5594-4776-0
定 价 39.80 元

目录 CONTENTS

目录 CONTENTS

序

愿君多采撷

文 / 薄皮大馅

去年春天，我和箫四娘见了一面。当时，她的上一本巨甜巨好看的书《将军恰恰甜》还在创作之中。这个长相和出生地特征完全不符的、娇小的北方姑娘，千里迢迢坐飞机来到南方，一路游山玩水，我们当时都戏称她这一趟是来“下江南”的。

这其实是我们第二次见面，上一次是在三年前，九月的南京，两次见面的心态也不大一样。

第一次见面时，我们刚认识不到半年，是那种说话不会冷场，但彼此还保留着一寸距离的朋友。而到第二次见面的这两三年里，毫不夸张地说，我们一起经历了太多的事情，见过彼此跌落低谷痛苦挣扎的时光，也搀扶着踉踉跄跄地走过荆棘密布的岔路口；分享每一次失落和惊喜的瞬间，哪怕对方不在身边，也希望她是最早知道消息的人。

明明隔着南北数千公里的距离，却丝毫不影响我们无数次聊到深夜声音哽咽泪流满面，也无数次在凌晨两点看到什么好笑的事情发给对方，一分钟之内收到对方的一串“哈哈哈”。

我是个脾气不太好的人，和很多朋友都有过争执，但是和箫四娘从没有过，并不是因为我们每一次的意见都相同，而是因为她是我见过的最会照顾朋友感受的人，她总会在我们的话题即将出现分歧之前，及时地以一种和平的方式结束它。

任何一段感情都需要双方用心地经营，而最让人觉得幸福的事，就是能感受到对方比你还要用心。

箫四娘就是这样一个人。

“用心”像是刻在她身上的一个词，为人处世用心、对待生活用心、笔下写出的每一个字更是用心。

《郡主微微甜》这本书从开始写，她就一直在和我交流，交流主角配角的人设、交流男女主角的感情线、交流让她发际线又后移一点的朝堂斗争，只为了把最精彩的故事带给看到这本书的每一个有缘人。

和上一本让人看了觉得心头都甜丝丝的《将军恰恰甜》不同，《郡主微微甜》是像四月枝头摘下的那颗红中带粉的小樱桃一样的故事，七分甜中回荡着一缕酸涩的余味。

不是每一段感情都是走一帆风顺的路线，六安侯兰襟和小郡主容潋之间，最开始拿的就是相爱相杀虐恋情深剧本，但箫四娘这种亲妈怎么舍得虐我们的小郡主，所以随着“剧本”一步步深入，真相也一步步揭晓，原来埋藏在兰襟云淡风轻外表下的，是宛如一颗燎原火种的深情。

兰襟是个“苏”到让我和箫四娘时常抱头痛哭“为什么侯爷不属于我”的男主，而容潋也美好到足以配得上他的深情，纷纷扰扰的喧嚣尘世中，他们是独属于对方、划破黑夜的那束光。

箫四娘这本满怀诚意的书，送到你们手里的时候，应该又是一年春天了。

春天是一年四季中我觉得最具有浪漫情怀的季节。王维在诗里写道：“红豆生南国，春来发几枝。愿君多采撷，此物最相思。”

那借他的诗，我也想对大家说一句：“愿君多采撷，《郡主》赠相思。”

楔子

大越明德二十一年夏，掌天机司的六安侯兰襟被朝廷宣布纵容手下严刑拷打敷衍应罪，麻木不仁构陷朝臣，嚣张跋扈不顾百姓死活等十条大罪。

朝臣们纷纷上奏，求玄武帝秉公办理，杀兰襟，以安天下民心。

朝堂上下上一次如此团结一致，还是在安王提议将群臣俸禄调高之时，由此可见兰襟有多不招人待见。

说不招人待见都是轻的，只因他所掌的天机司直属皇帝统辖，专管刺探朝臣们的情报，兰襟又有实打实的战功，整个长安城没几个人不看他脸色行事，说他是凌驾于众臣之上并不为过。

这几年天机司做大，兰襟行事越发狠厉，多少人恨得牙痒痒，怕得浑身战栗，终于等到他倒霉的这一日，众人不落井下石怎么对得起开眼的老天爷。

这一个月来，奏折如雪片般纷纷扬扬地往御书房送，却被玄武帝尽数压在龙案上，迟迟没有御批。

兰襟则被禁足在府，他没有受到任何干扰，仿佛被参的人不是他。这些日子从六安侯府门前经过的人，还能听得到从里面传出的丝竹声。

六月二十，玄武帝的旨意终于下达。

以兰襟一条战功消掉一条罪责，以功抵过，废黜侯爵，将其贬到慎远坊圈禁。天机司就此解散，其下所有官员被驱逐出长安城。仍有朝臣对此结果不满，继续上奏，皆被玄武帝一一驳斥。

至此，长安城的这一场风浪才算彻底平息下来。

慎远坊在城郊三十里外的山林中，专门用来关押犯错的皇亲国戚、朝中重臣。曾经天机司与慎远坊并称为长安两大修罗地狱，如今掌天机司的阎罗要去慎远坊做小鬼，也是令许多人唏嘘不已，过后仔细想想能笑出声的事情。

为了显示皇帝对此事的重视，查抄六安侯府的是新上任的户部尚书苏唯安。他在率人前往六安侯府的路上，无比悔恨这两年政绩太过突出，才在六安侯倒霉时成了出头鸟。

而且不到半年，这已经是他第二次率人抄家了。上一次抄的，是显赫一时的庆安王府。

户部的人马来来往往，穿梭侯府。兰襟在旨意下达当日被宣进了宫，他愿意认罪，但只有一个要求，要亲眼看着侯府被抄。

是以，此时此刻，他就立在院子最中央，穿着一身象牙白的锦袍，一头墨发随意披散着，像是昨夜刚刚饮酒取乐过的风流公子。只是他那双狭长的凤眸沁出点点寒意，冰冷又深邃，搬东西的户部人对上他那双眼，脊背发麻，差一点儿就把东西摔出去。

兰襟轻轻柔柔地开口道：“可小心点儿，查抄的东西是要写上清单供陛下御览的，砸了这一件，把你这条烂命搭上都赔不起。”

“是，是……”

苏唯安站在距他十步开外的地方，不知为何忽然想到查抄庆安王府的那一日。那日也是和今天差不多的一个艳阳天，王府的当家人庆安郡主容潋双臂环胸倚在墙边，全程淡淡地笑着看户部人往来。

容潋生得貌美，说是“倾城”都不为过，只是被那样的美人盯着，苏唯安不觉得心波潋滟，只觉得一阵阵阴风往身上刮。

这两个人哪有一丁点儿自己倒大霉，被抄家的感觉？而且他记得，容溆也被贬去了慎远坊，这两个妖孽要是碰到一起……

苏唯安正走着神呢，兰襟似是想到了什么，转身提步朝他走来。苏唯安一怔，下意识就想跑，又怕在下属面前丢脸，只能硬挺挺地立着，面上挂起一抹笑，唤道："侯，侯爷……"

兰襟温和地道："我如今已经不是侯爷了。"

苏唯安干噎了一回，抖着唇道："兰、兰襟。"

兰襟面上的温和顿时又转为阴恻恻，说："你胆子还挺大的。"

苏唯安怯懦地低下头，不敢接话。

兰襟盯着他片刻，忽而亲密地搂住他脖子，苏唯安一个腿软，差点儿跪在地上，被兰襟良善地托住，说道："苏大人已经是一品大员，怎么还这么不长进。"他摇了摇头，又道："苏大人，我们打个商量。"

"兰……兰公子吩咐就是。"

"查抄的这些东西不要让人随便动，我最烦别人碰我的东西。"

抄家的东西都要入库，日后或变卖或呈上，兰襟如此说实在是不合规矩。可苏唯安也从这话里听出了玄机：兰襟此去，并非无归路。

如果他答应，可能以后兰襟会对他手软；他若不答应，兰襟可能会想办法逼他答应。一品大员，户部尚书，大越股肱大臣苏大人，想哭。

"对了，庆安王府查抄的东西呢？"

苏唯安深吸了一口气，道："陛下已经御览，吩咐下面变卖为银钱入国库。"

兰襟几不可闻地叹了口气，说道："也罢，旁人给她的，我也不想让她留。"他转身信步走远，阳光穿过槐树细密的叶子，短暂地在他身上镀了一片耀眼金光。

苏唯安摸了摸脖子，喃喃低语："从前也没听说过兰襟与庆安王府有什么往来，真是奇怪……"

不过在兰襟身上，再怎么奇怪的事情也不奇怪。

谁知道他又安的什么害人心。

第一章 我们两清

进了八月，万青山的枫叶红了第一片。

每年的这个时节，慎远坊的人都要到山上折最新鲜的枫树枝，着人快马加鞭送到长安城，供皇亲贵胄、官宦子弟们赏玩。这也是慎远坊一年中最清闲的时候，众人在枫林间干活，尽量磨蹭，以得一点儿闲暇，毕竟这儿的每一天都那么难熬。

“要是从前知道如今我要做这种事情，一定不去抢着看运到城中的枫树枝了，那句话怎么说来着，叫苍天饶过谁……”最粗大的那棵枫树干上半趴着个姑娘，不像旁人那样干活时把头发拢起，而是披散在身后，将窈窕身段尽数掩住，反倒更惹人眼。

树下的方云梦紧张地抠着手，担忧地喊着：“容溆，你小心一些，要不还是下来换个人上去吧！”

容溆一脚稳稳地踩上一截树枝，松了口气，扭过头粲然一笑。她脸上没有施半点儿脂粉，可天生媚眼如丝，不画也勾人，这么笑起来仿佛是在这山林间出没的妖魅。

“没事的，从前在家中别说爬棵树，就算爬阁楼顶都难不倒我的。”容溆给了方云梦一个安心的眼神，咬着牙继续往上爬。

枫树都矮，身下这棵已经是林子里最高的了，攀上高处几乎可以俯瞰到所有人。容潋四下扫了一圈，林子外围每隔十来步就有一个士兵把守，慎远坊的人三五成群凑在一起，剪树枝、拾树枝，装进大大的背篓里。

这里和慎远坊没什么差别，就像是个露天的监牢一样。

容潋淡然一声，拿起绑在腰间的大剪子，挑着还没红透的枫树枝下手，树枝簌簌落了一地，方云梦一枝接着一枝地捡起，小心地收好。

手举的时间长了，腕子有些酸疼，容潋将大剪子搁在树杈上，用左手揉了揉右手的手腕。

“人怎么没来，不会是死了吧？”正午的太阳明晃晃地照得她犯困，她打了个哈欠，人懒洋洋地往树上一躺，一头长发垂了下来。但听“咣当”一声，大剪子被她晃落在地，树下草窝里猛然蹿出只雪白的兔子，惊慌地往东南方向跳，几下就没了踪影。

那边望过去就是个断崖，也没什么人把守，如今看来后面应该是有出路。

“树枝已经剪得够多了，我们回去吧！”方云梦艰难地背起一个背篓，仰着小脸看着她。

容潋扶着树干从上面一跃而下，从她的背篓里抓了一大把树枝放进自己那堆里，背起来和她一起去找监工交差。

“呀，我忘了掉下去的剪子了！这位大人，我回去拿一下，立刻便回来。”

慎远坊的人陆陆续续地往外走，林子里这时没多少人了，容潋捡起剪子用力往东南方向抛出去，片刻后听到一声落地声。

果然，下面有路。

她轻轻地扯开嘴角，挪着脚步过去，不妨一声低喝在身后响起：“你鬼鬼祟祟的，在做什么？”

容潋蹙了蹙眉，转身时面上已经挂着笑：“方才有一只兔子蹿过去，我想用剪子抓住它来着。这位大哥也知道慎远坊日子苦，我已经有一月未曾吃过肉，饿得头晕。”

那守卫黑着脸仔细盯着她，似是在确认这话的真假。

容溆眼底委委屈屈地含着泪，染得一双瞳仁看起来可怜兮兮的。守卫已在动摇。前方不远处突然传来一阵骚动，把守的守卫都涌了过去，他一把抓过她肩膀往那边一推，喝道：“一起过去！”

那厢，守卫与慎远坊的人松散地围着，容溆一进人群一眼就看见了兰襟。

他静静地立着，鞭子的一端被他抓在手里，另一端在如今慎远坊的副掌司陈仲年那里。

陈仲年额角青筋暴起，怒气勃发：“好你个兰襟，你以为这里还是你的天机司，还是你的六安侯府？这是慎远坊。你可是这儿的罪人，这儿的奴隶，今日慎远坊所有人到枫叶林做工，你迟迟不来，本官依慎远坊的规矩略施薄惩，你居然敢反抗，简直目无法纪！”

容溆轻笑出了声，女声柔柔漾漾直往人心里钻。

陈仲年一听这声音更气了，咬着牙循声瞪过来：“你笑什么？”

“我笑陈大人耿直纯真，陈大人刚来不久可能有所不知，若是目有法纪，我们怎么会到这儿来呀？”

兰襟眉眼敛下，缓了缓眼中的异动，手突然间松开。陈仲年没防备，一下子往后栽去，摔了个结结实实。

四下响起闷笑声，陈仲年气急，抓起鞭子回手就往容溆那儿抽。容溆只听得“啪”的一声，那鞭子却没落到身上，兰襟闪身到她前头，直直地以掌心接了那么一下。

他眉眼淡淡的，这一次，手直接用力一拉，伸脚踹到陈仲年的胸口，夺过鞭子照着他的脸狠抽了过去，山林间顿时响起杀猪般的痛苦的号声。

侍卫们面面相觑，都听说过六安侯兰襟的狠戾，此刻谁也不敢上前。

兰襟脚踩上陈仲年的胸口，弃了鞭子，道：“我若是没记错，明德十六年，陈仲年陈大人上我侯府来想谋个差事。那时陈大人可不是这副正气凛然的模样，若不是我实在年轻，八成认我做爹了。昨日没有人告诉过我今天要到万青山来，陈大人这么眼巴巴地想挟私报复，也得看自己有没有那个本事。”

自兰襟到慎远坊来，他一直是安安静静的，像是要在这里安然地养老。今日这一闹，才让众人知晓他到底是谁。

他是光凭名字就可以震慑半座长安城的六安侯兰襟。

兰襟放开陈仲年，转回身，诸人自动退到一旁。容溆眼睛一直盯着他的手，瞧见手心有血珠往外冒，方才那一下怕是伤得不轻。

她抬眼，目光撞进他一双深若寒潭的眸子里。她嘴角扬起一抹笑，一副没心没肺的样子，背上还背着一篓枫树枝，红叶盛放在她耳畔，显得天真又妖冶。

兰襟暴打了副掌司陈仲年的事情很快传开，慎远坊里之前还没出过这样的事情。正掌司王遂之刚从长安城回来就听得了此事，顿时一个头两个大。

兰襟是个什么人，王遂之还是心里有数的，找遍长安城都找不出比这位更难搞的人。自从兰襟来到此地，他一直特别留意，不承想，兰襟像是来这儿修仙礼佛的，每日除了干活就是打坐，连话都很少和人说。

他感动得给庙里捐了不少香油钱，没想到只是出去一趟回来，兰襟就闹翻天了。经过反复衡量，王遂之决定罚兰襟两日不许进食。

夜到浓深时，慎远坊的一日才结束，这里虽苦，夜里倒还是一个人一间小屋子，单独居住。容溆打水洗了脸，将帕子浸在凉水里泡着，褪下上衣。

她从前也是尊贵的庆安郡主，皮肤又细又白，仿若凝脂，白日因背背篓时间长，两肩都勒出了青紫的痕迹。

她轻嘶了一声，捞出帕子往瘀痕上覆，凉意逼得她身上汗毛倒竖，倒也缓解了那股火辣辣的疼。没有药膏，她就只能用这种方法了。

“谁？”

一声轻微的声响灌入她的耳中，容溆扯过外衣将自己裹住，快步走到门口。

月亮大如盘，遥遥地挂在天边，照得院中纤尘毕现，并没有什么人。容潋皱着眉回房间，方才空空的案几上摆着一个描银的小盒，里面竟是化瘀除疤的药膏。

她生得美，从小到大也没少有公子明里暗里送她东西，那时候千金都难换她笑颜，此刻这一盒药膏算是对了她的心。

不知道是谁居然有这个本事，在慎远坊也能弄来药。

容潋看了半晌，原封不动地将药收起来，躺床上睡了。

翌日晨起吃饭时，饭桌上少了两个人，一个是被罚的兰襟，另一个是一早就没见到人影的左擎。

门口有人把守，桌上没人多说话，等饭毕将各自碗筷收拾起来时，霍准见左右没人注意才道："万青山枫树林东南边的那个断崖，其实是被故意挖断的，下面还有路，每日都有守卫把守。左擎就是发现了那条路，昨夜想逃跑被抓个正着，连夜秘密带回了长安城，肯定是回不来了。也不知道是谁想的这个主意，真是阴损要命得很，我掐指一算，这个人一定不会有好下场的。"

霍准从前是南疆的城主，南疆城周边是各个小国，他仗着天高皇帝远，倒卖各种消息，搅得边境小国动荡不安。虽然玄武帝有了派兵收复的借口，却也不能当不知道，便把霍准扔到了慎远坊。

论对消息的敏锐程度，霍准排第二，这里没人敢称第一。

"你们几个围在那儿做什么？还不去干活！"

守卫一喊，众人立即散开，容潋后知后觉地发现，自己竟是无意中逃过一劫。

慎远坊中虽规矩众多，但大多数可以变通，只有私自逃跑罪名最大，一旦被逮到就会立刻处死，没有任何转圜的余地。

若不是昨日出了兰襟那档子事，可能被带回长安服刑的就是她容潋了。

她突然记起来，当初是天机司奉命重新整修慎远坊和万青山，霍准口中“阴损要命得很”的人，好像就是兰襟。

兰襟是知道断崖一事的，就是不知道他昨日打陈仲年是碰巧还是故意的。

容瀲走到院中与众人集合，今日依旧是去万青山。兰襟也从屋中出来，缓缓地站到了她的身侧。

他身上带了丝寒意，风扬起他鬓边的一缕头发，蹭到了她的指尖。

容瀲余光往他垂在身侧的右手看去，恰好兰襟抬手整了整衣领，掌心那道翻卷着的伤口触目惊心。

她暗自松了口气，伤得很重，那她就放心了。

昨日剪枫树枝时兰襟没去，这活儿不能一个人干，可经过昨天那事，不知道谁有那个胆子敢跟兰襟一起。监工正愁着呢，容瀲自告奋勇站出来道：“昨日兰公子因帮我挨了打，手受伤不能干重活，那不如今日你就跟我们一组，在下面捡树枝就好，剪下来多少我们三个平分。我不想亏欠人的，这样我们就两清了。”

监工眼睛一亮，立时定下来：“就照你说的办。”

容瀲笑吟吟地瞧着兰襟，转身快步地奔到枫树下。

兰襟眯起眼看她的背影，视线从随风扬起的墨发，一路滑到她不堪一握的细软腰肢，眸底蹿起了火，低声喃喃道：“我们两清……”

想得可真美。

方云梦抱着背篓，站在兰襟身边，涨红了一张脸，怯生生地道：“兰……兰公子往后站一些，不然一会儿剪下树枝会碰到公子的……”

兰襟的注意力仍在树上的女人身上，缓了一会儿才转过头，冷漠地问：“你说什么？”

方云梦的手不自觉地抠着背篓的竹条，在他淡淡的目光里连句完整话都说不出来。兰襟视线移开，有几枝带着叶子的树枝从头顶落下，堪堪擦过他英挺的鼻，落在他脚边。

容瀲眼睛睁大，“哎呀”了一声，道：“兰公子站那么近做什么，快往后站站，等我剪得差不多够数了你再来捡。”

那语气还有些嫌弃，兰襟却听话地后退了几步。容瀲笑了笑，手够着高一点儿的一截树枝一使力，脚跟着荡过去踏上一个树杈，却不想那树杈不甚牢固，她一脚踩断，脚底一空，整个人随即往下掉。

“啊——”

兰襟垂在身侧的手指微屈了下，人一动没动。

容溦腰背着地，因这两日枫树受了摧残，地上铺了一层树叶，倒是没摔得怎么样，就是刚剪下来的树枝刮了她几下，感到一阵火辣辣的疼。

“容溦，你没事儿吧？”方云梦吓坏了，跑过去搀起她。容溦一摸后腰，血透出衣衫来，抹了一手红。

她心有不甘，咬着下唇委屈地看着兰襟，道：“兰公子功夫那么好，怎么不救救我呢？”

兰襟抬起右手，道：“我手受伤了，连重一点儿的活都干不了。”

容溦皱皱眉，兰襟这是把她之前的话还回来了。

兰襟的凤眸看了看她的位置，再挪到自己脚下，叹了口气，道：“若说我方才站的位置还能搭一把手，现在这里确实是远了些。”

容溦的银牙咬了咬，低头用手擦了擦眼角，可怜得不行。刚刚还是她嘱咐他站远点儿的，怨不得别人。

方云梦小声说：“要不要去和监工说一声，今日先回去……”

容溦摇头，受这点儿伤就想不干活，哪有那么容易的事情。疼就算了，可一想到受了疼还白忙活，她心里就不痛快。容溦转身又要往上爬，这时兰襟倒是开了口：“你还上去，是想再摔下来一次？”

他说得云淡风轻，可偏偏不着痕迹能把人气吐血，背对着他的容溦咬牙切齿，一转身一脸无辜状，绞着手指虚心请教：“可云梦爬不上树，兰公子你又是个‘身负重伤’的人，我若是不上去，咱们今日可怎么完成任务呢？”

她话里的某两个字惹得他勾了勾嘴角，伸手招呼她们两个站到远处。他卸下大剪子中间的锁扣，一柄剪子变作两把小刀，他左手执起一把，腕部用力往高处一甩，横着削下几截树枝。

兰襟转头，看向容溦，问：“如何？”

容溆惊喜地拍着手，诚心诚意地赞道："精彩！"

亏了兰襟的飞刀，三人一组在日落之前就完成了任务，那棵枫树光秃秃的，被削得一截树杈也没剩下，可怜地杵在冷风里。

容溆腰上的伤口黏在中衣上，回去后她趴伏在榻上，方云梦眼眶红着，手都在发抖。

"没事儿的，你用力往下一扯，这么慢腾腾的反而疼得厉害。"

方云梦深吸一口气，狠下心将她的中衣往下拽，容溆疼得呻吟一声，将下唇都咬破了。

腰间横着几道刮伤，倒是不深，只是容溆那身肌肤嫩得出奇，雪白的颜色衬得伤口过于狰狞。方云梦打来水给她清洗伤口，容溆双手叠在脸下舒服地躺着。

这慎远坊中有的确实是犯过大错的人，但有一部分是受株连之罪被关在这儿的，方云梦便是其中之一。

方云梦是六王爷的妻妹，去年六王爷犯上作乱，领兵闯长安被抓，混乱中被万箭射杀，消息传到王府，王妃上吊殉葬，上下一干人等亲近者皆被流放，或变卖为奴。

王妃母家在雁城，是当地极有名望的世家，谋逆罪株连甚广，方家也逃脱不开，方云梦年纪尚轻，又是女儿身，陛下便网开一面将她关到了慎远坊。

她天生胆子小，又被保护得极好，何曾见过像慎远坊这样的地方，刚来的时候被人欺负，日夜都在哭。容溆到来后为她出了次头，打那之后，方云梦便只肯跟她亲近。

"云梦，你可知你兄长被关在哪儿？"

方云梦上面还有两个哥哥，曾经也是雁城出了名的青年才俊。

"我不知道……"

"你想他们吗？"

方云梦点点头，泪珠在眼里打转。

容溆长长地叹了口气，不无羡慕地说："多好，这世上还有你惦记的人，还有你的亲人在……”她轻笑一声，侧身拍了拍方云梦的后背，道：“好了，快去睡吧，明日还要早起。”

她实在有些累，趴着这么一会儿就有些犯困，昏昏沉沉间似是看见一双眼，轮廓模糊，只有那瞳仁晶亮，像是琉璃珠子。她脊背有些发凉，一个激灵醒转，翻个身侧躺着，手触到床边一个凉凉的东西。

还是个描银的小盒子，这次里面是治伤的金疮药。

容溦盘腿坐起来，小小的一间屋子一览无余，没有能藏人的地方。

“我明日要是断条腿，是不是还要送碗猪骨汤过来？这人是看上我的倾城之貌了，还是看中我的纯真无瑕了？”她端详着金疮药良久，依旧没动，将其跟昨夜的化瘀药放在了一起。

秋月无边，凉风却无信，没把她想得到的吹到她身边。

兰襟被罚饿了两日之后再出现在饭桌上，众人很明显地感觉到今日的伙食格外好，平日早饭都是馒头就白粥，今日是肉粥水晶包，还有一大碗炸酥肉。这些曾经吃遍山珍海味的人，为了抢最后一块酥肉差点儿打起来。

昨夜无星无月，阴云密布，刚吃上饭，窗外便下起瓢泼大雨，直到雨停之前都注定干不了活，众人都在祈祷，这场雨最好下他十天半个月。

吃过饭，众人散开，正要各自回房间，门口晃进来一道身影，赫然是几日没出现的陈仲年。

兰襟那一鞭子下了狠手，陈仲年左脸上留着一道长长的伤口，本来长得还算能看，如今倒像个恶鬼了。

容溦一瞧见他，就觉得他要作妖。果然，下一刻陈仲年便道：“之前酿的桃花酒还在外面，你们几个过去搬回来，这可是要送进太子府的，坏了一点儿就拿你们是问！”

他手指点了几个人，其中正有兰襟。

兰襟两日没进水米，刚吃了口东西就要去搬重物，而且他的手伤未愈，明眼人一看便知陈仲年是冲他来的。

上一回，陈仲年挟私报复被兰襟打了一顿，这一次诸人默默地后退一步，怕被误伤到。兰襟却没什么反应，径自拿起门外备好的斗笠走入雨中。

雨帘之下，他身上淡色的麻布衣衫透出几分青色，瞬间湿透裹在身上。

容潋抱臂靠在门边，越发觉得这个人和迷雾一样看不透。

他情绪不定，喜怒无常，她以为在枫叶林他救自己一次，那她从树上掉落，也会救她第二次，但他没有。陈仲年伤他一次，他还回去，第二次也该如此，可他又没有。

"唉……"容潋长长一叹，荒腔走板道，"十月的天，兰襟的脸，都是说变就变的。"

老天爷似是听到了慎远坊众人的虔诚祈求，这雨下了整整一日还没有停下来的意思。晚饭时，兰襟他们几个还没有回来，容潋回屋中躺在狭窄的床上，许久之后院子里才响起陆陆续续的脚步声，伴随着霍准那闲不住的说话声。

等到声音渐渐地掩于雨声中，她才起身。

兰襟住的房间在最北边，门前面有棵老槐树，白日挡去大半的光，夜里阴冷得厉害。

进了门，他将湿透的衣裳脱下晾在一边，将身上水珠擦干换了件干净袍子，右手掌心的伤口泡了一天的水已经溃烂，边缘泛白，他扯下一条干净的布随意绑上，忽听外面响起敲门声。

兰襟转头，微弱的烛火将那人的身姿映在糊门的明纸上，他眸底漾出笑意。一开门，那人"嗖"的一下钻了进来，忙道："快关上门，这要是让陈仲年逮到，又要不得消停了。"

他依言关上门，眉头一挑，问道："郡主这么晚到这里来，有何指教？"

来到慎远坊大半年，这是第一次有人这么称呼她。容潋只觉得这两个字有些刺耳，搅起无尽的苦涩，不知兰襟是故意的，还是随口一说。

不过不管是什么，都不重要。

之前容潋的下唇被她咬到皮，留了个小小的伤口，现下抿着那道红格外明显，兰襟的视线在上面凝了片刻后移开，落到她的掌心，上面放着两个小盒。

“这个是金疮药，专治外伤。这个是伤口愈合后用来消瘀除疤的。你也知道慎远坊是不让私自买东西的，这可是我费了好大的劲儿才得来的药。”她说着凑近，垂眸看他右手掌心绑着的布条，声音低低哑哑的，“我这个人不喜欢欠别人的，本来我想着剪枫树枝多干些活来还你之前替我挨了一鞭子的这份人情，没想到最后还是兰公子出力最多。那这个药，就当我还你的好了。”

她睫毛又卷又翘，在眼底笼上一片淡紫色的阴影，如扑棱着翅膀的蝴蝶，一直能飞进人心底。

兰襟忽然俯身，她呼吸陡然一滞，他的左臂却只是越过她拿起案头的小盒，复又起身打开盖子，问：“这里面的药膏还没人用过，郡主身上有伤，怎么不用？”

容潋轻咳一声回过神，一脸真诚地道：“还不是想把最好的先给兰公子，这才能显示我还人情并非敷衍了事。我自己这点儿伤算什么，兰公子早些把手伤治好才最要紧。”

兰襟嘴角挂起意味不明的笑，淡淡地道：“这里面不会是有毒吧？”他目光锐利，容潋却镇定得很，说道：“兰公子这样说可真叫我伤心。”

“郡主也知我从前是掌天机司的，天机司里一干吃的用的都要由小厮先行试过才能给我用，习惯罢了。”

容潋看向那盒药，反应过来了，问道：“你是想让我为你先试过你才肯用？”

“郡主误会我的意思了，我只是习惯如此，并不敢让郡主替我试药。”

容潋话已经撂下，要是不试药他就不用，那她所谓的真诚就跟着扔进风里了。可她伤得不是地方，思量过了几个来回，她才深吸一口气，将衣襟往外扯了扯，露出白皙如玉的肌肤，和左肩膀一点儿瘀红痕迹，挖着药膏涂上去。

“还有这金疮药——”

容瀲面上一热，道：“我那伤口在后腰……”

兰襟“哦”了一声，说：“然后呢？”

然后？他怎么还能问出“然后”？

容瀲抿紧嘴巴，太过用力使得下唇又疼又麻，她这才想起伤口不只是腰上有，忙用手指挖了一点儿金疮药膏涂到下唇那里，红唇泛着淡淡水光，一张一合地道：“如此兰公子可放心了。”

那地方像是诱人的水晶糕，兰襟盯着她的唇，逼近一步，正要说什么，忽然听得外面传来嘈杂的声音，像是查房的。

容瀲眼珠一转，如来时那样“嗖”的一下就开门跑了出去，这阴暗的屋子里只剩下烛火与他相对。

兰襟取来金疮药，解开布条，缓缓地抹到掌心，放到鼻尖轻嗅。

一股清凉的药味，不知道和她唇上的，是不是一样的味道。

慎远坊这一趟往东宫去的是副掌司陈仲年，侍卫押了一车桃花酒，回来的时候带了不少赏赐，以嘉奖慎远坊上下官员们的勤勉认真。

“勤勉认真，不就是看犯人看得好？”霍准摸着下巴轻声道，“照往常，到长安城去的都是正使王大人，还是头一遭有副使过去的，且顶着那么一道长疤也要去招摇过市，这陈大人的心理素质真是无人可及啊。”

容瀲笑吟吟地瞥他一眼：“这要是被陈大人听见了，还不割了你的舌头？毕竟人家已经努力在扮演一个正直好官员，被你说得像是个奸诈小人一样。”

霍准闭紧嘴巴，拿着锄头去山上挖参了。提起陈仲年，容瀲就想到兰襟，往四下扫了一眼，好像又没看见他的身影。

正张望着，她肩膀猛地挨了一下，吓了她一跳。

“陈大人有要事，叫你回去。”

容瀲听了扔下铲子，虽心下起疑，却也只能跟着守卫过去。

陈仲年在慎远坊单独有一个小院，她一进屋守卫就退了出去。屋中佳肴摆了一桌子，还有两坛上好的女儿红，倒一杯出来，满屋子都是酒香。

容瀓笑眼眯起来，问："不知道陈大人找我来有何事？"

陈仲年似是已经喝了一会儿，酒气上了脸，衬得那道疤更红，随着他说话，像条丑恶的虫子一样动着。

"我去长安城，人人都盯着我这张脸看，那眼睛里都是厌恶，就和我从前一无所有时所有人对我的态度一样。我是个男人，我也不怕丑了些，可你就不一样了。"他咧开嘴笑着，突然起身踉跄着扑了过来，拖着容瀓的手将她一把按到墙上。

那酒气拂面，恶心得容瀓胃里翻滚。她蹙着柳眉，厉声喝道："你放开我！"

"我发现你们这些人还真是好笑，总认不清现实，既然已经落到这步田地就要认命，怎么还这么高高在上的？"陈仲年腾出一只手来抽出一把匕首，刀鞘戳在容瀓娇嫩的脸颊上，"不过是仗着有这张脸，兰襟才会为了你把我弄成这副鬼样子，对他我日后新仇旧恨一起算，今天就先清清我们的账好了。"

他那一张脸被酒意与愤恨扭曲，容瀓嫌恶地别开脸，冷笑一声，道："我记性没有六安侯好，还是经他那日在枫树林提醒，我才记起明德十六年陈大人不仅去侯府跟前讨差事，还到了我庆安王府。我这人心善，府中没什么空缺，还打发了你一些碎银子。陈大人，做人怎么能不感恩呢？"

"你——"陈仲年被戳中昔年隐痛，捏着匕首的手颤抖着，酒意渐渐上头，站都站不稳。

容瀓看准时机一脚踹上陈仲年小腿，踹得他往地上歪倒，她顺势跳到他身后，再一脚踹得他向前，脑袋撞到墙上，直接撞到昏厥。

陈仲年以为她只是个养尊处优的娇滴滴的郡主，还真是小看了她。

容瀓坐在一旁喘着气，看着地上的陈仲年有些发愁。他醒来之后一定不会放过她，可若是杀了他，她还实在不敢下手。她蹙眉沉思，视线里映入白麻布的衣摆，一抬脸，正撞上兰襟俯视下来的眼，眸底寒意蔓延，看得人发怵。

“你怎么在这儿？”还有，他是怎么进来的？她怎么半分没察觉，这人走路都没声音的吗？

兰襟指着陈仲年，道：“是他派人叫我来的。”

“看来陈大人想趁着今日酒意壮胆，把和他有仇之人一一解决。”

容潋一见他来了，就没什么可愁的了，身体放松，软软地靠在有些凉的墙壁上，笑着道：“这陈大人去了趟东宫，胆子也跟着大了不少，到底是东宫的风水好。我依稀记得，侯爷从前跟太子爷亲厚得很，怎么是陈仲年能比的？”

她是个逮到机会就忍不住将从前受的还回去的人，之前兰襟那一声“郡主”戳了她的心，此刻她又笑吟吟地喊他一声“侯爷”。

兰襟淡淡地瞥她一眼，提步转身就走。

“哎哎，你去何处？”

“自然是去找院外的守卫，寻大夫来救被郡主打晕的陈大人。”

容潋神情一紧，连忙跑过去伸开双臂拦在他前头，扬着下巴道：“你要是走，那我就和守卫说你是我的同伙，慎远坊里宁可错杀也不会放过，你怎么也说不清。”

兰襟好整以暇地看着她，笑了笑说：“郡主可知道，上一个威胁我的人是个什么下场？”他拨开她，手按在门上，声音透着三分冷道：“你大可以去试试看。”

容潋杏眸一动，回过味来，葱白的手指扯住他的胳膊，像只小猫一样把尖尖的小爪子收好，摆出个乖顺至极的样子说道：“我方才只是手足无措太害怕了，一时失言……兰公子，我方才下狠手，也是因为想起之前你挨了他那一下……你我也算是旧识，你就不能看在我费了心思送药治你的伤，帮我这一次吗？再说，陈仲年倒霉了，难道兰公子不开心？

一提起药，兰襟额角青筋跳了一下。他竭力绷紧下颌，转过头，道：“可你说，我用了药咱们就两清了的。”

容潋眼尾垂下，委屈又可怜，说：“那这次就当我欠你的。”

兰襟满意了，折身走到桌案旁，手抚着酒坛，突然问：“你可知道慎远坊的粮食货物都放在哪儿？”

容潋恍然大悟，不禁庆幸自己这些日子并没有白白浪费。同兰襟这种人比，她的段数还是低了些。

院外守卫刘书寸步不离，之前陈大人说无论里面有什么声音都不用他管，他恪守职责，就算听见里面男男女女的惊呼声，瓷器“噼里啪啦”的碎裂声，心里好奇得厉害，身体仍是一动不动。

长安城美人众多，庆安郡主容潋的样貌是拔尖的，放在这荒山野岭更是独一份。私下里，侍卫们聚在一起提起容潋也都是心神摇荡，但也只是嘴上说说，谁也不敢妄动，这陈大人倒是有胆量。

只不过他又叫了兰襟进去……刘书的一张脸皱了起来，实在是不敢再细想。

过了会儿有脚步声传来，院门被打开，容潋手捂着脸呜咽一声就往外跑，像是受了极大的委屈。跟在她身后的兰襟脸色略显苍白，脚下虚浮，扶了一把守卫才站稳。

“多谢你。”

“不、不必……”刘书惊得舌头都在打结。兰襟淡漠地“嗯”了一声，徐徐走远。

从小老实巴交的刘书此刻脑子里乱成一锅粥，呆愣了良久才闻到一股烧焦的味道，他转头一看，院中半空浓烟滚滚。副掌司除了日常管理慎远坊的一干犯人，还负责亲自看管坊中的粮食，以及各种货物、上头的赏赐，而这库房就在后院。

刘书暗道一声不好，立时冲了过去，起火的果然是库房。他一撞开门，就闻到一股浓重的酒气，陈仲年醉得人事不省地瘫在地上，旁边还扔着空空的酒坛。

“陈大人！陈大人！”刘书焦急地喊了几声，见陈仲年没反应，只得拖着他到院里去喊人灭火。

今日慎远坊中所有的犯人都到万青山挖参去了，守卫们也去了一大半，留下的还被陈仲年赶得远远的。刘书一边跑一边喊“走水了”，跑了大半个慎远坊才碰到人，这么一来一回，时间浪费太多，等火被扑灭，里面的东西也被烧成灰了。

万青山的山脚，落日的余晖，远处被浓烟晕黑的天，几重色彩糅杂在一起，倒是和谐得很。

容溦砸碎屋里的碗碟之前留了一个酒壶，装了一壶陈仲年的酒带了出来，此刻她坐在地上晃着脚，怡然自得地喝了一口，摇了摇头道：“这酒还不如从前王府里的一半好，倒也勉强能入口，来庆祝陈仲年即将滚回长安城。”

醉酒闹事、意图不轨、烧毁御赐之物、断了慎远坊的口粮……这桩桩件件下来，陈仲年就算不死也要被流放，即使是太子也保不了他。

兰襟这招，可真是阴毒又解气。容溦屈着膝，抬手摇了摇酒壶，眼中沁出笑意，问：“兰公子不来一起庆祝吗？”

她半边脸映在夕阳红光之下，再这么狡黠一笑，实在像从山林里跑出来的红狐狸。兰襟接过酒壶，却没喝，拿在手里，似笑非笑地望着她。

既然他肯出手，不管是出于什么原因，那他们以后都是同一条船上的人，她这么费尽心思地想和他有瓜葛，努力了这么久才看到些回报。但如今他这不置可否的样子，倒是让容溦有些心虚。

“兰公子可是嫌弃这酒是被我喝过的？”

“如果不是被你喝过，我连这酒壶都不想拿。”他似笑非笑地说了这么一句，蹲在她身侧。那股天生迫人的气度和着酒香扑向她，隐隐地让她有些不安。

离得近了，她才发现他有一双极好看的眼，仔细看人时眼眸明亮。他薄唇轻启，声音响在她耳畔，撩拨着她的神思。

“郡主光凭一杯酒就想收买我？”

那下了肚的酒仿佛开始起劲儿，不然她怎么会觉得脸热热的？

“若是因为一个陈仲年就少了个你，这以后的日子岂不是太无趣？”他见她眉间微皱，轻笑一声又道，“庆安郡主，如今的你有什么值得我贪图，又有什么能拿来收买我？”

是了，如今她一无所有。容溦咬着牙别开脸，心里痛得快要喘不过气来。

他的手指凉凉地抵着她额头，向下抚了抚她越发紧皱的眉头，说道：“其实，你还是有的。”

容溦不解：“我还有什么？”

兰襟收回手站了起来，一本正经地道：“自己想。”

容溦看他走远的背影，浑身疲惫得像是打过一场硬仗。

只不过她兴冲冲地率兵出征，结果连敌方大营驻扎在哪儿都不知道，一片茫然。

第二章 值得贪图

“潋儿，要你写的字可写好了？父亲在问。”

男声温润如玉笛音，柔和地轻唤。容潋睁开眼，渐渐模糊的视线里映入一张含笑的脸。

“哥哥、哥哥你回来了……”

容勍好笑地揉了揉她的发顶，说道：“什么回来，我一直在府中未走，你可是睡觉睡迷糊了？快要入夜了，你往灯上题的字写了吗？”

容潋脸上挂着泪，一脸呆愣。容勍无奈地叹了口气，道：“就知道你会偷懒，还好我提前过来看看，否则你就等着挨骂吧！”

他说着要走，容潋抖着唇一把搂住他，紧紧地抱着不撒手。容勍只能像小时候一样任她吊在身上，走到桌案前，提笔往大红的灯笼上写着字。这是过去每一年中元佳节，庆安王府的习惯。

容潋侧头看向窗外，本该是白雪皑皑，可如今满院春意，她最喜欢的桃花开了一大片，花枝探窗而入，她忽然就掉了泪。

“这是个梦……”

“胡说什么呢？我看你最近是越来越古怪了，该让父亲去外面找个驱邪的来给你看看。”

“找什么驱邪的？为父就能惩治了她。”随着浑厚的声音响起，庆安王挑着珠帘走了进来，本欲呵斥，可一见小女儿满脸泪水，愤怒瞬间化为了叹息。他伸手将她从兄长身上扯下来，抬手抹去她脸上的眼泪。

“怎么还和小时候一样，一做错事就会哭鼻子叫为父心软。”

“还不是父亲惯的，这一招用了十几年仍然好用，她怎么舍得换招数。”容勍笑道。

“臭小子！”庆安王一巴掌拍在容勍肩上。容勍吃痛，手抖了一下，笔尖在灯笼上拖出长长的一条墨迹。

容潋错开眼，去看那个灯笼，上面是龙飞凤舞的四个字：庆安王府。

再一回神，那四个字不见了，没了春来满院的桃花，也没有临窗而立的她的父亲，她的兄长也不见了……

大梦惊醒，枕头都被她哭湿了。

不知道是兰襟给了她模糊的希望，还是别的什么原因，记忆里这是她第一次梦见他们，也是自他们走后第一次掉眼泪，就在兰襟说过那些话的这个夜晚。

她都快忘了，自己也会哭，也会流泪。

容潋擦干净眼泪，抱着双膝坐了起来。

明德十五年，大越边境柔然国撺掇几个周边部落携手来犯，彼时已经成名三年的镇南将军率兵出征。威远县集结前朝叛军，意欲抓住这个机会趁机起事。大越和平多年，威远县又有天险，朝中一时无将敢领兵迎战。

最后庆安王老将率军出战，世子容勍押送粮草。这一仗打了三个月，威远县叛乱顺利平复，庆安王父子凯旋，却又在三个月后一个接着一个撒手人寰。

威远县天险乃瘴气密林，叛军一直躲在尽头，打算消耗庆安王军队的粮草，磨掉他们的锐气，寻找机会翻盘。

大越最好的军队皆在南疆，庆安王率领的兵马本就人心不稳，眼看战机转瞬即逝，庆安王瞒住世子容勍，偷偷地带一队人马越过瘴气密林，出其不意直捣叛军老巢。

只是父子连心，血浓于水，那一夜想豁出性命抢占先机，将生路让出来的不只是庆安王一人。

密林深处，庆安王与世子所带轻兵相遇，再撤已经是来不及。叛军被解决了，父子二人却都因长时间吸入瘴气而病倒。

容溦在庆安王府苦盼三个月，却没想到等回来的是两个病入膏肓的人。而她除了哭泣，什么也做不了，只能眼睁睁地看着她的亲人为了多撑些时日，多看看她而受尽痛苦。撑到最后他们再也扛不住毒入骨髓，在那一年的秋天相继憾然离世。

那段时间，她的眼泪已经流干了，连父亲兄长下葬她都没再哭过。不知道多少人在背后指指点点，骂她是个灾星，是个没心肝的人。

从那以后，再也没有任何季节比秋天更让她讨厌。

慎远坊的正掌司王遂之听到库房起火的时候，正在去往长安城的路上。

之前陈仲年带着赏赐从长安回来之后，赏赐清点入府库时他去看过，发现里面放的东西和清单上的有些出入。

王遂之曾经在户部供职，在这种事情上神经格外敏感，又因为此事涉及陈仲年，那个一到慎远坊就气势汹汹，有时风头都要盖过他的人，王遂之不能不对其多留个心眼儿。只是那把火一烧，什么都烧没了，再去长安也没用，王遂之让车夫掉转马头赶回慎远坊。每回他一离开慎远坊就要出事情，以后他都不敢随随便便地走了。

库房已经被烧得没剩什么东西，陈仲年仍瘫在地上人事不知，王遂之审过当时唯一在场的守卫刘书，差不多了解情况才去见他。一走近，就闻到一股浓重的酒味，他挥一挥手，手下人端着盆冷水直接倒在陈仲年脸上。

陈仲年抖了抖眼皮，幽幽地醒转，眼底一片茫然："王大人？嘶……我这是怎么了，怎么头这么疼？"

王遂之笑眯眯地道："别说陈大人你，我也想知道这是怎么了。

陈大人也是个饱读诗书的人，怎么喝着喝着酒还叫来男男女女陪你胡闹？闹完了怎么还跑到库房里耍酒疯？那里面可都是些易燃的东西。”

“跑到库房？我几时……”陈仲年一转头，看清周围场景顿时沉不住气了，吼道，“这怎么烧成这样了？是谁干的，谁这么大胆子！”

他联想到王遂之的话，顿时反应过来，脸上一阵红一阵青，咬着牙道：“王大人，这和我无关，你无凭无据不能随便定我的罪，太子殿下不会善罢甘休的。”

王遂之好脾气得很，闻言拍了拍他的肩膀，道：“你我到底同僚一场，他日我会亲自送你进刑部大牢的。”

“大人，王大人……”

王遂之摆摆手，守卫拿布条塞进陈仲年的嘴里，架着他走远。

“把柄都送到人手里了，还指望着翻身，真是傻得要命。那谁，备点儿银子送到山上寺里去，多烧烧香，为陈大人祈祷一下。”王遂之吩咐道。

陈仲年的事情查得很快，第三日奏折就到了长安城，玄武帝震怒，着刑部按律处置。又三日后，陈仲年被人从慎远坊押送回长安，扔进了刑部大牢，等待判决。

这个月，这已经是从慎远坊送来的第二个人了。上一次，发现万青山枫叶林小路的左擎被流放到边陲，这次，不知道陈仲年有没有命和他做伴。

消息最终由霍准的口传回来，陈仲年自作自受遭了报应，慎远坊的众人都很开心，只是痛苦往往与开心并存，库房被烧，慎远坊的口粮一下就断了。

王遂之已经第一时间向户部递了消息，让其赶快将粮食运过来，只是层层审批，再加上筹粮也需要时间，这几日众人注定要挨饿。慎远坊前不着村后不着店，唯一有人气的就是万青山的寺庙，这么些人也不能去和一群和尚抢吃的。

于是万青山上的飞禽走兽就遭殃了，守卫们有刀有箭不愁，可像容溆这些手无缚鸡之力，之前又养尊处优没什么别的谋生技能的犯人可就愁坏了。

“我原来以为我会死在战场上，可是我没有。后来我以为我会死在刽子手的刀下，可我又没有。这么命大的我，总不能饿死吧，这也太憋屈了。”霍准已经饿得眼冒金星，但是一张嘴还是闲不住。

王遂之下令在粮食运来之前，一干人等不必再干活，几个人围在一起，坐着坐着就虚脱地躺了一地，念叨着从前吃的山珍海味来画饼充饥，结果越想越饿。

方云梦已经饿得胃绞痛难当，容溦将她扶进自己的屋子里，把偷藏的馒头递给她，说道：“我从来了之后，习惯藏些吃的，有备无患嘛，你拿去垫一垫。”

方云梦眼圈渐渐地红了，掰了一大半给她，道：“你也吃，不然怎么扛得住。”

“我不饿，再说这馒头本就不大，你吃吧，我自有办法找吃的。”容溦一边说，一边往窗外看，待瞟见一道身影出现，笑着拍了拍方云梦，转身走了出去。

兰襟有个习惯，在没有活儿的时候到后山背阴处打坐净心。世事繁杂，需要时时刻刻保持冷静才不会被卷进去。

容溦一路跟过来，等着他闭目合眼，整个人沉静如一尊玉雕才敢离得近一些。她猜兰襟一定是坏事恶事做得太多，才学着出家人打坐入定，以为这样就能洗脱掉罪孽了。她观察过，每逢他打完坐之后，短时间内情绪都尚佳，最起码不会看人一眼就让人发怵。

日头偏西，兰襟就那么一动不动地坐了快半个时辰。容溦在这段时间里，慢慢地往他身边靠拢，最后隔着五六步的距离坐在地上，托着腮看着他。

凉风吹起他鬓边的发丝，旁边有枯树，山顶有老鸦，他看着倒还真有点儿仙风道骨的感觉，不知道的，还以为他是哪座道观下来的小道长呢。

这个念头一起，容溦忍不住弯唇笑了笑。

"兰道长"的眼在这一瞬间猛地睁开，眸子黑沉，一眨不眨地将她锁住。容潋脸上笑意凝住，只觉得这眼神看着也并不友善……

如今的容潋是个最会看人眼色的，她手臂撑起，不动声色地往后撤了撤。他脸上的表情突然有些茫然，也只是片刻就变得凛冽，在她还要继续向后时，一下跳过来，手抵在她肩膀用力向后，将她整个人摁在地上。

"兰襟，你做什么！你放开！"容潋挣扎着，只是她一整天都没吃东西，身体虚得很，怎么挣扎也是无济于事，反而被兰襟反剪了她的双手，单腿压住她的双腿，脸顺势逼近她的脸。

"你是从哪儿来的？"

"我，我当然是从坊里来的。"

他看着不太对劲儿，瞳仁似是比平日大上一圈，身体紧紧地压住她不放开，呼吸急促，灼灼地喷在她面颊之上，带出一片热意。这个姿势让容潋感觉十分不自在，她又开始扭动身体，突然腰间传来一阵刺疼，她蹙着眉呻吟一声。

兰襟被这娇娇弱弱的声音唤回神智，一低头，就见到一张委屈的脸，被他近乎粗暴地压着，鼻尖若即若离地碰到他的。他一下松开手要拉她，容潋愤愤地拍开他的手，自己撑着站起来。

她之前腰间被枫树枝划破的伤口已经结痂，现下又在挣扎间裂开了。

"疼不疼？"

"你说呢！"这不是废话！

容潋忘了方才的小心翼翼，有底气得很，低着头道："我又饿又累，院子里都是人，吵得我睡不着，就想着找个僻静的地方歇一歇。一到这儿来，见你闭目养神便没出声打扰，你怎么还下了毒手呢？"

兰襟听她说话中气十足，也没什么大碍，微松了口气，问："郡主想要我如何？"

"我如今伤口裂开，要吃些好东西补一补才行。兰公子武艺超群，逮头鹿抓只兔子应该还难不倒你吧！"

这次是兰襟理亏，他也没再说什么，点点头应了下来。容潋本以为还要费些事，却不想这么顺利，就是过程和她想的不太一样。

“兰公子方才可是睡着了做噩梦，把我当梦中出没的坏人了？”

兰襟沉声道：“打坐时都要心有执念，让自己沉静下来，得以调和。你一出现，就是打破了这种调和状态，搅得我对现实和虚幻有瞬间的混淆。”

“哦……”容潋点点头，有些听不懂。

兰襟挑了棵树，蹬着树干轻巧地跃了上去，腰带上别着容潋拆开的几把大剪子。

他随身带着那小盒膏药，往下丢在她怀里，指向林子深处。

她这身皮肉实在是太过细嫩，再经她这么折腾两回就要留疤了，看着兰襟右手不过几日已经不留什么痕迹，就知道这两盒药是极品，不用白不用。

容潋快步离开，脚步伴随着树叶的沙沙声一路走远。兰襟靠在树上没有回头，手拿着简易的匕首，一笔一画在树上深深地刻下字迹。

“容、潋。”执念从脑海里走到眼前，谁还能分清到底是现实还是虚幻？他手指摩挲了片刻，手腕一翻，刀刃准确地刺入下面奔跑中的白兔的咽喉。

兰襟打了三只兔子，架起火烤了，再抹上容潋偷来的作料。他手法熟练，看得她一愣一愣的，问道：“没想到侯爷还会做饭，真是多才多艺。”

兰襟没接话，等烤好了便走了。她不客气地吃了一整只，将剩下的两只带回去分给霍准他们。

霍准诧异得下巴都要掉下来，说道：“容潋居然还会做饭？”

她得意地挑眉，像模像样地摆手道：“不过是雕虫小技罢了，大家都是落难的朋友，有我一口吃的，自然就也有你们一口。”

霍准感动得泪眼汪汪的，容潋留了条兔子腿去找方云梦，屋中却没人，她疑惑地问：“咦，她能去何处？”

容潋将兔子腿放在她的桌上，走出去和霍准他们说话。不一会儿，方云梦回来了，眼睛红红的，像是刚哭过。

“你这是怎么了？”容潋望了望她来的方向，是院子北边，方云梦去那儿做什么？

“无事，我只是，我只是还有些饿。”

“我给你留了吃的，你快进去吃，吃完睡会儿。”

方云梦点点头，瓮声瓮气地道了句谢，快步走回去，将门合上，隔绝外面所有人的目光，眼泪唰的一下掉了下来，怀里那被油纸包得细致的半块馒头在这短短一路上都要被她捏碎了。

“我与方姑娘素来没什么交集，也不必姑娘挂心了。”他冷漠地说着这句话，眼神都吝于分给她半分，和他平时看容潋时完全不一样。见她紧张地杵在原地不动，他的声音冷下去：“你还有事？”

她猛地摇头，泫然欲泣，福了福身小跑着离开。

户部在苏唯安接任尚书一职后，整个衙门的办事效率跟着提升。慎远坊的粮食增补批文很快下达，与此同时，一封信到了苏唯安的手里。信是王遂之亲笔所书，写着慎远坊库房的东西与账目有所出入一事。

苏唯安之前做户部左侍郎时，王遂之是他看上后极力向当时的尚书大人举荐，几乎是他一手提拔上来的，后来才被调去慎远坊，苏唯安对王遂之而言有知遇之恩。库房东西付之一炬，此事注定没什么说法，王遂之告诉他也不过是提个醒：慎远坊并不像表面看起来的那么平静。

苏唯安烧了信，叹息一声：“有某些人在，能平静就奇怪了。”

慎远坊关押的人都不是省油的灯，为了保险起见，自老尚书开始，往那儿运粮食，就连户部的老大都要跟着去一趟。

这一次，苏唯安自然也是要一起去的，只是一想到那地方有个兰襟，他就脊背发凉。

苏唯安前年年初刚晋升户部左侍郎，刚好撞上天机司将户部上下有头有脸的官员全部抓进去关押。那时的天机司无论行事如何都没人敢置喙，被锁进牢里时，苏唯安都不知道发生了什么。只是联想从前听说的种种，他猜测掌司兰襟是抓人按头承认莫须有的罪名，以此来提升天机司的政绩。

苏唯安年二十四，正是一身风骨的书生意气时，被押到审讯室里，一对上兰襟那双漠然的眼就开始吼道："我苏唯安自入仕以来勤勉政务，兢兢业业，四年未曾回过家，我愿为火苗，为我大越朝堂的明亮奉献我的一生。你想让我认莫须有的罪，想让我不清不白地赴死，你做梦！我苏唯安誓死不低头！"

这还是第一次有人进天机司之后这么放肆的，兰襟只静静地听着，听到最后唇边溢出一丝笑来。

苏唯安更气了："在你眼里人命如儿戏，可我告诉你，死了我一个，朝上还有千千万万个苏唯安站起来！"

兰襟第二天又来，苏唯安继续骂，第三天还是这样……喊到了第五天，苏唯安嗓子几乎要喊废掉，只能囫囵出声。兰襟手指敲在案上，道："苏大人可能是误会了，此次我不过是奉旨例行搜查户部，就是行事略直接了些。进来第二日，除了苏大人，其余大人已经被完好无损地送回去了。"

苏唯安眼睛倏地睁大，喉咙里发出"呜呜呜"的声音。

兰襟和善地一笑，道："本侯爷向来愿成人之美，苏大人既然愿意骂人，那我就让你骂个够。如何？还要继续骂吗？"

苏唯安连忙摇头。

兰襟抚了抚他发皱的衣襟，问："那还不走？"苏唯安飞也似的跑了，此后再面对兰襟时，他总有一种由内而外的恐惧。

如今只是稍微回想一下，他都有些受不了，苏唯安在衙门来回踱步，招呼了个手下过来，道："你去刑部走一趟，就说慎远坊起火是个大案，本官想详细查明，之后以户部和刑部共同的名义具表上奏，让刑部着人和我一同过去。"

"是。"

多些人壮壮声势，他可能就不会那么害怕了吧！

慎远坊内，在容溦努力与兰襟拉扯的过程中，众人三餐不愁，又有王遂之“户部粮食不到不必干活”的口令在，闲着发慌就凑在一起找乐子。这些人曾经都是玩惯了的纨绔子弟，性情各不相同，唯有在吃和玩上无比和谐。

容溦在后山吃完兰襟开的小灶后回来，就见院子里霍准一双眼睛被蒙住，左手捧着一捧用草汁染成绿色的小石子。众人在他十步开外横着站成一排，待霍准数到“三”时便往前跑，石子飞出、绿色沾到谁身上，谁就要喝一碗“百味汁”。

百味汁用各种作料兑水制成，远远闻着都让人胃里翻腾。

这种游戏方云梦向来不玩的，容溦见她扒着窗户偷偷摸摸地看，走过去坏笑着揉了两下她的脸。

那厢有人看到她，急忙招呼道：“哎，容溦，一起来玩啊！”

“来了！”容溦应了声，却是直接站到霍准身边，手肘撞了撞他，说道，“你站过去，换我来。”

霍准让开位置，为她用布条将双眼蒙住，她低咳一声，霍准会意，布条又往上挪了挪，给她留一条狭窄的缝隙以让她能看到人。

绿色的石子在手里颠了颠，她扬着音调，懒懒地喊：“一！”

对面几人顿时屏息凝神，严阵以待，容溦慢悠悠地继续喊道：“二！”

话音刚落下，她听见脚步声自后向前而来，眼底晃过素色的衣摆。

“三！”喊完，她手中石子朝着那个方向直接扔出去，因着下垂的视线她看不太见前方的视野，只是听见霍准一声惊呼，伴随着“噼里啪啦”的响声，她觉得不太对劲，下一刻，那些扔出去的石子全部砸在了她脚下，绿色蹭上了她的鞋边。

容溦一把扯下遮眼布，不敢置信地看过去。兰襟弃了手里刚削好的木剑，瞥了一眼她的脚下，问霍准：“你们是如何玩的？”

霍准磕磕巴巴地回答：“一颗石子一碗百味汁。”

兰襟点点头，直接将那一酒缸的百味汁提到容潋旁边，言简意赅道：“请吧！”

容潋害人不成反被害，“悔恨”二字都要刻到脸上了。她嫌恶地皱着眉，眼巴巴地看着他，弱弱地问：“不能打个商量吗？这一缸喝下去会死人的。”

“你方才想让我全喝下去时，可有想过这一点？”

容潋被问得哑口无言。

“你若是不想喝，也可以拿其他的来交换。”兰襟靠近她，气势排山倒海地向她涌过去，将她困在其间，用只有两个人能听见的声音低低地问，“可你如今又有什么能拿来交换，叫我忘记你想害我的事实从而放过你？”

容潋一下想到之前在万青山脚下他说的那句话：“庆安郡主，如今的你有什么值得我贪图，又有什么能拿来收买我？”

她有什么？

容潋本以为他只是随口讥讽，可如今他又将相似的这个问题推给了她。她早就没了权势地位、没了滔天富贵，她当真是不知道他话中的深意。她盼望着他能给一句提示，兰襟却退开，依旧是那句冷漠至极的回答：“自己想。”

容潋咬着下唇陷入沉思，那厢霍准几人面面相觑，表情都很不舒展，担心容潋自己不喝下去，兰襟就要硬掰开她的嘴灌下去。

毕竟那个人睚眦必报，而且还不分男女。到时候他们是冲上去阻拦，还是去告状……

院中一片诡异的寂静，直到守卫来报信才打破僵局：“王大人找兰襟、容潋和霍准到前面正厅。”

容潋暗自松了口气，无比感谢王大人暂时拯救了她。

户部运粮的人马到来，之前副掌司院中的库房被烧毁，此番粮食只能放在临时腾出来的一间柴房里，王遂之专门拨了一队人轮流守卫，以杜绝此类事件的再次发生。

王遂之在正厅简单地设了宴，以款待户部尚书苏唯安一行人。席间，王遂之主动提及了库房起火一事，叫来刘书再一次将大致过程叙述一遍，并吩咐手下把和此事相关的其他人都叫来，让苏大人问话。

正厅气氛本来尚算平和，待相关人员被带进来，屋子里的气氛顿时有短暂的凝滞。

王遂之站起来，指着兰襟和容溦道："这两个，是当日起火之前和陈仲年最后有接触的人。而这个——"他的手指移向霍准，道："事情始末是由他在慎远坊添油加醋地传开的。"

"你们三个，快过来拜见户部尚书苏唯安苏大人。"

容溦自进来，一直盯着苏唯安旁边的那人看，闻言才收回视线，肃然道："昔年家父家兄因战殉国，陛下有旨，免我跪拜之礼。"

霍准轻咳一声，道："我曾是南疆城主，我们大越规矩'一城之主，只拜君上，至死而终'，还请苏大人见谅。"

兰襟倒是没说什么，双手拱起，可还没等他身子往下弯，就被苏唯安摆手拦住："罢了罢了，说正事要紧，那日库房起火前后，你二人在里面做什么？"

若接了兰襟这一拜，他怕是要折寿。

容溦垂下脸，再抬起头时眼角眉梢都是化不开的委屈，声音也低弱下去，道："不瞒苏大人，陈仲年自从到慎远坊中来，就一直对我心怀不轨之意。那几日他从东宫领赏，得了两坛好酒，醉酒之后把我叫去，竟让我为他跳舞唱歌。我如今虽是获罪之身，庆安王府也因此败落，可家父家兄都是大越的功臣，我也是大越的郡主，正经的皇亲，怎么能做那种低贱的事情。陈仲年见我不从，就威胁我要划烂我的脸……"

"这个畜生！"苏唯安身侧的年轻官员"啪"的一声拍了下桌案，脸色阴沉得厉害。

"钟大人待她说完再说不迟。"

钟骞咬着牙隐忍着，察觉到一道冰冷的目光，让他感觉如芒在背。他抬头，兰襟也不躲，又看了他一眼才侧过脸。

容溦轻声啜泣，呜咽着继续道：“之前陈仲年与这位兰公子有些误会，怀恨在心，除了我之外便又叫了他去。兰公子这时赶来，陈仲年竟要他也跳舞。兰公子为人宽和善良，见陈仲年的匕首还抵在我脸上，不忍见我受害，便一边敷衍着扭着腰肢跳舞，一边伺机找机会救我……后来兰公子跳完一曲《花枝俏》，陈仲年回味他的舞姿时，兰公子将他推在桌子上，带着我跑出去，在外面还碰上了这位守卫大哥，我所经历的就是这些。”

霍准惊得下巴都快要掉到地上去了，这位郡主的瞎编能力会不会太强了一些。

兰襟额角青筋跳了跳，情绪转了几个来回，仍是想笑。

苏唯安逼自己认可“兰公子为人宽和善良”，想象“兰公子扭着腰肢跳完一曲《花枝俏》”的动人场景，之后艰难地开口：“兰公……兰襟，她说的可是真的？”

“确实如此。”

这下，下巴快要掉到地上的人换成苏唯安了，他艰难地稳住表情，不让自己过于失态。

钟骞恨声道：“好一个陈仲年，他把慎远坊当什么地方，当他取乐玩闹的秦楼楚馆了？”

容溦看他这样子，若不是继续装哭，大抵都能笑出声，苏唯安还挺会挑人，跟他一道过来的刑部卷案主事，刚好是她的一个老熟人。若不是庆安王府一夕之间出了变故，这人可能就是她的未来夫婿了。

曾经钟家求着与庆安王府联姻，后来王府出了事，钟家也是第一时间撇清关系的人。

容溦的话与刘书的证词对得上，这件事也确实没什么再探究下去的必要。苏唯安也不想多和兰襟相对，便说此事了结，还没等来得及说下一句话，王遂之便开口让几人留下伺候。

王遂之也有自己的考量，在他心里，苏唯安这个伯乐乃能力超群的，有他震慑一下，之后这慎远坊最难招架的三个人，也能稍微老实一点儿。

慎远坊没什么珍馐美食，但几人都是旧识，对着薄菜清酒也能聊得尽兴。

容潋拿着一壶酒，就立在钟骞的身边。这慎远坊的苦日子没有磨去她身上半分的光彩，没了珠翠金钗，浑身素净反倒凸显出她这颗珍珠的光彩。

钟骞到此之后看她第一眼，心底便起了炙热的情感，忍不住让她一杯接着一杯地倒酒，眼睛盯着她的动作，舍不得移开视线。

“钟大人真是好酒量，从前三杯都勉强，如今喝光了一壶呢！”容潋浅笑着，笑得他心里像被猫爪子挠一样。她怕自己多看一会儿忍不住一巴掌扇过去，于是将空酒壶放下，转身站到后面去。

兰襟一直立在一旁，表情变幻莫测，眉头时展时皱，看得苏唯安胆战心惊。兰襟想要害人时，都是面上不见什么波澜的，如今这样情绪外露真是少见。苏唯安虽然表面上还在和王遂之说话，但余光一直在盯着兰襟。

兰襟在下面给人斟酒，他在上首如坐针毡。兰襟在下面一个皱眉，他在上首就一个腿抖。再这么下去，他要丢光自己一品重臣的脸了。

苏唯安迅速转移视线，落在靠在墙上百无聊赖的容潋身上。虽说一个年轻姑娘撑起偌大的一个王府不容易，但容潋一向爱攀附权贵，他从前就有些看不上她。

“庆安王府一门落败，郡主倒是一点儿也不见伤心，自在得很。”

容潋身上早已不是锦衣华服，麻布衣衫粗糙得很，她习惯性地一抹手，差点儿把细白的皮肉划破。这种话她听得多了，若是往常，她也懒得应，可如今兰襟也被贬到这里了，还已经一只脚和她踏进一条船上，她干吗要受这种气。

她微挑着嘴角，眼尾勾着，笑道：“那又如何？反正我又不要脸。来这鬼地方还能活得好的都是不要脸的，对吧，兰公子？”

苏唯安恨不得撕了自己的嘴，干吗去招惹这位。

兰襟不慌不忙地绕到上首，一只手压着苏唯安发抖的肩膀，另一只曾经翻云覆雨的手斟满一杯酒。他的视线落在钟骞身上，一扫而过，最终定在容潋身上。她不知为何心跳突然快了一拍，没来由地想捂住耳朵，不想去听他说什么。

兰襟就立在上首，这是整个正厅最显眼之处，粗布麻衣掩不住他一身风华，薄唇轻启，淡淡地道："要了你，还要脸做什么？"

此言一出，整个正厅的人皆愣住了，数道目光齐齐地落在容潋身上，各样情绪皆有。容潋靠在墙边，觉得那平滑的墙面此刻凸凹不平，硌得她浑身上下没有一处是自在的。

她看着兰襟，他已经不是掌天机司的六安侯，可如今仍是那样高高在上，可以随口一句话就决定局势，没有给她任何开口拒绝的机会。

没什么比不清不白的关系更能拉近一男一女之间的距离，容潋已经达到目的，虽然这个结果也是她没想到的，但不知道还能说什么，就只静默着不语。

在旁人看来，容潋这是默认了。

兰襟料定她的识时务，满意地勾了勾嘴角，将酒杯放到苏唯安的手边，说道："我与苏大人也是旧相识，苏大人难道不说些什么话祝福一下？"

"祝二位白、白头到老。"

兰襟眸子漾起温柔神色，真诚地道："多谢。"

直到月上中天，容潋还在一遍遍地回想兰襟那入戏极深的温柔模样。

兰襟长相上佳，又加在官场多年气质沉淀下去，在人群里怎么也让人移不开眼，更别说是少见地挂起那样的笑，仿佛他真的对自己钟情一样。容潋虽然知道是假的，但还是没忍住多看了几眼。

"噗"的一声，窗纸被小石子打破了个洞，有冷风灌进来，容潋打了个哆嗦。她更紧地裹着被子，又有一颗石子飞进来。她起身，穿好衣衫走到外面。

窗下站着个人影，她眯起眼看他："大晚上打破别人窗户，钟大人还是小孩子吗？”

钟骞沉默地攥住她的手腕，她也不挣扎，任他带着走出老远，停在无人的偏僻处才一把将他甩开，说道：“钟大人有话就快说吧，我累了，明日还要早起干活。”

“你为何要和兰襟那种人搅在一起？他行事阴毒残忍，天机司被弹劾，就连他的旧主太子殿下都不再保他，你和他接触越多，对你越不利。”

容溦嗤笑一声，道：“我与谁搅在一起，好像用不着你管吧！钟大人如今又不是我什么人，我庆安王府不幸获罪，钟大人的父亲忠国公可是功不可没。到现在，你又有什么脸来和我说这些？”

忠国公以前是庆安王麾下将领，容溦与钟骞年岁相仿，忠国公曾说过许多次希望两家联姻，庆安王虽没有明确应下，但也是默许了这件事的。

庆安王离世之后，整个王府的担子都压在容溦身上，忠国公明着让钟骞更亲近，想让二人早日完婚，实际上是想名正言顺地将庆安王府接掌过来。也就是这时，容溦才看透这世上的人心险恶。

容溦一直敷衍着婚事，忠国公有所察觉，渐渐地让钟骞和庆安王府断了往来。年初，有人匿名向刑部告发，庆安王府有通敌之嫌。本来只是捕风捉影的事情，是忠国公带头请求陛下彻查，以免长安城有心之人泼脏水，让庆安王在九泉之下不能瞑目。

刑部搜查的人找到了一张画，藏在庆安王生前卧房床里的暗格中，那画中画的是柔然国的山水，笔墨较新。

而在年前，边境一直安静的柔然国突然有异动。正值局势敏感之时，庆安王府竟然藏着这样一幅柔然画，便怎么也说不清了。忠国公联合几个朝臣上书，称此事极其严重，关系社稷安定，任何潜在的威胁都是不能留的。

庆安王府一夕之间分崩离析，容溦被贬到慎远坊。

对于钟骞，她在最苦最难时也曾存过希望，可那种时候他的冷眼旁观，和一脚将她踹入地狱差不了多少。

容溆见眼前的人挫败地抓着头发，一点儿胜利者的喜悦也没有，叹了口气转身要走。钟骞急急地道：“我一直在暗中查庆安王府的事情，我相信庆安王，也相信你不会做通敌的事情。容溆，你等我，迟早有一天我会查清楚真相，救你出慎远坊。你别和兰襟走到一起，他不是什么好人……”

“小钟。”她叫出幼年时的称呼，钟骞一怔，看她半仰着头，望着月亮。

“我答应过我爹，会努力地活下去。”

“这里的夜太冷了，这里的日子也太苦了……”

“我啊，早就不信空口的诺言了，那都是空的，是虚的，只有眼前的才是真的。”

不管发生什么事，兰襟都能让她在这里存活下去。

她只想要活着，仅此而已。

容溆没想过会在慎远坊见到钟骞，这么一见，倒是牵出了不少往事的记忆。太痛太难过的部分早就被她努力忘记，想一想倒还是不赖，她正沉于思虑，人也没那么敏锐，待回到屋子回身关上门时，突然有人从后欺身过来，将她整个人压在门扉上，手顺势捂住她的口，力道有些大，她“呜呜”地挣扎着也逃脱不开。

“郡主要是再闹腾，我就把你的手脚都绑起来。”

容溆一听这熟悉的声音方才停止挣扎，那手从她嘴唇上移开，手背轻柔地抚着她的脸颊。

她有些生气，咬着牙怒道：“你这是做什么？”

“白日郡主在众目睽睽之下默许你我的关系，到了晚上就与旧情郎私会，我前来讨个说法，不应该吗？”

“你胡说什么？”容溆听他言语之间的讽刺，恼得不行。

兰襟将她整个人翻过来压住，伸手捏住她尖尖的下巴，抬得高高的，他与她唇瓣只隔半寸，说话间若即若离。

“是我胡说你我的关系，还是胡说了你和他的关系？”

她眼神躲闪，兰襟松开手，扯着她推到榻上，将她左手的衣袖往上撸，拿着沾湿的手巾使劲地擦着她的手腕。

这是刚才被钟骞碰过的地方，容潋无奈又委屈，这兰襟的喜怒无常来得也太没道理了些。

擦完手腕，他抬起头问道："他还碰了你哪里？"

"没了。"

他将手巾扔到地上，握着她的手覆上他的左胸口，那下面的东西因她的触碰更加灼热，可更热的很明显是她面前的这个人。

"这结果既然是郡主所求，郡主自然应该先付出些什么。郡主如今，还有什么可付出的？"

这是第三个问题，可这一次的答案，容潋隐隐地想到了。

兰襟缓缓地靠近，手按在她的脑后，他侧头，冰凉的唇贴在她的耳珠上，含混不清地说："我不想讨说法了，讨到你……也好……"

容潋浑身都有些瘫软，她从不知道一个人说话可以暧昧到这种程度，让她仿佛要化成一摊水，差点儿漏下去。她后知后觉地明白了，兰襟想要的到底是什么。

他想要她。

第三章 不配真心

苏唯安一行自慎远坊回去之后，很快圣谕下达，原慎远坊副掌司陈仲年酒后误事、燃火烧掉御赐之物是为大不敬，烧尽慎远坊中口粮是为严重失职，几罪并罚，赐了自尽。

那夜的刑部天牢，比平日里还要阴森可怖。

手脚被狱卒左右按住，动弹不得，一杯酒抵到他唇边，陈仲年用力挣扎，酒水洒了他一身。

“放开他。”一道低沉男声传来，狱卒们顿时跪了一地，牢门打开，那人走进来，挥了挥手，狱卒退了个干净，只剩下他们二人。

陈仲年咳嗽了几声，一把抓住他的衣摆，那上面金丝银线绣出暗纹，在昏暗的天牢中也极是晃眼。他哀求道：“太子殿下，你救救下官，下官冤枉啊！”

容境低头看着他，陈仲年脸上的疤痕狰狞地扭曲着，人已经变成了鬼，谁还能救得了他。容境微微地叹着气，道：“圣旨已经下了，没人敢抗旨不遵。陈大人还是喝了这杯酒，好好地上路吧，你的家人我会着人好好地照料，也不枉你我主仆一场。”

陈仲年艰难地挪到他脚下，直直地跪倒哭喊道：“殿下，下官不想死……下官没有对庆安郡主心怀不轨，也没有去过库房，这都是他们想害我。太子殿下，这几年我为殿下办事尽心尽力，殿下不能弃我于不顾啊！”

陈仲年科举落榜，却不甘心就此回乡，他在长安城谋求机会，被人当狗一样呼来喝去，潦倒之际，彼时还只是淮王的容境许了他一份差事。陈仲年是个虚伪奸诈之人，为了达成目的不在乎过程，这样的人虽让人不齿，但身边不可或缺。

容境看上了他这一点，也知道他这样下去迟早会惹麻烦，只是没想到会这么快。

“我让你去慎远坊，是让你好好看着兰襟，看着库房，并不是让你借机寻衅生事。你这么一闹，长安城不知道多少人背地里说我，由兰襟辅佐坐上太子之位后，不但旁观他落难，还让身边人落井下石，踩他一脚。人心难安，日后怕是不会再有人肯真心真意地效忠于我。陈仲年，你说你该不该死？”

陈仲年眼睛倏地睁大，颤颤巍巍地还在做最后一刻的挣扎，表达忠心：“殿下若是肯救我，我愿做牛做马报答殿下……”

容境看着牢房那一方小小的窗，摇了摇头，说：“太迟了。”

他后退，转身离开，将陈仲年声嘶力竭的喊声抛在脑后。天牢的道路只窄窄的一条，他沿着走出去，像极了曾经为了坐上这个位置走过的路。

那时候有兰襟相伴，如今容境找不到谁能代替他。

东宫的马车停在外面，厚重的车帘隔绝深秋阴冷的风，容境自袖中展开一封信，纸上只有两个字：火尽。

慎远坊的那个库房究竟有什么问题，别人看不出来，兰襟是一定会看出来的。

容境同时接到密报，慎远坊的正掌司王遂之也已经发觉。此事一旦挖下去，他好不容易谋来的太子之位便很难坐稳。兰襟那一把火让陈仲年送了命，也替他将所有的危机全部烧没了。

只是这火烧尽的，还有他与兰襟之间所有的关联。兰襟以此全了他们之间曾经的情意，从此以后，他们再也没任何瓜葛。

容境长长地叹了口气，他至今仍是不解，以兰襟的能力，怎么会留下那么多把柄给人抓住。

彼时，他刚被封太子不过三个月，若为兰襟说话实在是过于冒失，兰襟如今这样，也是应该的。只是容境总觉得，兰襟来并不是为了他，走，也并不是因为朝中事。

只是他自始至终没有看清这个人。

“太子殿下，是直接回东宫吗？”

容境摇头甩掉杂念，沉声对外道：“去乐律坊吧！”

慎远坊走了个陈仲年，又来了新的副掌司，叫郑元，是从大理寺衙门调过来的，明着算是平级调遣，实际上就是贬官了。据说这位是因话痨让大理寺卿不厌其烦，恰好吏部挑选人顶替陈仲年的位置，大理寺卿忙不迭地将郑元推荐过去。

这位郑大人倒是年轻，长得干瘦，嘴皮子利落，来慎远坊不到三日，就上下左右摸了个透，最喜欢的就是霍准那一张比他还能说的嘴。

王遂之不管犯人，郑元就大胆地做主，让大家能偷懒就偷懒，只要不是太过分，他都会装瞎的。

“让你们这些曾经的皇亲贵胄到这里来，不能吃珍馐美食，不能穿绫罗绸缎，连下人都不能指使，这已经是最痛苦的惩罚了。”

郑元如此通人情，让慎远坊的日子好过了那么一些。

进十一月天气更加冷，今年的冬日早早来临，慎远坊里阴冷无比，晚上睡觉时也没有火盆取暖，为免冻出病来，众人便捡后山的一种干了的青荩草编成席子铺在床上。

像方云梦这样去年就在的人已经有席子不用再编，不过容潋就要自己动手了。

她用背篓装了几大筐的青荩草进来，方云梦告诉了她编席子的步骤，先用剪子剪成长短一致，搓成一截一截的细绳备用，再将粗大一些的草铺平，用细绳穿过两边扎实编出简单的轮廓，然后用剩下的细绳每隔半寸横着固定一道……

“这什么东西，麻烦死了。”

青苳草粗糙，根部还带着细细小小的倒刺，容瀲刚搓出几根细绳，就刮得她掌心全部是小伤口。她看着一地的枯草，心生烦躁，拿绳子捆了捆直接扔到外面。

“我还没冻死，先被这东西烦死了。”容瀲洗了洗伤口，倒了杯凉水压住心头的火气，她最近人暴躁得很，还是因为兰襟。

自打兰襟表露出心思之后，容瀲就开始躲着他走。

她与兰襟从前井水不犯河水，没什么瓜葛，细数起来，几次有印象的见面都是在别人府上。她听闻兰襟性子阴冷，不近女色，猜想兰襟那样说，大抵是因为在慎远坊里没什么可针对的对象，精力过剩才想起之前被他抛到脑后的“女色”。

而在慎远坊内外，她都是最好看的姑娘，兰襟起了心思也很正常。

容瀲虽想与兰襟站在一条船上，但如今的情势还远没到要豁出清白的地步。可兰襟岂是能让她躲着的人？昨日王遂之叫他们几个去清理烧毁的库房残骸，好开始着手建新的库房。她正和方云梦一人拖着一大袋子黑灰往外走，兰襟一把抢过来，轻松地扛起来丢了出去，再转回来抓她。

容瀲跑都没时间跑，被他堵在角落里。见方云梦拖着大袋子露出傻兮兮的表情，容瀲哀叹了一声，喊她先出去。容瀲实在是不忍心让方云梦这样天真的小姑娘，见到兰襟这样的恶人发狂。

“日后再有什么活，我帮你做，不必你动手。”他只说了这一句就走，容瀲正诧异他居然这么好说话，他忽又折了回来，抬起手将她鬓边的碎发挽到耳后，指尖轻轻地摩挲着她的额角，神态温柔。

兰襟这样暧昧的态度，让容瀲感觉心里住了一只猫，时不时探出爪子搔着她的心，焦虑不安，又隐隐期待。想到这里，她开门走到院子里，抱着那捆青苳草叩开兰襟的门。

兰襟不在屋子里，不知道去了哪里。他这屋子比旁人的都要偏僻，一进来她就不由得打了个哆嗦。容瀲扔下青苳草就要走，眼睛却敏锐地注意到榻上的一样东西。她快步走过去，铺床的褥子下面还有一层东西，手感十分柔软，居然是一整张的狐皮！

“他从哪儿弄来的？”而且此人口口声声说什么都帮她，却弄了一张狐皮自己用，果真是恶人行径。

容溦回到自己房间，心里琢磨着怎么把兰襟的狐皮弄回来好过冬。

容溦睡到半夜，迷迷糊糊间，仿佛有人握着她的手，随即微凉的触感抚慰着她掌心伤口的刺痛，让她睡意更深。耳畔似是听到一声轻笑，下一刻，她的手触碰到暖炉一样炙热的东西，她素来畏寒，立即将手脚缠上去，脑袋寻到个舒服的地方一直往里钻。

兰襟一只手托在她的臀下，一只手翻动着榻上，动作着实费劲了些，她梦中还不老实，柔软的唇瓣一直在他脖颈后边蹭来蹭去，搅得再心如止水的人也没法神思清明。

他闭眼，想像平时打坐那样静下神，可让他每次凝神静气的打坐执念此刻就在他怀里，扭着动着，妖灵一般。他额角青筋一跳，伸手狠狠一巴掌拍在她臀上。

容溦疼得醒过来，双手下意识地紧了紧，听见轻微的“嗯”的一声。她心狂跳了几下，愣怔地扭回头，看见的是近得快没有距离的一张脸。

她一下从他身上跳下去，睡得脸发红，长发也有些乱地披散着，将一张巴掌大的脸衬得更加小巧精致。

“你，你怎么……”

兰襟眉头一挑，低低地道：“你不是扔了青莨草过来，我编好了给你送过来。谁想到你一碰到我就蹭过来，抱着缠着怎么也不撒手。就这么离不得我？嗯？”

“谁离不得你……”容溦嘟囔着这一句，脸热得更厉害，扭头看向床榻。

被褥都被兰襟扔到了一边，最底下铺着编好的青莨草，上面压着一张狐皮。人到了一个绝望的地方，光是一点儿好处就能让她满足。容溦忘了之前自己是怎么暗地里骂兰襟的，扬起个笑脸谄媚地道：“多谢侯爷照顾了。”

“你找上我，不就是为了过得好？何必说谢呢。”兰襟伸手将床褥铺得整齐，回身坐在了床边，说道，“该郡主回报了。”

容潋脑子里乱糟糟的，想起之前确定的念头，心里有些慌。

看她一动不动，皱着小眉头的模样透出几分稚气，兰襟心念一动，起身走过去，手扣住她的肩膀将她带进了怀里，紧紧地抱住。

容潋在女子中身量也算修长了，可和兰襟一比还是差了许多，这么一闷，整个人埋进了他怀里。察觉到他脊背的微微战栗，她忘了挣扎，他在她耳畔长长地舒了一口气，闷热的，欣慰的。

他的手不自觉地滑到她身后，抚上那玲珑腰线，在枫树林，在送药过来的窗缝间，这段弧度勾得他心底燥热。腰肢细软，不盈一握，她比想象中的要孱弱，可超过想象中的坚韧。

他曾担心这里的日子会磨去她性子的棱角，让她变得和寻常人一样。但他来到这里，看见她的第一眼，对上她眸子里的狡黠就知道，她什么也没变。

“郡主。”

“嗯？”

“你这腰，怎么这么软？”

容潋脑子轰的一下炸开，一把推开他，卷着被子滚上了榻。

随着一场突如其来的雪，明德二十一年的冬天到了。

朝堂上下局势也如同这寒冬一般陷入困境，从年初开始就频频有异动的柔然国终于露出了獠牙。国主着人送来书信，言明今年霜来得过早，柔然国上下缺衣短粮，无法过冬，请求大越皇帝赐予白银百万两，以帮柔然渡过难关。

这封信如同倒入沸腾油锅里的一碗水，顿时炸响了大越朝堂。

“柔然早就归顺了我大越朝，如今不过是个附属小国，每年都要进供。今年柔然的岁供迟迟不来就算了，居然还妄想我大越赐他们白银百万两，简直是心怀叵测！”金殿之上，中书令愤愤而言。

兵部尚书路之遥跟着道：“柔然离我大越南疆一寸之距，从年初开始，南疆城与柔然国的正常贸易往来就时时出问题。那时陛下未正式下旨，不过是不想因小事破坏两国关系，让边境不宁。可前些日子，南疆传来消息，柔然以剿流寇为名，派了一队人马进城搜寻一番后离开，这简直是明目张胆的挑衅。若是真的送了银子过去，难保不是为柔然送去兴兵夺南疆城的粮饷，陛下切不可答应他们！”

玄武帝浓眉锁紧，他也深知这一点。

柔然国自被镇南大将军收复后一直还算安分，只是今年年前突然开始有作乱征兆。大越自那一场战事之后，又赶上两年旱灾，国库空虚，数年都没缓过来。柔然若是一家倒还好，怕就怕他们联合周边几个小国一起作乱，就像明德十五年那样。

只是如今大越兵将折损许多，国库也已经拿不出那么多粮饷来支撑如此大的战役。

应或者不应，都是麻烦。玄武帝疲惫地掐了掐眉心，挥挥手下令散了朝，留下太子和几名重臣到御书房议事。

“你们可有什么对策？”

路之遥与中书令对视一眼，上前一步，一揖道：“依臣看来，只要断了其和周边其他两个主要小国的往来，柔然不足为惧。臣以为当下应挑选合适的使臣出使边境，游说雀南和燕支两国，只要事成，柔然可发兵直接攻下。”

“此事事关重大，一次不成就没有第二次机会。出使的使臣既要了解边境三国之间的利害关系，又要有震慑之力，能全身而退……”玄武帝心里想了几个人选皆是不妥，于是沉声问道，“谁能担此重任？”

容境立在一旁，神思已经明朗，胸口像是堵了块大石头一样，压得他喘不过气。

路之遥道：“臣有一人选，他必能办成此事。”

“何人？”

“六安侯，兰襟。”

朝堂上的纷乱没有传出长安城，深山之中的慎远坊隔绝外界所有的明争暗斗，在这个凛冽的冬日倒仿佛是世外桃源。

有了兰襟的狐皮和他编的席子，容潋的生活又舒适了几分。因兰襟连带着把她的活都干了，容潋白日里百无聊赖，就找最闲的副掌司郑大人，听他说说她离开的这近一年时间中，长安城里的新鲜事。

郑元一见到她，不自觉地挺直脊背。容潋没注意到他这细微的变化，自顾自地坐到一边，捏了块糕点放进嘴里，瞥到他的手，“咦”了一声说：“郑大人的手怎么伤成这样了？”还都是些像她前日被青荩草割破的那种小伤口。

郑元手握成拳，抵在唇边低咳一声道：“前夜晚上做了噩梦，被人抓去劳改，梦得太逼真，手胡乱往墙上挠，不小心自伤的。”

容潋笑吟吟的，将描银的小盒推到他手边，这是兰襟那夜送狐皮时给她上药落下的。

“郑大人试试这个药，两三日就能痊愈。”

郑元一看这个药咳得更厉害，像推烫手山芋一样赶紧推回去，说：“都是些小的皮外伤，本官又不像你们女儿家娇气，用不着擦什么药。对了，郡主可知晓我到慎远坊赴任前碰到谁了？”

容潋果然被成功地转移了注意力，顺着问：“谁？”

“户部尚书苏唯安苏大人，他听说我来慎远坊顿时面露喜色，就差说一句‘祝郑大人早登极乐’了。”郑元说着哈哈直笑。那笑实在太有感染力，容潋也随着笑，直到走出院门脸还是酸的。

郑元送走了人立时变脸，叫来守卫刘书，问：“今日坊中人都去哪里干活了？”

“大雪覆路，除了容潋和方云梦，其余一干人等皆去扫雪了。”

郑元没有犹豫，随手抓了披风，冒着雪出了门。

容潋自拐角处收回视线，淡淡地笑着看他走远，笑意却没有到达眼底。

兰襟有本事，她是知晓的。可在慎远坊里，再怎么有本事，有些事情也很难左右。兰襟能弄来狐皮，但坊中日日有人查房，不是慎远坊中的东西，都会被没收。她所得的那两盒药都要随身带着，就别说那么一大张显眼的狐皮。

事情一旦漏出一丝痕迹，再顺着去想就很容易。那两盒药也不是寻常之物，她有心试探，而郑元的反应算是印证了她的想法。

药是兰襟放到她屋里的，青苳草席子是郑元编的，狐皮是郑元所赠，查房守卫也是得到郑元的嘱咐，不敢搜她与兰襟的屋子。

而郑元，是兰襟的人。

打从一开始，兰襟就有心维护她，居然早到她还没来得及拉拢他的时候。她不懂，兰襟究竟出于什么目的，他到底要做什么？

一阵风吹起漫天飞雪，纷纷扬扬，隔断她看远方的视线。容潋折身低头往回走，刚行出不远，有守卫气喘吁吁地跑过来喊住她："原来你在这儿啊，王大人说有要事找你过去一趟，人正在正厅等着。"她跟着守卫过去，正厅里却不见王遂之，而是一身狼狈，冒着风雪风尘仆仆赶来的钟骞。

山下被大雪封了路，钟骞能过来，想必是直接绕路爬上来的。容潋心间一紧。钟骞喘匀了气息，抬手抹去额间雪化成的水珠，低声道："关于庆安王府的事情，我查到了一点儿眉目，担心若是传信会被人截下来，想来想去只有亲口来告诉你我才能放心。"

容潋眸光闪了闪，抿紧了唇，而后问道："你查到什么了？"

钟骞看向门外，带她到一边，手指蘸着茶水在案几上快速地写着字。字迹消失得很快，一个字一个字连起来钻到她心里。她僵直地站着，冬日的冷意从脚底攀着向上，一路爬到她脊背，冻得她直战栗。

直到天黑，慎远坊去扫雪的人才陆陆续续地回来。带着一身的疲惫得了一桶热水，每个人拎着回到自己的屋子里，清洗过后既可解乏也能暖和身体。

兰襟拎着木桶进门，敏锐的洞察力让他瞬间发现屋中有人。他的手摸向腰间，见榻上被子掀起，有人坐了起来，懒洋洋地打了个哈欠，问道："你回来了？"

从凛冽到温柔也只是一瞬间，兰襟放下木桶，将蜡烛点亮。昏黄的灯火映照下，她坐在床边，一头墨发披散着，脸上还压出了睡痕。

她执起枕边的木簪，随手将头发挽起，舒服地眯起眼："你这里是熏了什么香？害得我直犯困，不知不觉就睡着了。"

她下榻走到他跟前，伸手拂去他肩上的落雪，喃喃地问："可是外面又下雪了？"

兰襟随口道："嗯，又开始下了。"

"这雪一时三刻怕是停不了，一场接着一场下。"容潋的脸离他的右肩很近，困意深深，额头快要抵上去，像是迷迷瞪瞪地想再睡一会儿。他怕她摔到，忙伸手揽住她。已经有过这样的亲密接触，她并没有抗拒，而是踮着脚将脑袋靠到他的肩窝处。

他心下柔软，声音也变得比平日温和，问："郡主在等我回来？"

"是啊，我一直在等你。"她轻轻地笑着，满头青丝倾泻而下，木簪落在她手中，尖锐的一端抵在他的脖颈后。

她侧过脸，在他耳侧吐气如兰："……等着杀你呢！"

兰襟没闪也没躲，甚至手更加亲密地将她往身上揽，贴到她腰臀处，似是要把她揉进怀里。

木簪因距离的拉近而微微地刺入他的皮肤，他像是浑然不知道痛一样，侧着头，轻轻地亲了亲她微红的耳珠，声音沙哑地说："若是能死在郡主的手里，我甘之如饴。"

容潋握着簪子的手僵住，因他的亲昵动作而感觉心底发凉。

六安侯就是这样的人，即使他瘫烂成泥，也自有他本身的形状，由不得别人拿捏。容潋痛恨兰襟这副什么都不在乎的样子，他不在乎别人的好坏，只在乎自己开心与否。

"郡主怎么不动手？"她犹豫间，他的唇已经从她的耳后向下，一片凉意贴在她的动脉处，冷不防地轻咬一口，"是不忍心？还是……不敢？"

"你胡说！"她强撑着气力反驳道，可她的迟疑已经出卖了一切。

兰襟轻笑了一声，手向后握住她冰凉的小手，将簪子更稳地往前送，笑道："想来郡主以为与我仇深似海，连装样子都不肯也要动我，也不是不忍心，那便是不敢了。来，别怕，我帮你，就这样，手再稳一点儿……”

容潋心惊肉跳，苍白了一张脸胡乱地推着他。兰襟松了力气，叫她轻易地推开。

“啪”的一声，木簪掉落在地上。

“怎么松手了？”兰襟弯腰，将木簪捡在手里，微握着，看她的眸底仍是温柔一片，仿佛她只是个不懂事的孩子，缓缓说道，“郡主不必担心，你的后路我都为你想好了。郑元是我的人，他自会为你掩藏此事，只要郡主日后不主动对人说起，就没有人会知道我是死在你的手中。如此，郡主还有何担忧的？”

容潋向后退了几步，后背贴在潮湿的墙壁上，仰头看他的眸子也是潮湿的。

兰襟忽略掉那太过明显尚显得稚嫩的恨意，徐徐走近，将她散乱的发丝拢起，将那差一点儿就要了他的命的木簪缓缓推进发髻间。

“郡主千方百计拉拢我在身边，怎么会轻易地放弃？”他捏住她尖尖的下巴，目光盯在她面庞上，“纵使一开始过来，是抱了和我鱼死网破的心，在这儿等了这么久，也该想清楚了。”

容潋垂了垂眼，她脸上没有施脂粉，白皙得仿佛能透出光。兰襟就这么静静地欣赏着这尊白玉美人，等了会儿，她方抬起头。

她纤细的手臂抬起，柔弱无骨的手捧住他的脸，媚眼微勾，一收一放间似是能把他的一颗心都勾过去：“侯爷如果日后出去，即使没有地方去，到街边摆摊给人算命也能养家糊口。”

“我来慎远坊时孑然一身，倒也谈不上养家。”兰襟松开她的下巴，撩开衣摆坐到榻边，说道，“不过来这里幸得郡主垂青，日后我若是能出去，养的自然就是你。”

他这三言两语间，就把容潋的心思点透。

这慎远坊中人人都想出去，但没有人比容潋更渴望见到外面的光。兰襟说得没错，刚进这扇门时，她是抱着杀他之心。

兰襟将狐皮给了她，这屋子又比别处更冷，容潋躺在上面，只有自己的双臂能给她些许温暖。兰襟若是死了，她即使能勉强活下来，以后也永远是罪臣的身份，住的永远是这样的地方。除了兰襟，她想不到这慎远坊内，还有谁有那个本事能带她走出去。

既然想通了，她也就认了，只是每次想起庆安王府遭难时自己日日的胆战心惊，她还是恨意难平，多少也要让他尝一尝这种滋味。可在兰襟面前，她永远也讨不到半分便宜。

想到这儿，容溆冷下脸，再不看他一眼，转身就要走。兰襟的声音如鬼魅一般如影随形："郡主难道想什么都不做，就让我白白地养你吗？"

容溆恨恨地咒骂了一句，转回身福了一礼，阴阳怪气地道："不知道小女子有什么能帮兰大爷做的？"

"在外头扫了一日的雪，现下浑身还是冰凉的，手臂也酸得很，郡主若是愿意帮，便替我擦擦身子解解乏。"

"你——"容溆恨不得冲过去咬他，冷笑道，"你让我伺候你给你擦身子？我父王在世时，都没能得我这般伺候！"

"不愿意便算了。"兰襟翘起的嘴角抿平，不冷不热地看了她一眼便和衣躺下。容溆气鼓鼓地瞪了他许久，才心不甘情不愿地上前。

桶里的水温热，将手巾浸进去，拧干，容溆屈起一条腿搭在榻上，一只手去解兰襟的腰带，解了几下解不开，她到底是个女子，这般过度亲密接触本就羞涩，他却还闭着眼做养神状。今晚在他这里积压的烦躁气一股脑地涌了上来，容溆"啪"的一声将手巾甩到他脸上，趁他还没来得及发作，迅速地扑过去，隔着薄薄的巾帕一口咬上去。

这一下她下了狠劲儿，没一会儿嘴里就尝到了血腥气。

兰襟任她像小兽一样咬着，等一会儿觉得她咬累了，扣住她的腰一个翻身便轻松将她压到身下，左脸上赫然一个见了血的牙印。他眯着眼盯着她，半晌却笑了："怎么还咬人呢，嗯？"

"谁让你欺负我！"这一声有些像撒娇。兰襟也没了再和她计较的心思，掌风一挥，将烛火熄灭。屋子里陡然黑下去的刹那，他将被子展开，挟着她的腰身裹进去，气息吐在她耳畔，说："伺候擦身子不愿，那便替我暖暖身子。”

“我从前怎么没听说过，兰侯爷这般死皮赖脸。”他怀抱是铁锁，轻易逃脱不开，容瀲挣扎不过，只能嘴上占占便宜。兰襟的头贴近，鼻尖蹭在她后颈上，闷闷地“嗯”了一声，内心满足惬意。

容瀲侧着身子，眼睛定在黑暗处的某一点上，内心有些挫败，有些不甘。可庆安王府只剩她一人，她不能再去冒险，她只能尽力地忍，忍到抓住机会的那天，再将兰襟踩在脚下。

她思绪纷杂，又要顾忌着枕畔的这个人。可他一直老老实实的没什么动作，大抵是今日一整天都在扫雪，累得没力气了。容瀲这才稍稍放心下来，想着拖一日是一日。

月上中天，月光映着白雪，屋中渐亮。

容瀲已经睡熟，她本就畏寒，不自觉地往身后温暖的胸膛靠去。兰襟睁着炯炯有神的一双眼，将她搂紧，一只手探过去，轻轻摩挲着她的脸颊，冰肌玉体，娇嫩如春来第一簇花。

“若不是怕你疼，我定要划了你这张脸，让你再不能招惹别人。”

翌日雪停，慎远坊内外一片素白。

大雪彻底封山，将往来人都阻绝。钟骞一夜没睡，静静地听了一夜的落雪声。他数次想推门出去，都被守卫拦回来。守卫道：“我们郑大人说了，外头天寒地冻的，若是钟大人路上摔了碰了，我们慎远坊没法和忠国公交代，还请钟大人在这儿好好休息，等雪融了我等自会好生送钟大人回长安城。”

钟骞急着赶来，并未带什么人，此刻被困在这儿和被圈禁差不多。可他最担心的还是容瀲，前几日父亲回府说陛下有意派遣兰襟出使南疆，挑破雀南、燕支与柔然的关系。

“才不过几个月光景他便要出来了，可真是好本事。”忠国公言语之间无不失望。兰襟是辅助太子殿下登位的功臣，而他是后来投靠太子殿下行事的，这前后有别，兰襟又是行事那样细密谨慎之人，他也找不到兰襟的什么错处。

好不容易等到兰襟自露马脚，被贬到慎远坊，可没过几日消停日子，他居然又要出来了。

“兰襟这等人出来，实在不是什么好事。”忠国公捏了捏眉心，瞥了眼旁边神情紧绷的自家儿子，问道，“为父听说前些日子你跟着户部尚书苏唯安去了慎远坊？”

钟骞顿时有些紧张，道：“是刑部与户部共同办案，儿子才去的，并不是……”

“为父又未说什么。”忠国公打断他的话，抿了口茶，接着道，“兰襟在慎远坊只亲近容潋一人，又在众目睽睽之下说起他二人有关，兰襟最是个清冷的性子，既然能说出口，必定是以容潋为重的，等到圣旨一下，容潋十之八九会和兰襟一起离开慎远坊。她如今是个罪臣之女的身份，在六安侯府要么为奴为婢，要么为侍妾，不管怎样，也比慎远坊好许多。”

“不可以！容潋不能和他一起走！”

钟骞这么些年第一次在父亲面前失态，整张脸涨红，鼻间咻咻地吐着气。那一刻的冲动让他连夜骑马离开长安城，直奔慎远坊而来。

他不能让容潋和兰襟一起走，兰襟那种人配不上他的郡主，他再也压抑不住，将之前知道的消息对容潋和盘托出。

“庆安王虽然不在，但王府在军中余威犹存。郡主为了撑起王府，一直左右摇摆，却都不交实底，太子殿下不放心，兰襟便说，既然收不了不如除掉，免得麻烦。”

“庆安王府被陷害，就是兰襟给太子殿下出的奇谋，那幅柔然的画是天机司费尽心思找人画的，照着庆安王从前的丹青，笔法墨色分毫不差，随后放进庆安王府的暗格里。再由……再由我父亲忠国公推波助澜，将此事张扬出去，联合朝臣将偌大王府就此推倒……”

“庆安王府走到今日这一步，都是兰襟所为，容潋，你千万不能信他啊……”

容潋听了这话，眼神一点一点地冷下去，推开他便跑了出去。

纷纷扬扬的雪花鹅毛一般，将她的背影掩得模糊无比，却又清晰得像是刻在他心上一样。钟骞知道容潋为了王府什么都愿意做，兰襟构陷王府，她不会再和他纠缠在一起。

只要她不和兰襟走……他会想办法，他一定会想办法把她从慎远坊里救出来。

“嘎吱”一声，门应声而开，凛冽的寒风刮进来，激得钟骞一阵瑟缩。门外他骂了一整夜的人赫然出现，不咸不淡地看了他一眼，提步走了进来，道：“正掌司王遂之王大人叫你过去。”

钟骞不由得短暂地打量了一下兰襟，他的表情和之前在正厅席间见到时没什么不同，敌意浓重。钟骞的话也不由得刻薄起来：“兰侯在慎远坊待了这么许久，还能让户部尚书苏大人胆战心惊，如今做小厮模样请本官，真是让我受宠若惊。”

兰襟笑着睨了他一眼，说：“会让钟大人惊的事情还多着呢！”等跟着兰襟去到正厅时，钟骞才明白他此话到底是何意思。

慎远坊的正掌司王遂之和副掌司郑元皆在，容潋亦在，她垂手漠然地站在一旁，整个屋子气氛诡异得很。

“王大人，钟大人到了。”

兰襟只说了这一句，便站到了容潋身边，那并肩而立的模样看得钟骞牙根紧咬。

王遂之以拳抵唇轻咳了一声，道：“慎远坊这地方阴冷闭塞得很，钟大人实在不必跑这儿来受罪，此番回去之后在刑部好好发展，将来本官可还要仰钟大人鼻息。”

钟骞眉头一皱，听出这话的弦外之音——你可千万别再过来了。

慎远坊关押要犯，若非正事寻常人不能过来，也不能探视。钟骞此行是借着和王大人叙旧的名头过来的，一般若不出事，也不会有人多说话……

钟骞眼睛看着“多说话”的那人，只觉得肺管子都要炸开，强忍着平心静气道：“王大人说笑了，我来这儿并非受罪，而是开怀。心里惦记的故人在这儿，我免不了还要来叨扰，若是王大人觉得难做，我便向陛下请旨，从刑部调到慎远坊为官。”

话音刚落，郑元不由得倒吸一口凉气。这人的脑袋看着这么硬，也不知道能禁得起侯爷几个来回的暴打。

钟骞拿仕途来换在慎远坊和她经常相见，不管是真是假，这话都让人震动，可此刻容潋觉得怅然。她微微叹了口气，扭头看向沉默的兰襟。

昨日对抗下，他分明已经知晓钟骞是来做什么的，可事实已成，她已经知道了，就算再堵钟骞的口也没用。所以他攒了这么个场子是为了什么，容潋有些看不懂，但她也不想莽撞地再去踩他的雷区，就只等着他的反应。

屋内一时气氛更诡异了三分，兰襟的手掌扣在容潋肩头，微微用力扳过她，让她面对着钟骞。

“钟大人连大好仕途都不要跑过来照顾你，这等深情厚谊实在是让人动容。君子不夺人所爱，既有钟大人照顾郡主，那我也不便再插手，去吧。”他在她背后轻轻一推。容潋向前两步，钟骞展开手臂要去接她，可还没碰到她袖口，一条手臂便揽过容潋的腰身，往后一勾。

“你还真敢过去。”

容潋后背撞到他硬硬的肌肉上，撞得生疼，她气得伸手去扯他的脸：“你到底想干吗？在这儿阴阳怪气的做什么？这几位大人都很忙，没有人陪你作天作地地闹，你适可而止差不多就得了！”

郑元立刻颤巍巍地举起手，说：“那个没事儿，不忙，我不忙的。”

王遂之额角青筋一阵一阵地跳，他是过来人，早就看出了兰襟的心思，可郑元仿佛一个瞎了眼的。

他安排钟骞见容潋，本是想做个顺水人情，却被兰襟抓住把柄。这事虽不大，但传出去也是不好，且苏唯安的信上说不出意外兰襟不日便会离开慎远坊，让他一定不要得罪兰襟，免得兰襟报复时把苏唯安也捎上。

王遂之转了转眼珠，一把将郑元从椅子上拉起来拽着往外走，说道：“本官想起确实还有些事情未处理，你们自便吧！”

“郡主因为其他不相干的人发火的样子，可真不怎么好看。”兰襟阴冷地一笑，捉住在他脸上作乱的手，一下甩开。容溦被这力道带得撞上墙壁，还未等缓过来，便被他掐住脖颈。

“兰襟，你要做什么？！”钟骞胸膛剧烈起伏着，想冲上前去，可又怕他真的下狠手，只能僵在原地。

容溦的脖颈纤细，仿佛一掐就断的麦秆。她仰着头被掐得说不出话，只喉咙里“呜呜”地出着声。他仔细地盯着她的反应，眼底浮出笑意，凑近去在她耳边低语：“看，就算他在你身边，也护不了你，这样的废物你还理他做什么？”

“叫他滚，以后也别再听他的话了，好不好？”

容溦心里一片阴凉，胸腔里的空气越来越少，眼前发花。兰襟是鬼，是从地狱来的魔鬼，她怎么就一时想不开，想去和魔鬼为伍？她胡乱地拍着他的手，在快昏厥之前被他放开，狂咳着往地上栽去。

容溦的皮肤太过细嫩，那手掌印红红的，看着触目惊心。钟骞脑子都热了，嘶吼着犹如发狂的兽，扑到兰襟身上撕扯。

“你走！”容溦抚着胸口，从喉咙里挤出这两个字，轻轻弱弱，却震得钟骞眼泪都要掉下来。

“容溦……”

“不想害死我就给我走……别再，别再来慎远坊了……”

钟骞抓住兰襟衣领的手一松，嘴张张合合，半晌也说不出话来。容溦已经缓过那口气，哑着声音又喊了一句：“走！”

钟骞恨恨地咬着牙，将眼泪逼回去，最后深深地看一眼容溦，转身大步地离开。“哐”的一声，门被摔得震天响，房顶的两片雪花顺着飘了进来，落地无痕。

“你叫他们来，就是来看着你作践我的是吗？”

兰襟眼睛眯起来，冷冷地说：“我都没用力气，你自己左右挣扎往我虎口上撞，一口气自己憋着，人都走了，还装什么？”

容溦眨眨眼，“哦”了一声，撑着墙站起来，偏过头看着门口方向。她了解钟骞，他亲眼看见她在兰襟手下受苦，会更加竭尽全力地帮她救她。兰襟看穿了她的心思，也乐得陪她演戏。

看，他们才是狼狈为奸的一对坏人。

“走都走了，还看！”兰襟捏着她脸颊迫她转过头。

容潋笑起来，狡黠得像山间的小狐狸，说道：“侯爷这样，若是不知道的，还以为你是为了我吃醋了呢？”

兰襟眼神微变，嘴角挂起若有似无的笑：“慎远坊只有你一个能入得了我的眼，若是你再被他抢去，日后夜里，还有哪个能替我暖身子？”他话里似在调情，可又偏偏说得难听，容潋气闷间夹杂着不可抑制的失落。

以前喜欢她的人曾袖手旁观，如今能护着她的人又是害她坠入当下深渊的罪魁祸首。反正她一句话掺着八分假，本就不配得一颗真心。

第四章 情之一字

柔然趁着南疆边境大雪之机，又寻衅骚扰了一番。消息十日后送到长安城，玄武帝终于不再犹豫，采纳了中书令和兵部尚书路之遥的提议，任命远在慎远坊的兰襟为使臣，前往游说雀南、燕支二国，孤立柔然，最后再一举铲除这个祸患。

旨意一下，满朝哗然。

闻此，那些曾经因为兰襟倒霉被贬到慎远坊的无不欢喜雀跃，而落井下石的人无不胆战心惊。

兰襟是个什么人？那是即使没仇没怨，你对上他的双眼都会忍不住打怵的人，更何况如今还得罪了他，若是兰襟此行顺利，再添功绩，官复原职不说，还会另有加封，那到时候他们这些人谁又能跑得掉？

宫门外，白雪覆满地。朝臣鱼贯而出，苏唯安落在人后，慢慢悠悠地走，时不时地叹上一口气，老成得像是四十余岁的人。他想起去查抄六安侯府那日兰襟所说的话，他那时分明就知道自己一定会再回来，苏唯安也猜到了，却没想到会这么快。

才不到半年光景，兰襟竟又从慎远坊离开了。他这一出来，还不知道要掀起多少风浪来。

“苏大人这是缘何叹气啊？”

苏唯安脚步缓了一缓，兵部尚书路之遥赶了上来。路之遥比苏唯安还小上一岁，在这个年纪坐上一部尚书之位，虽是前途无量，但也压力倍增。二人年岁相仿，官位一致，颇有些英雄惜英雄之感。

与苏唯安沉稳敦厚的长相不同，路之遥总是眉眼上挑，神色飞扬，正是年轻气盛风采。每次一见到他，苏唯安不由得又多叹几口气。

与路之遥相比，自己可真是显老啊！

“苏大人怎么还愣住了？”

苏唯安摇摇头，道：“没什么，我只是好奇，路大人为何会提议让兰公……兰襟出使南疆，我依稀记得，之前兰襟倒台时，路大人仿佛也是高兴的。”

路之遥拢了拢袖子，与他一道并肩往前走，闻言笑了笑，说：“我这叫附和，就好比一大家子在一起吃饭，有人做了道菜，大家都说好吃，你若是不说好吃，大家都会觉得你是怪物，又或者是觉得你和做菜的人有仇，因此才如此说的。”

“在这些无聊的小事上，我愿意附和别人，不然显得我太特别太招人眼。但是在正事上，我不会屈从于任何人。不管是从什么方面来讲，兰襟都是这次去南疆最合适的人选。我当时上书时已经做了若是陛下不同意，便血谏朝廷的最坏打算。好在……”

路之遥莞尔道：“陛下还怜惜我这条命。”

苏唯安心下震动，竟发现时至今日才看清楚路之遥此人，不由得又问：“若是兰公……兰襟他日回朝找你麻烦，你该如何应对？”

“若是就因为他倒霉我开心就来找麻烦的话，这长安城几万人他都得挨个找了，一生匆匆不过两万余天，八成轮不到我的。”路之遥指了指门口停的马车，拱拱手道，“我要先回兵部，有关兰襟出使的具体事宜交给别人我不放心，我要亲自到慎远坊走一趟，改日有空请苏大人喝酒。”

“路大人——”

路之遥一条腿搭上马车，回首看他，就见平时沉稳的苏大人此刻脸一阵红一阵白，像是经过剧烈挣扎之后，最后变成认命的死灰色，问道：“能带我一起去吗？”

大雪落满万青山，路上难行，慎远坊里关押的还都是些从前金贵的人，可以劳累，但不能轻易地死，否则谁也担不起这责任。

郑元和正掌司王遂之商议后，给慎远坊众人放了个假，他们可在万青山一带活动，待到雪融之后再做工。

又一天天晴，一大早方云梦便出了门，等到日头高高才回来，手指冻得通红，她敲了敲院子最里侧那间屋子的房门，声音轻轻的。她之前听霍准那个大嘴巴在饭桌上提了一句，说兰襟喜欢吃冻梨，秋日时便守着万青山下那两棵梨树，费了很大力气将果子藏起来封住，等到如今方才取出来。

她敲了半天门也不见有动静，在这儿也不能喊，会将他人喊过来的。方云梦咬了咬唇，大着胆子推开门，兰襟不在，榻上床褥整齐叠着，地上一丝雪融化后的脏污痕迹也没有，仿佛是一夜都没有回来过。

“他会去哪里？”

她手上包袱里的冻梨渐渐地解冻，有水迹在布面上晕开一小块。

门外有人踩在雪上发出“嘎吱嘎吱”的声音，她将门推开一条缝隙，看见副掌司郑元穿着厚厚的狐裘进了院子，正往往此处走来。方云梦的心一下提到喉咙口，却见郑元走着走着又脚步一拐，往容潋的房间而去。

开门声起，郑元小声地嘟囔着：“就猜到你在这儿，虽说没有两日就要走了，你也背着点儿人才好，否则被人发现……得，我错了，当我没说，您住得舒心，玩得开心，小的先退下了。”

又说了些什么郑元才离开，又走到方云梦的视线里，只是这次身上没了那件狐裘，双手上下不住地摩挲着胳膊，瑟瑟发抖地快步走远。

方云梦看了看空荡荡的屋子，攥紧了手里的包袱，等到那边关门声响起时，才推开门离开。

合上一扇门，将大半的光阻绝。

兰襟将狐裘上的浮雪扫去，挂在一边等着它干透，这才又坐回榻边。这几日晚上，兰襟每当过来时，容潋便像现在这般用被子把自己裹成蚕茧模样，任他怎么威逼利诱也不撒手。之前倒是什么都能妥协，唯有这一点她很在意，那副倔强的样子看起来仿佛他再逼一逼，她就要撞墙了。

虽说知道容潋最惜命，但他还是没忍心伤害她。容潋察觉到他的注视，又往里拱了拱。兰襟不喜欢她这副拒他千万里的样子，蹙着眉头从后面捏住她瘦弱的肩膀，话一出口就不好听。

“郡主拿我当豺狼虎豹，那当初为何要凑过来？既想得到自己想要的，还不想有所付出，天下怎么会有这样的好事？”

容潋无声地扭着身子，半晌扭不开也就任由他了。她声音有些气闷，还带着刚睡醒的沙哑：“我整个庆安王府都搭进去了，侯爷还想让我付出什么？我如今已经不顾名声和你躺在同一张床上，你还想如何？”

——我想你也能没有负担地信任我，亲近我，就像跟钟骞一样。再不济，对我笑一笑也好，温柔又灿烂，就像对所有人那样。

兰襟手上力道不自觉地加重，容潋再也忍不住地痛吟出声，将他体内热血沸腾的叫嚣声压制住。他恢复惯常的模样，道：“你将自己裹得这么紧，我碰都碰不到你，如何给我暖身子？”

容潋将被子拉高不理他，没想到他还来劲儿了，压上她侧躺的身子，有些凉的指尖顺势捏住她的下巴，将她的脑袋从被子里拉出来，声音陡然变得轻快：“郡主可是想歪了些什么？”

“我那间屋子比别的地方都阴冷，我又把狐裘送给了郡主用，夜里实在是冻得睡不着。而郡主这里暖和一点儿，且郡主身娇体软，抱在怀里很是温暖，所以我才说让你给我暖身子……郡主想到哪里去了？郡主想的是不是——”

容潋听得面红耳赤，抬手捂住他的嘴。她是想歪了没错，谁让兰襟每时每刻话里话外都是想要睡她的意思，可是这青天白日的，他像是说“今天天很好”一样和她谈论这种话题，饶是容潋脸皮厚，也实在是扛不住。

兰襟的眉头已经舒展，将她的手拉下来，出其不意地在掌心落下一个吻，轻而郑重。不待看容潋的反应，他就直起了身子道：“方才郑元说，这几日兵部尚书路之遥就会来亲自传旨。”

容潋一下坐起来，看到他的脊背融进屋中为数不多的光里。

他的声音有凝滞，容潋不知是为何，只觉得他下一句话说得很轻，像是细细密密的雨丝落在头顶：“我可以想办法带你出去，但这世上已经没有庆安王府，你也不再是庆安郡主，你跟在我身边，便要有新的身份。在我府中，在我身边，为妻为奴，由你自己选。”

“我庆安王府被陷害的名头可不寻常，你确定能带我出去？”

“我兰襟，不做无把握之事。况且你找上我，就知道我可以，不是吗？”

容潋挑起自己一缕发丝，在指尖缠绕，说道：“我和侯爷仇深似海，若是做你的妻，我父王兄长在梦里就要来找我了，可算了吧。为奴也好，只是我可不伺候你擦身子！”

他早知道她的决定，这结果在意料之中。

兰襟嘴角挂起淡淡的笑，站起来回望犹如妖灵的她，轻声道：“好，那就让你伺候本侯洗脸穿衣，夜里再替本侯暖身子。”他刻意将那最后三个字咬重。

容潋面上不自在，恨恨地瞪了他一眼，卷起被子又躺下。

“我要补觉，别再来扰我了。”她说的是真的，这连着几晚都在防备他，睡得不踏实。兰襟倒也没再招惹她，只是抬手将被角掖了掖，便一言不发地离开。

院子里空无一人，风卷着树杈上的落雪，吹得视线里都是细碎的光点。

地上已经没有了脚印，可一推开门兰襟便蹙了下眉，接着打来一桶水往地上一泼，将残留的所有痕迹和气味都冲掉。

兵部尚书路之遥在当夜到达，慎远坊正掌司王遂之与副掌司郑元亲自迎接。王遂之在看到路之遥身后的人时一愣。苏唯安摸了摸鼻子，轻咳一声道："路大人对这片不熟，本官做个引路人，带着路大人过来，此行就是路大人的随从，不必在意我。"

话一说出口，他就觉得不是个滋味，说得好像他很熟的样子，明明他也只来过一次。

"二位大人里面请。"

"罢了，先说正事要紧，陛下有旨，兰襟出来听旨。"

王遂之与郑元对视一眼，后者点点头，着人赶快叫兰襟来正厅。这夜里，厅中灯火通明，兰襟在前，慎远坊中一干人等在后，跪迎圣旨。

"陛下有旨，特赦罪臣兰襟出慎远坊，为南疆使臣，出使雀南、燕支二国，即刻出发，不得有误，钦此——"

兰襟跪得板正，半晌却没有动静。

路之遥冷声道："兰襟，为何不接旨，你可知道抗旨不接是什么罪名？"

"从前天机司掌长安诸事，这一点我自然是知道的。出使南疆，为的是游说二国不为柔然所用，这事情很难做成，到时候陛下照样会赐我死罪，与其到那么远的地方折腾一通回来赴死，倒不如我如今抗了旨，让陛下直接要我的命。"

"这——"路之遥没想到兰襟会说出这样的话，一时间有些语塞。

兰襟微微抬眼，眼神在苏唯安身上一转而过。苏唯安被这一眼看得呼吸一滞，迷迷瞪瞪地就说了一句："兰公……你可是有什么自己的打算，说出来，路大人会酌情处理的。"

说完，他又忍不住在心里打了自己一巴掌，他居然帮兰襟说话。

"我对南疆事务不熟，且事情紧急，在短时间内我绝不可能熟悉地形，怕还未等到雀南二国就被柔然的人发现了。所以，我想要一个对南疆城和周边地区都非常熟悉的人做我的副使，随我一道去。"

兰襟说着，眼眸柔和了一瞬："还有，我既是使臣，不能再像在慎远坊这样凡事都要自己动手，叫人觉得我大越的使臣居然这般不受重视，我身边，还要个伺候的侍女。路大人也知晓，天机司人戒心都重，我府上的人都被遣散了，如今能让我信任的人太少了。”

话已至此，苏唯安自然明白了，他蓦地记起去查抄侯府那日兰襟说的最后一句话。

“也罢，旁人给她的，我也不想让她留。”

原来，那时候兰襟就已经打算好了一切，他不只是要自己离开慎远坊，他还要将庆安郡主一起带走。已经看穿一切的苏唯安露出了微妙的笑容，看着还不知所以的路之遥问：“你已经有了人选，是谁？”

“前南疆城城主霍准为我的副使，庆安郡主容潋为我的侍女。”

“容潋……”路之遥犯了难，可他此行就是来让兰襟尽快准备启程去南疆的，看兰襟当下的样子，若是不同意他宁可死也不会去。路之遥虽然和兰襟没有太多交集，也知道这是个狠角色。

如今柔然边事为朝中要事，除了兰襟，他也实在是找不到任何一个人能胜任出使重任，而陛下从前信任兰襟，想来也不会在这样的事情上多加计较。

思绪转了几个来回，路之遥沉声道：“到慎远坊来的犯人都是由陛下亲自下旨做主，若是想放，也要得到陛下的允准才行。这样吧，你先准备，明早出发，等本官回长安禀明陛下之后，再快马加鞭将霍准与容潋送过去。”

兰襟仰头，下巴线条紧绷，显出一副不容商量的姿态，一字一句道：“我要带着容潋一起走。”

月影西斜，容潋从梦中惊醒，枕畔却没有人。

这几天的晚上，她已经习惯翻个身就会触到另一个人，如今身边空荡荡的，她居然生出一丝丝的烦闷，可对象是兰襟，这并不是什么好兆头。她深深地呼吸了几次，摆脱掉那异样的感觉，理智渐渐地回归。兰襟说这几日朝中就会有人过来，想必现下兰襟不在，就是去接旨了吧！

他信誓旦旦地说一定会将她带出去，他虽然坏，但也不至于在这样的事情上骗她。容潋再睡不着了，穿上鞋在屋中转了转，推开了窗，双臂撑着去看外面的夜色。

从前每日都想着要走，她从来没有静下心看过这里的一草一木。如今知道自己要走，她才发现，这院子很好看。

这里和从前庆安王府的富丽堂皇不能比，小小的院子望出去是四方的天，月亮就在那一角，像挂在覆雪的枯枝上，天空安静又干净。

寂静的深夜，一阵压抑的低泣声响起，容潋探出头，分辨出是隔壁的方向。

“是云梦。”容潋快步走出去，情急之下一下推开了门，看到方云梦蜷缩在床脚，捂着脸哭得凄惨。

“你怎么了？可是做梦又梦到你家人了？”

方云梦一听到她的声音，哭得更惨了，一抽一抽的，等她走过来一下子扑到她身上，将她紧紧环住。容潋怔了怔，手顺着拍她的脊背，轻声道：“别哭了。”

“我梦见……你也走了，你也不在我身边了，容潋……如果不是你，我可能都活不到现在。容潋、容潋……”

她一声声地喊，把容潋的心都喊乱了，如果可以，她也想带着方云梦一起走。可此去南疆前路不知道如何，身边又是兰襟那般鬼魅的人，她连自己的安好都不敢保证，更何况是方云梦的。

方云梦留在慎远坊如今是最好的选择，等到她在兰襟身边找到机会为庆安王府翻案，陛下一定会对王府有所补偿，到时候她再将方云梦要出来，顺理成章。

容潋沉默的时间略长，方云梦抹掉眼泪坐直身子，双眼迷蒙，像是迷路找不到家的小鹿。

“放心吧，我不会不管你的。”容潋笑着掐了掐她的脸颊，说道，“都说了在慎远坊我罩着你，我说话算话。”

方云梦重重地点了点头，两个人躺在一张床上，像容潋刚来慎远坊的那几日一样，偷偷摸摸地背着管事的人过来，等到天亮之前再回去。

这一夜过得很漫长，容潋再没合过眼，方云梦哭得累了迷迷糊糊睡过去，容潋走时她也不知道。

外面天空蒙蒙一片灰，容潋长舒一口气，静静地等着太阳一寸寸升起来。狐裘裹到身上，一瞬间格外温暖。

“昨夜没帮我暖身子，我要讨回来的。”他这话有些赖皮，把容潋逗笑了。兰襟仰头，和她同看一片天，说：“路之遥连夜赶回去，入宫见陛下。”

“嗯，侯爷还真是神通广大呢！”

“这夸奖一点儿也不走心。”兰襟说了这一句也不再说什么，等那太阳升起，天空一片大亮。

“容潋。”

“嗯？”

“我不后悔。”兰襟像和她说，也像是和自己说，“我永远不会后悔。”

这话说得似是而非，容潋猜不到他一颗心，只是这语气太沉重，她不由得讥讽地笑了笑：“你后不后悔，和我有什么关系？”

兰襟抿紧嘴角，提步就走，说道：“那我叫郑元派人去长安城，告诉路之遥，不必再放庆安郡主和我一道走了。”

如今天大地大都没有她出慎远坊这件事大，容潋能屈能伸，转身就抱住他的腰，脚尖着地，慌忙道：“有关系有关系，我还要做伺候侯爷的侍女呢，关系大得很。”

兰襟背对着她，嘴角勾起，声音却冷冷的：“郡主这是在求我？”

“是呀，在求侯爷呢，侯爷就原谅奴婢这次的无心之失吧！”

兰襟终于满意，颔首道：“罢了，看在你如此诚心的分上，我就不与你计较了。”

前面守卫在喊开饭了，马上院子里住的人就会陆陆续续地出来，容潋连忙放开他，小声嘀咕着往外走：“一夜也没怎么睡，可真饿了呢！”

温香暖玉骤然不见，冷风刺骨。她纤瘦的轮廓融进暖光里，兰襟舍不得眯起眼，漏掉一丝属于他的光。

到底什么时候才能让你眼里只有我一个人，心里只有我一个人，你前行时身边是我，转身后第一眼看的是我，你所有的点点滴滴，都是我。执念入骨、入心，成魔、成痴，到底什么时候才能成真。

午后，霍准他们几个去万青山捉野鸡，容潋也跟着去了，兰襟并没去。反正都已经是熟识的人，他不担心会有谁对容潋有何心思，若是有那份心，也不会等到现在。

于是茫茫白雪间，郑元裹着披风瑟瑟发抖，盯着容潋的一举一动，将她和哪个男人对视、说话、接触都记下来，待晚一些时候整理好交给兰襟。

"侯爷还真是一如既往的……做事严谨。"

另一边，慎远坊的正厅里，苏唯安腰背挺直，第三次举起茶杯送到嘴边，还没等茶水进口就又放下了。

兰襟坐在那儿盯着手里的茶有一刻钟了，眼睛半垂，看不清神情。

苏唯安提心吊胆的，还是没忍住开了口："这茶，可是不对兰公子的口味？"

"我还没有喝。"兰襟抿了一口，将茶杯放下，说道，"涩了些，确实不对我的口味。"

苏唯安脸上的表情僵住。

"苏大人找我来，不是来请我喝茶的吧？"

苏唯安沉吟片刻，问道："慎远坊里库房的那把火，可是兰公子放的？"

兰襟不置可否。苏唯安又问："王遂之曾与我言明，慎远坊中库房之物和账目上的对不上，我思来想去，这把火肯定和此事有关。库房中有大批御赐之物，我身为户部尚书，这件事我不能坐视不理。"

"苏大人，是想告发我？"

苏唯安摇头："事情症结不在这把火，而是这把火烧完之后被保护起来的那个人。慎远坊只是一处，我不能让他这么为所欲为下去，让朝堂不安社稷不稳。"

兰襟目露欣赏之色，从第一次在天机司见到苏唯安开始，他就知道苏唯安会是将来朝上的一股清流，他的眼光，一向极好。被他这么盯着，苏唯安脸都有些发热，低咳了一声道："所以，还请兰公子，指点迷津。"

"我还舍不得苏大人去送死。"

"什么？"

兰襟站起，侧头看他，说："苏大人可能斗得过我？"

苏唯安无言以对。

"连我都觉得棘手的人，苏大人又何必去撞得头破血流呢？你这条命，还是留在户部鞠躬尽瘁，发光发热吧！此事等我从南疆城回来自有定论，到时候苏大人若有心，也可来找我，我会让你看清楚的。"

"侯爷——"

兰襟走到门口，尾音挑起："嗯？"

"之前……老尚书大人喝多了同我说起，是侯爷……说我可用，老尚书大人才向陛下举荐我接任户部尚书一职，我……"

这件事苏唯安想了很久，虽然兰襟的某些所作所为成为他内心的阴影，但也不得不说，兰襟的举荐，让他为社稷尽忠的毕生所愿得以快些实现。

感激的话还在唇舌间流转，苏唯安却听兰襟道："我说你可用，是说那副嗓子可用，在天机司喊了四天四夜也没哑掉，很是厉害。还有别的事吗？"

苏唯安噎了一下，连连摇头："没有了，南疆路远，侯爷保重。"

兰襟轻笑，淡淡地应了一声："嗯。"

去而复返的路之遥带着陛下口谕，与从万青山回来的容潋一行人在慎远坊门前碰上。路之遥是见过容潋的，略带深意地看了她一眼才进门。

郑元跟在后面，默默地在心里记上一笔：兵部尚书路之遥路大人，看了郡主一眼。

容潋对此毫无知觉，她神情焦急，抓着担架上方云梦的手说道：

“郑大人，可否让慎远坊的大夫给云梦看一看？”

本来捉野鸡这种事方云梦一向是不去的，今日也不知道是怎么了，一定要跟着去，山上路滑，她跌倒摔进雪里，至今昏迷不醒。

“人命关天，刘书，去叫大夫。”

“是，郑大人。”

霍准几个人抬着担架往里走，容潋刚要跟上去，就被郑元叫住。他将她拉到一边欲言又止，几番犹豫之后刚要开口，一道人影便晃了出来。

“容潋，跟我来。”

兰襟的眼睛迅速扫到和容潋站得有些近的郑元，嘴角抿起。郑元飞快地往旁边撤开，摸了摸鼻子道：“那个什么，你们先进去吧，我去找王大人。”

“我怎么觉得郑大人怪怪的？”

兰襟道：“怕是来这儿憋出毛病了。”

玄武帝准了兰襟的请求，此次南疆之行，除了带上一队精兵，还有前南疆城主霍准与庆安郡主容潋一道随行，明日天亮就出发。

稍晚时，方云梦醒过来，身上倒没太多伤，就是整个人吓坏了，止不住地哭。容潋实在是不放心她这样留在慎远坊，思来想去只能找兰襟商量，看能不能把方云梦一起带上。

“我同路大人说，不相熟的人都不能留在我的身边，我为何要留她？”

他的话音不轻，直直地灌进榻上方云梦的耳朵里，她一张脸霎时间白下去。

容潋只当他在找借口，反驳道：“我与你也未必有多熟，你就带上她又能如何？”

“哦？抱过你，亲过你，同屋共度，同榻而眠。”他一字一顿，眼底蛊惑人的光越来越耀眼，一步步逼近她，声音低哑含情，“如此，还不算熟吗？嗯？潋潋。”

“你——”容潋又气又急。她没想到他居然当着方云梦的面也能把这些下流话说得这么旁若无人，再在这儿跟他纠缠不清只会更丢脸，她推开他，撞开门离开。

屋子里，一时间就只剩下兰襟与方云梦二人。

方云梦的心怦怦怦直跳，手将被子攥得起了褶，才轻声道："兰公子要坐一坐吗？"

"别再做些无用的事情让她担心了。"

这一句话，让方云梦的脸色又苍白三分，她没有血色的唇抖了抖："我不懂兰公子的话。"

"你是为何去万青山，又为何摔下来，你心里有数。你想出慎远坊和我无关，可你利用她的心软，这就不应该了。"

"我不是。"方云梦刚哭过一场，娇弱的病中美人当真是我见犹怜，可兰襟脸上没有任何波澜，仿佛根本看不见她。

他字字句句对容潋的偏袒，戳进方云梦的心里，令她刚干了的眼眶又湿润了。

"之前方家因姐夫获罪，若不是兰公子重修慎远坊时和陛下提议将方家独女关进来，我恐怕也会和我哥哥他们那样被流放千里。我感念兰公子的恩情，只是想留在你身边，我不是有心骗容潋的……"

"陛下不想赶尽杀绝，我便顺着他的心意出了个主意，这和你无关，你也不必感谢我。"

"不是的，我……"方云梦撑起软软的身子抓着帐子站起来，苍白的脸上有红色渐渐晕开，她结结巴巴道，"我……"

这副小儿女含羞带怯的姿态，兰襟在许多人脸上看见过，他声音没有波澜，问："你喜欢我？"

方云梦一怔，没想到他会如此直白地说出来，心跳如擂鼓，半晌点点头，说："是，我不求兰公子如何，我只想，只想留在你身边看着你……"

"喜欢我……"兰襟重复这三个字，嘴角勾了勾。他几乎没有对她笑过，可方云梦不喜欢他这样的笑容，因为这根本不属于她。

"我劝你趁早收起这个念头，好好在慎远坊等着陛下大赦。我早已有意中人，我倾慕她多年，此生我只喜她一人，旁的人，我容不下眼。”

方云梦听了此言，身形晃了晃，颓然跌坐在榻上。

“看在你是她在意的人的分上，我才多说了这么多话，此事我不和你计较，你好自为之。”

门推开又关上，一阵疾风卷进来，方云梦蜷住身子，眼泪落了满脸。能得自由的是容漇，能得兰襟心的也是容漇，为什么容漇什么都有，而她，什么都没有。

容漇本以为离开慎远坊时她会有很多感慨，可直到马车驶出长安地界，她内心也没什么起伏波动。大抵是因为这一切和她预想的不一样，她以为她的离开，会伴随着庆安王府的荣光再来。可现实里，她踏上了一条不知是好是坏的路，身边伴着一个不知是魔是鬼的人。

“不知道云梦会不会想我。”

“刚走了三天，有什么可想的。”马车在一处林子前暂停，兰襟撩开车帘钻进来，容漇连个好脸色都不愿意装出来给他。

他强硬地不带云梦出来，随后几乎是半强制地将她掳上了马车，若不是他说会让郑元多照顾方云梦一些，容漇大概直到现在也不会消停。

马车里的干粮和水，她一口也没碰，兰襟脸一下沉下来，挤过去坐在她身边。容漇气不顺，不想和他多待，等他坐稳就想下车，被兰襟一下扯住腰带往后一拉，她站立不稳直接倒在他怀里。

还不等她起来，他的大手就扣在她腰间，用力按得她不能动弹。

“既然做了我的侍女，就该有侍女的样子，谁家的侍女像你这样，敢给主人脸色看？你可知道我府上的人若是这般，我会将她们如何吗……拿烧红的炭将她的脸烫得没一块好皮，叫她不管是何脸色都再没用处。你想试试？”

容漇被他的话吓到了，虽知道他多半是吓唬人的，可他当年在天机司的手段世人皆知，难保不会因在慎远坊困得久了手痒难耐，真的拿她开刀。

察觉到她瑟缩了一下，兰襟换了个位置，让她坐在身侧，抬手环住她：“照这个行程，明日就可到齐州了。”

“吧嗒——”一滴泪骤然掉落，落在他的手背上。他怀里的容溦回过头，眼底一片茫然。

威远县，那个让她的父兄都葬身的地方，就在齐州。

兰襟抬手抹去她的泪，微凉的唇凑近，轻轻地摩挲那处热泪流过的地方，说道：“我会让车队绕去威远县，我要让你时刻记住，你已经没有亲人，也没有家，你如今只有我。”

他每句话都往她心里扎，痛过了劲儿反倒让她更清醒了。她定定地看着他，像是能从这双古井无波的眼看进他的心里，说道：“从我在慎远坊中找上你，我就知道这一点，侯爷何必一次又一次地确认、提醒，就好像不这么说，你就不安心一样。”

她展开笑颜，脸往他面前凑近了一寸，说道：“兰襟，这不像你呀？”

兰襟喉头一动，刚欲说话，外面拴着的马突然发出一阵嘶吼。他按住她的肩，低喝道：“不叫你出来，不许出来。”随后他往下一跃，跳下马车。

这一处的林子不大，零零散散几十棵树，此刻白雾弥漫，有几个跟队的侍卫已经倒下了。

“捂住口鼻，都往后撤！”

兰襟一声令下，拿帕子沾上水，又进马车示意容溦捂住口鼻。容溦见他面上毫无遮挡，不由得脱口问道：“那你呢？”

兰襟回首一笑：“放心，还没让你伺候到，我怎么舍得有事？”

容溦心中暗骂，这人根本不是脸皮厚的问题，这简直就是不要脸。

不要脸的兰襟自腰间抽出剑，他惯用薄剑，轻轻一抖，剑若游龙，寒光四射。一行黑衣人自白雾里走出，约莫有二十人，手中拿的亦是剑。杀手用刀居多，如此用剑的，只会是武功更强的高手。

兰襟轻笑出声，说：“看来这一次有人是下了血本，想要我的性命。”

“若你安安分分地待在慎远坊，什么事都不会有，怪只怪你命不好。”领头的黑衣人眼角下垂，目光仿若一条毒蛇吐出的芯子。

兰襟这次出使南疆，以游说为主，所带精兵不多，刚才被迷烟迷倒了一小半，如今更是难成大势。可在这样的情况下，兰襟还是表现得云淡风轻，甚至眼角眉梢都是蔑视，仿佛置身于他天机司之内，对面的黑衣人全部是他的阶下囚。

霍准将帕子系在脸上，看到这儿都不由得鼓掌了。

果然是六安侯，他今日算是长见识了。

一众黑衣人也发觉了这一点，第一时间想的不是冲上去，而是兰襟是不是有后手伏兵等着他们，才会以自身为诱饵，勾着他们过去。

“大哥，再不动手，待会儿他们体力就要恢复了！”一个黑衣人咬咬牙，说道。

兰襟将剑横在左手掌心，右手屈指弹了弹，发出清脆的“叮”的一声：“方才不还是胸有成竹，如今怎么不动手？我只带了这些人出来，如今他们又都中了迷烟，错过了可就再也不会有这样好的机会了。”

他越是这么说，领头的黑衣人越是犹豫。

兰襟究竟是设好了陷阱等着他们跳，还是以空城之计来诈他们……

“若是咱们此行不能得手，回去也是个死。”

手下的这一句话坚定了领头黑衣人的心，他恨声道：“不管你葫芦里究竟卖的什么药，我都不会让你活着离开这片林子！”

兰襟的表情一下凝住，领头黑衣人暗喜自己选对了，这果然是空城之计。

“给我上！”

黑影鱼贯蹿起，午后的光自剑身上反射出，一时间令人眼花缭乱。兰襟闭起眼，电光石火间，他两侧的精兵突然撤开，六个一身劲装的人跳出来，手中弓弩出其不意地射出，打头的黑衣人顿时倒在地上。

顿时，双方的情势掉了个个儿。六人反身，齐刷刷地单膝跪在地上，齐声道：“属下给侯爷请安。”

原来，天机司掌司兰襟手下有六大高手，统称天机六合，这六个人都是由兰襟一手带入天机司的，说是只忠心于他一人并不为过。后来天机司解散，官员全部被驱赶出长安城，而六合一直候在城外不远处，等待兰襟的出现。他们相信，侯爷绝对会再次出现。

这一路从长安到此地，竟没有任何一个人发现他们的踪迹——除了兰襟。

兰襟颔首，轻飘飘地扔下一句：“不用留活口了。”

“是！”六人得了命令，眸中染着嗜血的光，冲杀进黑衣人群。

兰襟转身，一步步走到马车边，撩开车帘，迎来的是容潋的深深注目。

“看着我做什么？”兰襟上了马车，坐在了她的旁边，容潋的目光一刻都未移开。

“没什么，只是想看看侯爷究竟是有什么本事，才能步步都算好，知道车队后面跟的高手，假装中了迷烟引杀手放松警惕出手，最后将其尽数杀之。你连个活口都不留，显然是已经知道他们是谁派来的。”

容潋笑了下，说：“还有什么是你不知道的吗？”

外面杀声震天，这狭窄马车里却像是被隔开的另一方天地。兰襟欺身而上，将她堵在角落里，手摩挲着她娇嫩的下巴，低声说：“当然有。”

“是什么？”

不知道你身边来来往往的那么多人里，有没有谁曾分走你的一刻目光。

不知道你虚与委蛇的那些人里，有没有谁是你真正在意过的。

不知道你要恨我到何时，怨我到何地。

……

他嘴角微弯，脑袋沉沉地抵在她脸颊边，说道：“不知道，你如此自作聪明。”他话里带着讥讽，容潋恼得推他。若是放在平时，她越是推兰襟，他越会得寸进尺地勒得她一动也不能动弹，而这次她一下就将他推倒了。

兰襟的身体软绵绵地跌在马车另一边，双眼微合，无声无息。

容溦立时坐起来，伸手探到他鼻下。还有气，应当是刚刚吸入了迷烟所致。怪不得他说她自作聪明……他根本就不是假装中了迷烟，而是一直在强撑着精神。她松了一口气，目光又凝在他平静无波的面庞上。

她很少见到这样一个面上一点儿也看不见冷漠的兰襟，上一次见到，仿佛还是在慎远坊的后山，他静默打坐时。其实兰襟长得很清俊，眼尾内折，眼睛睁开时理当是温温柔柔的。但他眼底总是含着化不开的寒冰似的，将整个人都衬得凌厉起来。

容溦盯了他片刻，不由得动了别的心思。

此去南疆，不知道能不能安然无恙地回来，若是能回来，必定是兰襟立了功，说服了雀南和燕支二国的国主，到时候，他就另有不世之功在身，这三五年间陛下绝不会动他。她就算是找到什么兰襟陷害庆安王府的证据，也不能奈他何。

而此刻，兰襟就在她面前，杀了他，报了他陷害王府的仇，再趁着外面打斗正乱逃走……这不失为一个好办法。容溦拔下头上的木簪，缓缓地靠近，抵在他的咽喉处。

她手中的簪子再往下一寸，就什么都结束了。

她紧紧地闭上眼，贝齿将下唇咬得死紧。片刻后，她收了手坐回原处，将一头绸子般的墨发绾起，手还有些抖。几次绾了松，松了绾，她心底起了烦躁，抬腿一脚就往他胸口踹去。

“都怪你！”干吗没事就来撩拨她一下，搅得她在最后关头还在给他找借口说他罪不至死。有仇都不能好好报，真是气得很。踹一脚不解气，她干脆骑在他身上，趁着他人事不省，对着他一顿乱捶。

车帘在这一刻被撩起，六合的老大陆北风在外面恭敬地喊了好几声都没有得到应答，只好虎着脸过来喊道：“侯爷——”

容溦的手还在扯着兰襟的脸皮，陆北风虽然知道容溦的身份，但兰襟在他心中的地位是谁都比不上的，这一刻见容潋对兰襟动手，火气一下蹿上来了。

“敢伤侯爷，我饶不了你！”

圆月刀手起刀落，直直朝她面门劈过来。容潋没想到这无妄之灾，只怪她不该贪图一时打兰襟的快乐，她迅速往后躲去，那刀却顿在半空，刀背被单手抓住。

兰襟推开了刀，坐直身子，低喝道：“谁准你碰她的？”

陆北风立时扔了刀，跪在地上道：“属下是怕她伤您，侯爷——”

“我带你进天机司，教你的第一条规矩，你忘了？”

第一条规矩，不论在何时何地，旁边有何人何物，一切都要以庆安郡主容潋为重。这么条让人摸不着头脑的规矩，说出去寻常人都不会信的。

陆北风看了一眼脸色有些苍白的容潋，喉头滚了滚，认命地伏身叩头认错道：“属下知错，请侯……请郡主责罚。”

容潋瞟了兰襟一眼，怀疑方才他也只是装样子，她要杀他未遂，接着暴打他的罪行都被他看在眼里了，她也没心思再去计较陆北风怎么样，道：“只是误会一场，下次注意就是了。”

陆北风没料到容潋这么好说话，直起身又目光灼灼地看向兰襟。

“郡主既然不怪你，此事便算了。外面都处理好了？”

“好了，一切都做得干净，一定不会让人发现。”

兰襟挥挥手，陆北风起身一揖，往远处走去。

兰襟伸手拉过容潋的手，她皮肉嫩得很，打得手背通红，已经隐隐要肿起来。他轻轻地吹了吹，心中暗自笑她娇气。

“若不是陆北风那一刀，你是要一直装昏迷吗？为什么……”

兰襟的脸上被容潋掐得红一道青一道，此刻他笑得有些狡黠地说：“不让你出出气，你这一路都要用这张晚娘脸对着我。我可还要你暖身子呢，你这样，我怎么下得去手？”

如果再给她一次机会，她一定把簪子插进他心里去。

第五章 我会帮你

因为中途遇到黑衣人骚扰，耽搁了一些时辰，等车队到达齐州时，已经是翌日下午。

兰襟挑了匹马，只带了容潋一人，两人同乘往威远县的天险之处去了，到时正是夕阳西下时，巍峨起伏的山川轮廓被镀上一层红光。

从远处看是无限好的风光，可谁又能知道，这山上的密林里到处都是能要人命的瘴气呢？

兰襟先下了马，将手递到她的面前。容潋像是看不见一样，自顾自地翻身下了马。

自从父兄过世后，她无数次想过到这个地方来，可庆安王府重担在身，她不能轻易离开长安城。她没想到最后带她来的，居然会是兰襟。庆安王与世子虽是在王府咽下最后一口气的，但在容潋心里，眼下的这一片土地，才是他们的葬身之地。

“扑通”一声，双膝重重地跪在地上，容潋以为早就哭干了的泪水在这一瞬间夺眶而出，像是流不完的江海。

“爹，哥哥，潋儿来看你们了……潋儿无能，即使拼了全力也没能保住王府，以后我也没脸再去见你们。”

兰襟手中攥着马鞭，看向远方。他没上前，这个时候的容潋，不会想要他在她身边安慰。

威远县这座连绵不断仿佛看不见尽头的山有个很不搭的名字，叫“望断”。其实这山也就只有看起来一半那么长，但由于常年有瘴气，模糊得好似和天边相连，让人轻易不敢进去。

兰襟沿着脚下这处不高的土坡向下走到望断山的山脚，淇水没有被冻结，依旧潺潺流淌，穿山而过。就是在前方，庆安王和世子豁出自己的性命，在夜半突袭，将盘踞在威远县多年的流寇一举歼灭。

兰襟看着这山，这水，不禁在想，若是当初换成他在威远县，他是不是也会像这样舍掉所有一切去做这样一件事？

“我总觉得自己不像是庆安王府的人，我太自私了。”容潋不知道什么时候从上面走下来，走到水边，撩动水波荡漾。

水面上她的倒影，眉眼间有着少见的愁绪，她说：“如果换成是我在这儿，我绝不可能抛下所有带人去突袭。我还有家人，还有父兄在王府等我，如果我出事，他们一定会伤心难过。就算是为了他们，我也会尽力保住我的性命。他们义无反顾地去做了这件事儿，换取了成千上万人的安好，却把我一个人孤零零地抛弃在这世间……

“后来有一段时间，我怨他们一点儿也不顾及我。可在我父兄下葬之后，我父王的副将陈叔交给我一封信，那是父王在前往密林之前写给我的。他说，他是为我大越千千万百姓而死，为我大越江山社稷而死，他死得其所。只是他放不下我，让我好好地听兄长的话，好好地活下去……他那封信写得很长，甚至连我日后出嫁、生子的诸事全部说到。巧的是，兄长也写了这样一封信，叫我日后不要闹父王，要好好地陪着父王……

“他们都很惦记我，也正是因为想要再多陪陪我，才强撑着从齐州回到长安。他们心中有大义，身上有我庆安王府的风骨。可到了我手里，这两样东西都被我丢光了。”

清泪顺着她挺翘的鼻梁下滑，滴落在淇水中，搅动水中她的倒影。

水波再平静时，水里影子便变成了一双人。兰襟的声音很轻，像是被敲碎的薄冰："换成是我，我也不会去做突袭之事。"

"侯爷还有那么多孽还没作，怎么能轻易地去死呢？"因带着哭腔，她的讥讽倒像是在撒娇。

兰襟的目光盯在她的背上，声音更轻："心里有牵挂的人，就舍不得死了。"

"侯爷心里也有牵挂的人？"

"自然。"

容溦抹了一把泪，站起身，手指指向他的心口，说道："不知道谁那么倒霉会被侯爷惦记，我先为那位的悲惨命运感叹一番。"她又眯着眼看了看天边落霞，说道："我们该回去了，天黑了就不好走了。"

她突然想起兰襟之前在马车里说的话，担心他真的在父兄葬身之地和她说些刻薄的话，她此刻脑中纷乱招架不住他，因此回身走得很快。可兰襟像是根本不记得马车里发生的事情，在原地站了半晌才迈开脚步跟过去。

一路的白山黑水，都听见了他哑声的呢喃。

"你很倒霉吗？"

"好吧，到如今确实不算好。"

"不过，以后所有都有我帮你，你会很好很好，比从前所有时候都要好。"

长安的又一场大雪，将大越明德二十一年带入了最后一个月。

下朝之后，玄武帝留了太子容境、辽王容齐、南英王容隐到御书房议事。

刑部报上来一件案子，查扬州知府方文案伙同当地乡绅，设下圈套将普通老百姓的地以三成的价格卖给乡绅，被害的老百姓们大多不识字，被诓骗签下永不讨要的字据，方文案又是一州知府，没有人敢将他如何。

直到后来有人被打得浑身伤痕累累，冒死逃出扬州城，却在半路上因重伤昏迷不醒。

幸好有好心人救了他，并快马加鞭送他到了长安城，替他以书信亲自引荐户部尚书苏唯安苏大人，再由苏大人亲自告知刑部，此事才得以公之于众。

“一州知府，居然做出这种事情，真是丢尽了我大越的脸面！”玄武帝将奏章摔在地上，负着手来回踱着步，怒道，“告发者是冒死闯出来的，不知还有多少条性命毁在这方大人手中！”

“父皇息怒，事已至此，拿到确凿物证查清此事，让方文案无可辩解，将他早日绳之以法才是最要紧的。”南英王容隐上前一步，抬手一揖道，“儿臣愿意前往扬州彻查此事，请父皇恩准。”

七皇子南英王容隐今年不过十六岁，正是意气风发的少年，说话都压不住心中怒气。

玄武帝欣慰地点了点头，随后道：“老三你走一趟吧，务必要将此事彻查，但凡涉案者一个都不许放过！”

辽王容齐本来正看热闹，没想到突然被选中，慌忙走出来，拱手道：“儿臣遵旨。”

容隐挺直的肩膀一下就塌了下去，直到出宫时仍闷闷不乐。容境笑着拍了拍他的肩膀，道：“得了，快别耷拉着一张脸了。”

“为何父皇都不让我去扬州，而三哥就能去？”

“你当去扬州是什么好差事吗？这方文案手段狠绝，这么跑出来一个人他肯定会察觉到，恐怕三哥过去的时候，扬州府有用的证据全部被销毁得一干二净了。三哥心思细，尽快过去可能还会发现些什么，你……”容境适时地止住了话头。

容隐的脸色可疑地红了红，敷衍地行了一礼，说：“好了，四哥，我有事先走了。”

容境点头，应道：“去吧！”容隐立时快步跑远了。

容境笑着摇摇头，缓步走出宫门，马车已经等候多时，他上了车，却未回东宫，而是直奔户部衙门而去。

太子殿下大驾光临，苏唯安接到通报亲自出门去迎。

“我不请自来，没耽误苏大人办事儿吧？”

“怎么会，太子殿下请。”苏唯安转了转眼珠，跟在容境身后。

容境在衙门四处转了转，方进了无人的花厅。苏唯安招呼人上茶，垂手立在旁边，小心伺候着。

容境饮了半盏茶，才开口道：“我听闻，这次从扬州来的告发者能那么顺利地到刑部衙门告状，是因为有人递了封信给苏大人。”

苏唯安点头，说：“太子殿下所说不错，确有此事。”

“我是知道苏大人的，朝上朝下也没有几个人能让你卖这个面子给他，所以我有些好奇此人的身份。不知道苏大人，愿不愿意为我解这个惑？”

苏唯安面露难色，犹豫了一会儿还是咬着牙说：“不瞒太子殿下，此人殿下也认识，是前天机司掌司，六安侯兰襟。”

容境沉吟道：“果然是他……”

“下官与兰襟实在是没有什么往来，又因为他从前做下的种种事情，下官实在是不相信他会安什么好心，所以怀疑告发者只是个幌子，于是下官便想将计就计地查上一查，没想到这么一查才知道，兰襟信上所说不假。”

容境抬眼看他，眉头不自觉地蹙起，问：“那信呢？”语气里带着些难以掩饰的急切。

苏唯安强忍住心虚，道：“烧了。”

“烧了？”

苏唯安道：“殿下也知道，兰襟此前犯过那么多错，下官并不想和他有什么牵扯，烧得干干净净。”

容境将剩下半盏茶送到嘴边，发现茶已经凉了，苦得他眉头皱得更深。

苏唯安向外招呼道：“来人，再给太子殿下换盏茶来！”

“不必了。”容境起身道，“东宫还有事，我就先走了。苏大人……”

“太子殿下有何吩咐？”

容境看向窗外的落雪，摇摇头说：“罢了，无事。”他本来想，若是下次兰襟再有事找上苏唯安，让苏唯安告知他一声，碰上事情他也能暗中帮上一帮。

可他又想想，兰襟与苏唯安本就没有瓜葛，这次的事情只是意外，不可能再有下次了。况且兰襟已经决意与他做个了断，他做什么兰襟也不会回头。

这大半年的光景，身边没有兰襟，他处处不得顺心遂意。只是一切都是他自己选的，他在兰襟出事时顾及自己的身份地位没有出手，就不能怪兰襟因此和他离心。容境闭上眼再睁开，依然是那个沉稳自持的当朝太子。

“户部事忙，苏大人不必送了。”

“恭送太子殿下，来人，送殿下出府。”

容境离开后，苏唯安一屁股跌坐在椅子上，长松了一口气。他从怀中摸出一封信来，展开看，信上那人的字迹游龙走凤一般，和他的人一样让人难以忽视。

——“若太子来问，万不可如实相告。”

苏唯安嘟囔：“兰襟可真是个怪物，谁要是和他对上了，怎么死的都不知道。”

这封信还是兰襟离开慎远坊之后叫郑元给他的，信上写了不出半个月会有人到长安求他办事，叫他务必尽力。

此后一日夜里，苏唯安睡得迷迷糊糊之时被人摇醒，入目是一张面无表情的清瘦脸孔，惊得他差点儿以为见到鬼了。

“六合巫影，奉侯爷之名，来找苏大人办事。”

“原来是六合的高手……”怪不得此人能悄无声息地进入他这尚书府。

苏唯安对兰襟的感情颇为复杂，在巫影还没来的这几日，他日思夜想的都是为什么兰襟就那么肯定自己会帮他？他如今身为堂堂一部尚书，怎么可能那么容易被人拿捏？

然而事实证明，苏唯安想都没想就立刻答应了下来，将巫影一路护送回来的，从扬州来的告发者接到府上，再去找刑部尚书楚大人。

这么下来，苏唯安也认了。他这辈子都是不可能翻出兰襟手掌心的，从他进天机司的那一刻起就如此，一直到现在完全是一种本能了。

巫影看苏唯安尽心卖力也就开始变得友好起来，每天僵硬地对着苏唯安笑，看起来更吓人了。在六合眼里，一切对侯爷有利的人，都是朋友。

出于这种心态，巫影在离开前留了句话给苏唯安："千万不要得罪容瀓。"

……

此时此刻，苏唯安又想起了巫影这句没头没脑儿的话，再加上上一次在慎远坊中，他亲眼见到兰襟为了让容瀓跟着他走时的一言一行，脑中突然灵光一闪。

"兰襟闹了这么一出大戏，不会就是为了整辽王给容瀓出气吧？"苏唯安说完又立马推翻了这个可能，说道，"肯定不会，兰襟毕竟也没那么闲。"他将手边的凉茶饮了，又一口呛了出去。

"——还真不一定。"

车队在进入圭州境内时，行进的速度开始放缓了。车刚在一个镇子停下，霍准连滚带爬地下去，蹲在道边就开始干呕。

他以前在南疆做城主也算是养尊处优，后来在被贬押往长安慎远坊的路上，长途奔波差点儿把他折磨死。所以当他得知兰襟点名让他跟随时，只高兴了一瞬间，就开始感到绝望了。

兰襟下马，将水囊扔给了他，说："我倒是很好奇，你究竟是怎么当上南疆城主的？"

霍准漱了漱口，望了望天，说："之前老城主因战事留了很多伤，身上时常病痛，为了止疼吃了不少损害身子的药，最后服药过度死了。当时南疆正乱，也没有人愿意到这儿来冒险，陛下不可能派我这种弱鸡到南疆。我寻思大家不上我上了，就显得我积极向上，陛下龙颜大悦后赏我点儿银子什么的……没想到陛下还真的封了我做南疆城主，让我到这儿来了。"

兰襟抿抿唇，一时无言。

天马上就要黑了，兰襟决定在镇子上休息一晚明日再上路。这镇子有些荒凉，客栈里的饭菜都是当地口味，偏甜，容潋吃不惯，只吃了几口就放下碗筷上去休息了。

兰襟看她上去也放下筷子。霍准吃得开怀，咽下嘴里的菜问：“侯爷也不吃了？”

“不喂饱她，我吃不下。”兰襟起身，叫了两个侍卫一起进了后厨。霍准摇摇头，筷子稳准狠地夹起一块肉塞进嘴里。

容潋在榻上躺了一会儿，饿得前胸贴后背，毫无睡意。

其实在慎远坊那种地方生活过一年，干馒头她都能咽得下去，胃早就不那么娇气了。只是辽王容齐喜欢南地的食物，王府里的厨子也多是从南地找去的，做得一手地道甜食。

在庆安王与世子相继过世后，容潋一个小姑娘担起一整个王府的重担，那时她不知道多少次扛不过去想随着父王和兄长一起走。她只能曲意逢迎，虚与委蛇，以此来换取他人对王府的短暂庇佑。

其中，就有当时还是太子之位有力争夺者的辽王容齐。

那一次，辽王在府中办晚宴，容潋也到场了。容齐平时行事倒是从不出格，那一晚被灌多了酒难免糊涂了些。底下有人看不惯之前庆安王府在长安城的风头，眼下容潋又豁出脸皮处处贴上别人，便趁着这个时候出言讥讽。

容齐脑中昏昏沉沉，也没阻止，还顺着某位友人的话附和了两声。

全程容潋都坐在下面，将泪压回眼眶，不停地吃东西，不停地喝酒，直到回到王府吐了个一干二净。她连最后的那点儿不值钱的自尊心也都吐掉了。从那之后，容潋极其厌恶南地的食物，吃上一口胃里都翻滚得难受。

“咕——”容潋饿得受不了，翻身下床去给自己倒了杯水压一压，琢磨着到了南疆城后怎么想办法让兰襟下厨，不然她得活活地饿死在这儿。

思绪刚一转，她似乎闻到什么，眼睛顿时亮了。

“什么味儿啊，这么香？”

窗纸上，昏黄的烛火映出那人的影子，熟悉得让容潋忍不住心惊肉跳。门开了，兰襟手里拿着食盒走过来，放在案几上。

“镇子上食材有限，将就着吃一些。”

两盘素菜，一碗肉粥，虽然简单，但她吃了几口，意外地好吃，不比从前庆安王府最好的厨娘做的差。

“我之前就很好奇，侯爷这样的人，怎么这么会做饭呢？”容潋半垂着脸，小口小口地吃着。

兰襟移开眼，淡淡地道：“从前饥寒交迫时，自己挖野菜做着吃，就那几样东西换着花样做，自然而然就学会了。”

“侯爷居然还有那么落魄的时候，真是让我没想到。”容潋喝完最后一口粥，抬头看了他一眼。那眼神里透着笑，像山林间的小狐狸那样狡黠。

“没入过地狱，怎么会练出铁石心肠？”兰襟也笑着，可那笑容藏着危险，藏着秘密，“若是寻常人看见你这么笑，怕是连魂魄都得跟着飘走。”

“侯爷不会吗？”

“自然不会。”

容潋努着嘴点头，说：“不会最好。”

她才不希望他对她真的动心，以兰襟的脾性，到时候只会更加麻烦。怕她逃走，他将她锁起来吊起来都没准。

“多谢侯爷亲自下厨，菜做得不错。”容潋擦了擦手，吃饱了就准备上榻休息了。只是还没等上去，她就被兰襟拦腰抱住了。

他的下巴抵在她发顶，声音喑哑地说：“郡主可是忘了，你是以本侯爷侍女的身份到这儿来的，身为侍女，似如今这样，是不是太没规矩了些？”

“那侯爷亲自下厨给你的侍女做饭，是不是太没身份了些？”

兰襟失笑，抬手掐了掐她的脸颊，随后便松开了她，说：“早些睡吧！”

之前在慎远坊后面的那几夜里，兰襟来到她的屋子里，二人同榻而眠，而今到了外面，他居然收敛了，让容潋颇感意外。她吃饱了实在困得很，也顾不了那么多，等他出了门就卷好被子睡了。

兰襟将食盒随手给了侍卫，迈步走了下去。

霍准他们都已经吃完了，招呼了几个人凑在一起摇骰子玩。霍准在吃喝玩一事上是高手，没多大一会儿，半个客栈的人都被他忽悠过去，热热闹闹地聚了一屋子。

“来来来，押大押小了！”

瞥到兰襟下来，霍准吓了一跳，心道，不对啊，兰襟怎么出来了？他不是应该和容潋一觉睡到天明的吗？

还没等霍准缓过神儿来，兰襟便到了他身边，沉声问：“怎么玩的？”

霍准咽了口口水，说道：“就是押大押小，一赔六。”

霍准面前已经堆满了零零碎碎的银子，都是刚才这一小会儿赢的。兰襟“嗯”了一声，说：“我看别人也没钱了，就你和我玩吧！”

“啪”的一声，沉甸甸的荷包被扔在案子上写的“大”字上，兰襟随手指了个人，说：“你来摇。”那人颤巍巍地接过霍准手里的骰盅，摇了起来。

霍准攒过那么多局，还是第一次碰到兰襟这种还没开局就先把银子押上来的。看他那份气定神闲，那种阴鸷眼神，不像是来玩骰子的，倒像是随便找一个幸运的人，然后来找碴儿的。

这么一想，霍准有一点儿慌，那个“小”字在眼睛里开始转圈圈。兰襟想找的幸运儿，不会就是他吧？

“开，三个六，十八点，大！”那人大声喊着。

霍准眼睁睁地看着刚刚攒下的银子全被拨到兰襟身边。兰襟扭了扭手腕，道：“我不要银子，出来，我有事儿问你。”

“您还是要银子吧。”

兰襟缓慢地看了他一眼。

霍准噤声，随着他出去，来到了一条街上的一家小酒馆。

南地虽然吃食一般，但酒酿得确实好，醇香诱人。霍准本就是从南疆城出去的，喝上一碗，沾上故地的味道，神经一下就放松下来了。这大抵就叫，酒壮㞞人胆。

“侯爷有什么事想问我，那么值钱？”

“容溦在慎远坊发生的事情，只要你知道的，事无巨细地告诉我。”

霍准没感到什么意外，倒是讶异于兰襟这么看重容溦，居然绕了这么大个圈子来问他。要知道，以兰襟的身份和之前的名声，直接来问他也不会不说。如今这样，怕是叫他打消顾虑，全说实话吧！

“慎远坊里女子不多，容溦来之前就只有方云梦一个。侯爷也知道，慎远坊里关的都是些玩惯了的人，那时候方云梦没少受辱，容溦来了之后，那些人的目光就都盯在她身上了。”看兰襟目光冰寒，浑身戾气，霍准忙又道，“不过也就一晚之后，那些人便再也不敢打她的主意了。”

“容溦半夜拿刀进了领头那人的屋子，差点儿让他断子绝孙。在容溦的护佑下，方云梦也终于摆脱了噩梦。后来事情不知道怎么就闹了出来，正使王遂之把那几个人全部清出了慎远坊，流放到别处去了。我觉得这也是容溦做的吧，打那之后，慎远坊才有了和平稳定。”

酒意有些上头，霍准胆子更大了，坐过去勾住兰襟的脖子。这么多年没人敢对他这样，兰襟脊背发僵，却没把他推开。

“容溦是个好姑娘，我在慎远坊的时候，倒是听不少人说她奸诈狡猾，颇有心计。可她能在自己也不算安全的情况下护着方云梦，我就觉得她也许并不像那些人说的那样不堪。后来时间长了，也确信了这一点。侯爷要是对容溦有心，那就好好待她。要是没有，就当我今天没说。”

“方云梦，是自己找上容溦的，还是容溦主动帮她的？”

霍准眼神呆愣，听了好几遍才听懂，摇摇头：“我也不知道。”

说完，他又开始哥俩好一样拉着兰襟掏心掏肺地嘱咐，兰襟也相信了霍准曾靠着舌头就搅得南疆城外一团乱的本事。

“若是寻常人看见你这么笑，怕是连魂魄都得跟着飘走。”

“侯爷不会吗？”

“自然不会。”

……

兰襟想起之前和容潋的对话，摇摇头，端起一碗酒灌入喉咙，微微发苦。他是不会，因为他的魂魄早就被她勾走了，在她还没对他笑的时候。

霍准已经开始说起他之前和貌美姑娘的相遇相知史，趴在桌子上喋喋不休。月亮升高，酒馆门前薄薄一层落雪泛着光。

翌日，霍准因前一晚醉酒在雪地里滚得了风寒，咳嗽得肺管子都疼，兰襟叫人又雇了一辆马车给他，自己则钻进了容潋的马车。车上铺了厚厚的一层毯子，容潋歪在一侧，脸颊烧得通红，眼睛半闭，看起来可怜得很。

“怎么早起喝了药还是这么热？不然再休息一日，等烧退了再上路。”

他掌心很凉，和冰一样，搁在额头上让她感觉极其舒服。容潋抓住他的手腕，更紧地将脸贴上去，小声地说：“不用了，我打小就这样，一得风寒就发烧，吃了药也要两天后才能退烧，休息不休息都是一样的，还是不要耽误行程了。”

“看来夜里没有我抱着你睡还是不妥。”说着，他便伸手要抱她。

容潋避开他的手，卷着锦被歪到一旁。马车徐徐地走起来，没一会儿兰襟就挤了过来，将她连人带被子一起抱过来，横放在腿上。

“你干吗？小心我传染给你。”

“嗯……若是能跟你一起生病，也是不错的事儿。”兰襟毫无顾忌地一扯，容潋便没有挣扎地直接窝进他怀里，锦被将她盖住，只露出脑袋尖，抵在他胸前。不得不说，比起毫无生气的被子，还是兰襟的身体温暖一些。

虽然她心里还有些抗拒，但身体早已扛不住，在他的怀里仿佛置身温柔乡，在马车一摇一晃间，没多久她就睡了过去。现实里在她生命里张牙舞爪的那个人，连在梦里都不安生。

容潋梦到她被兰襟逼到角落处，他掐着腰身撕咬她的唇、她的脖颈儿，似猎豹，似猛虎。她轻喘着想逃离，却被他困得更深，更紧。

……

兰襟一只手揽着她，另一只手拿着一封信。这是巫影从长安城回来时无意中截下的，写给容潋的信。

“吾日思夜想，仍放心不下，兰襟乃虎狼之辈，实在不能轻信，万望多加保重，待吾去寻你。钟骞。”

兰襟默默念着，笑容淡淡地说：“忠国公这个儿子还真是像他，一样热衷于找死。”信落在掌心，被震得粉碎。

怀中的容潋皱了皱眉，柔声喊了一句：“兰襟你个坏人！”兰襟被她梦中的这一声喊得胸腔中的郁气一扫而空，他弯腰凑近，脸碰了碰她的额角。

“好，你说是坏人，就是坏人。”不管好坏，他总算在她心里留下印象了，不再是从前那样，和她毫无瓜葛的一个人，是走不进她生命中的一个人。

扬州知府方文案案子的相关消息每隔几日就会送到长安一次，且不只是一个人会收到，由此可见这件事的受重视程度。临近年下，谁都不想过不好这个年。

容境喜欢梅花，每当冬日，太子府上下皆折梅花装点。

白雪红梅，是最好的景致，可容境没什么心思欣赏。他负着手，在内堂踱了两圈，再回首已是隐忍不住怒气：“你居然派人刺杀兰襟？谁允许你这么做的？枉你叫‘钟良’，你这所作所为哪有一点儿忠，哪有一点儿良？”

忠国公那么大年纪，被这么一个小辈教训心下当真是不舒服，可也只能装作若无其事道：“太子殿下此言差矣，老臣这么做全是为太子殿下着想。”

“为我？”

忠国公起身，他身材魁梧，声似洪钟地道：“兰襟从前是太子殿下的人，老臣知道太子殿下是念旧情的人，不会多想，可老臣既为太子殿下效力，自然是要狠下心来，铲除所有可能会危害到太子殿下的人。”

容境道：“你说兰襟会危及我？不会，兰襟不是那样的人。”

“兰襟到底是什么样的人，老臣大胆猜测，太子殿下也并不怎么了解。他既然能从慎远坊出来，自然不会是白白地出来走一遭，殿下也不会信的吧？他既然在进慎远坊前就已经不是太子殿下的人，那日后功成名就归来，就只会是太子殿下的敌人。”

忠国公的这一番话，有那么一两句着实刺进了容境的心里。

确实如钟良所说，兰襟的身上总有一层迷雾，叫他看不透。只是主从多年，兰襟若是想对他不利，早就出手了，何必等到如今？

忠国公见容境有所犹豫，知道此事不能急，便转了话头道：“此事老臣自作主张，没有告知太子殿下，这是老臣之错，老臣无话可说，请太子殿下责罚。”

容境捏了捏眉心，扬扬手道：“罢了，你也是为我着想，只是下不为例。”

“是。”

“那些刺客……”

“兰襟有所察觉，并未得手，全部撤了回来。”

容境道：“那就好。”

容境斟酌着道：“当时天机司解散时，一干官员尽数被驱逐出长安城，有不少人是兰襟一手带出来的，这往南疆的一路上，必定会保兰襟安好。派刺客刺杀只会是送把柄给兰襟，以后万不可如此。”

“是，老臣谨记太子殿下教诲。”

“国公无事就早些回吧！”

“是。”忠国公恭敬地退了出去，一出门迎头就能闻到比屋中更浓郁的梅花香，熏得他眉头紧皱，心烦意乱。

若是太子早些告知他兰襟身边有高手跟随，那一众高手就不会只剩尸体埋在树林里。忠国公咬紧牙根，快步离开。既然刺杀不成，那他只能用别的法子，把兰襟的命留在南疆了。

忠国公走后，容境一直在想他说的话，想兰襟的立场。

他知道兰襟离开慎远坊的时候带了两个人走，一个是从前南疆城的城主霍准，另一个，是容潋。

兰襟到南疆城办事，带着和他相熟的霍准事半功倍，而容潋……他实在是百思不得其解。

手头压着的，还有探子从扬州城传回来的消息，说方文案一案中，辽王容齐确实陷入了无证据可找的困境，案子一直停滞不前。再这么下去，陛下龙颜大怒，不仅容齐要被斥责，他这个东宫太子也免不了会被冠上一个失察之过。

容境觉得头有些疼，换了身衣裳到长安城中乐律坊去。

容境在乐律坊自有一处单独的角楼，他甫一进门，琢心便娉娉婷婷地来迎，替他脱下狐裘挂到一边，迎他到内室，点上安神的檀香，送上一杯清香的热茶。琢心虽长相艳丽，却并没有什么攻击力，举止温柔端庄，不像是这乐律坊的歌姬，倒像是谁家家养的大小姐。

“殿下可是有什么烦心事儿？”

“嗯，临近年关，事情很多，跑你这儿来放松一下。”

容境支着头侧躺在软榻上，琢心为他盖上毯子，取来琴，坐在狻猊香炉边上，素手一拨，琴音如水流出。

她笑道：“奴给殿下弹一曲。”

“嗯。”

容境还是王爷时就与琢心相识，他小时候受凉遗留了头疼病，现下虽然已经好得差不多，可偶尔还是会头疼。琢心琴如其人，温和平静，容境每每心烦时听她一曲便感觉舒心。

可这次一闭上眼，忠国公的那些话就在他耳畔萦绕，脑中浮现的都是当初兰襟离去时的背影。他眉头越皱越紧，倏地起身，将毯子掀到一旁。

琢心停手，走到他身边关切地问：“殿下可是哪里不舒服？”

“你这次的琴声怎么这么扰人？”

琢心弯腰捡起毯子，抬起细白的手叠好，笑着道：“奴所弹的琴还是殿下素来喜欢的，只是这次殿下的烦恼实在是太多，琢心的琴声不能化解。看来，殿下往后大抵不需要琢心了。”

容境揉了揉隐隐发疼的额角，低声道：“这与你无关。”

“为殿下解忧是琢心的本分，既然琢心不管用了，殿下自然应该选个新人在身边服侍才好。若论琴技，这天下当属前六王妃方氏为最高。只可惜前六王作乱，方氏自尽身亡。方氏虽死，但她的那手琴技被自家小妹学了个七八成。”

“雁城方氏？”

“是，琢心想，若是殿下能寻来这方家的小妹，便能解日后头疼的烦忧了。”

容境依稀记得，那方家的子侄里男子都被流放，唯一的一个姑娘被关进了慎远坊，应该便是琢心所说之人。

要是从慎远坊接人，麻烦不说，前六王又做的是谋反之事，留和他相关的这么一个人在身边，实在是不妥。

琢心似是看出容境的犹豫，走上前，素手轻柔地按上他的太阳穴，道：“殿下能留在琢心这儿不被任何人发现，自然也有办法不让方家小妹被人发现。”

容境复又躺下去，琢心的手顿在半空。

“你今日话格外多了些。”

琢心垂首道：“是琢心逾矩了。”

香炉里青烟袅袅，仔细靠近辨别，就能发现味道与平日里有着些许不同。只是容境并不常来，也并不关心这里的一切。

琢心淡淡一笑。

容潋的身体确如她自己所说，即使在路途奔波中，仍是不前不后第三日便退烧了。

在马车上圈了那么久，容潋浑身有力气后就叫停马车，直接往下蹦。临近南疆城，这附近很荒凉，她之前听霍准说，他做城主之后，就把南疆城外三十里处全部扫清，将人迁到城里住。

“你为何要这么做？”她当时问他。

霍准认真地道：“人多热闹。”

想起霍准，容潋左右看看，疑惑地道：“怎么没看见霍准？”

跟着她下来的兰襟语气有些危险：“你似乎很关心他的样子。”

“自然关心，毕竟是一起生活过那么久的兄弟。”

兰襟一听“一起生活过那么久”，眼睛登时眯起来，再听“兄弟”二字，神情复又恢复如初，容潋不知道她这简单的一句话，就让霍准从地狱到人间走了一遭。能一句话让六安侯如此的，世上也就只一个容潋了。

“我叫霍准先走一步，到南疆城办些事情。”

容潋来了兴趣，问道：“办什么事情？”

“天机不可泄露。”

容潋翻了翻眼睛，扔下他往前走。此处是一片田地，能看到被雪冻住的菜叶子还带着青色，容潋还没见过冬日里种在地上的菜，用手拨了拨冰凌，问道：“这个能吃吗？”

“叶子有些老，只有菜心可以吃。”

容潋从靴筒中取出一把巴掌大小的刀，将菜心小心地取下来，捧到兰襟面前，道：“之后进了城，你就拿这个做菜吧！我亲自摘的，这样此行也算是尽了侍女的职责了。”

“想这样就蒙混过关？哪有那么美的事情？”

他一把钳住她的脖颈儿，她就只能跟着他走到一棵大树后。远处的侍卫看见这一幕都面露惊恐之色，心道早听说六安侯凶残无比，杀人不眨眼，但没想到他居然在光天化日之下就掐着庆安郡主不放，真是让人胆战心惊。

“别在这儿看热闹，小心引火上身。”有人小声道。继而那一队侍卫全部向后转，捂住耳朵，眼睛看向四面八方。

“被掐的”庆安郡主身体撞上树干，兰襟看没有人再注意这边，虚掐在她脖颈处的手才撤开。

“你干吗？”

“你说呢？”兰襟的手捏了捏她的脸颊，说道，“谁给你的胆子敢对我翻眼睛，嗯？”他不喜欢她对他做的任何一个厌恶的眼神或者动作。

菜心和匕首都在动作间掉在地上，容瀲手中没有东西就仿佛没有底气，便向后抓着树干，仰起头道：“自然是侯爷给的胆子。侯爷屈尊降贵给我做饭，在马车里给我当枕席，侯爷都这般待我了，证明我对侯爷大概是有些用处的，侯爷也不会杀我。既然不管是颐指气使，还是低三下四，我都有命活着，那我干吗还要给你好脸色看？”

她聪明时是真的聪明，傻的时候也真是傻。

有用处……兰襟咀嚼着这三个字，颇觉任重而道远。她眼下张扬得很，整个人明媚若春光，不再是那副病恹恹的样子，实在让他怀念。明明，也才只有三日。

“这么伶牙俐齿……”兰襟低下头，脸离她只有一寸之距，声音陡然哑下去，“让我看看，你这牙齿是什么做的，竟然锋利成这般？”

容瀲不明白他话中的含义，皱紧小眉头，显出少有的无邪，但看他离得这么近，她下意识地想逃。可在这里，在他身边，她还能逃到哪里去？

她感觉后脑被他的大手托起，微微用了力气往他唇上按，相触的那一瞬间，酥麻感蹿上心尖，容瀲怔了怔，随后用力地想推开他：“兰……兰襟，你敢……你……”

“我有何不敢？”他微微放开她的一瞬间说了这一句，随后又用力地压向她。

他这些年所思所想，不都是眼前此人？他早就想过千百种姿态将她留在身边，如今只不过是水到渠成，顺理成章地选择了这一种。

他有何不敢的？

容瀲人生少有的无力感在兰襟不管不顾地撬开她的贝齿时再次席

卷全身，她恨极了这种感觉。她逃不了，抵不过，杀不掉，又舍不得。

她真没用。

兰襟喘息间，纳入口中的除了她的香甜，还有她的苦涩。他放开她，看她不知不觉满脸的泪，后悔这一刻的冲动。他本该循序渐进，可她偶尔的一个笑，一个扬眉，都能刺激他化成猛兽。

兰襟抬手拂去她眼角的泪，她却别开头，气恼地不看他。她从耳根子到脖颈处红了一大片，兰襟没忍住又补充了一句，说："尝到了，是糖做的。"容潋立时推开他往马车上跑。

正将视线转向这边的侍卫看容潋一脸泪，心下更是"咯噔"一声，小声地对身边人道："郡主没死，但是被侯爷掐哭了。"

自此，兰襟"手段毒辣，阴晴不定，杀人如魔"的特征更加被证实，这群侍卫有一段时间战战兢兢的，听到兰襟的声音都浑身打战，恨不得立刻回长安。

车队就在这诡异的氛围中，于翌日一早进了南疆城。

与城外的荒凉相比，城中繁华热闹得很，犹如矗立在南地的另一座长安城。

霍准就在城门口的茶棚里等着兰襟他们，兰襟的意思是先隐瞒行迹，是以侍卫们分批入内，他先带着容潋和霍准会合。

"我一直想问，六合藏在什么地方？这一路上，除了在小树林那次，我都没见过他们。"容潋好奇道。

兰襟道："平时会以轻功或遁地跟着，但时间不会太久，跟一段时间后就会分作两队，一队殿后，一队到前方最近的城镇里打点。"

霍准看见两人，已经在朝着他们招手了。

容潋有感而发："想来霍准能这么快在南疆城办好事，他熟悉情况是一方面，另一方面也有六合的人协助吧！侯爷还真是治下有方。"

兰襟面无表情，心里却很受用。

霍准迎了上来，说："侯爷，你交给我的事情都办好了，不日应该就能有所收获。"

"很好。"

“哎，容潋，你这手里拿的是什么？这么大一包。”

“待会儿的晚饭。”容潋说的时候，瞟了一眼兰襟，想起昨日兰襟一时脑热亲了她之后，亲自去将那片地里的菜心全部摘下来，带回来给她的场景，那股火气消了一半。

真奇怪，她发现，相比他人，自己对兰襟总是更容易妥协一些。

兰襟也想到了之前的事情，想到在他冲动一吻之后，昨夜容潋冷着脸，任他怎么威逼利诱都不发一语的样子心就很疼。他只能先扔下自己的打算，骑着马往回赶，连夜将容潋想吃的菜心都摘了，如此才让她情绪得到缓和。

若是平时容潋说这种话，他不会多说什么，如今却是有些讨好地补充道：“我亲自下厨，添个菜。”

霍准感觉怪怪的，正想着，容潋已经先一步往客栈方向走去，边走边不满地嘟囔着：“我饿得很。”

“嗯，进去我就给你做。”

怎么兰侯爷这么顺着容潋说话？今天太阳是从西边出来的吗？霍准暗暗嘀咕。

第六章 噬心之鬼

腊月中旬，南疆城上下都在为过年做准备。

南疆城的习俗众多，从十五开始，每三日就会有一小集，街上人来人往，两旁都是卖当日习俗中所要吃的小食摊子。

腊月十五，南疆吃一种叫“百果糕”的小食。以晒好的果子干揉在面里，可以依照个人的喜好选择口味。这东西上不得大雅之堂，之前在辽王府里，容溦也没有吃过，是以对百果糕没有抵触的感觉，反倒是跃跃欲试，一大早便让霍准带着她去尝鲜了。

兰襟没跟着，只是霍准和容溦走出客栈后，两道黑影从房顶跃下，迅速消失在人群里。

兰襟坐下，自己斟了一杯茶，又一道黑影跃进来，落地悄无声息。他将窗子掩上，单膝跪在地上道：“属下见过侯爷。”

“起来吧！叫你查的事情查得如何了？”

六合之四随月生，因额角左侧一道弯月刺青而得名，说话时弯月的角勾到眼角，衬出几分凌厉来。他说道：“属下奉侯爷之命，自树林后先一步到柔然境内，蛊医录天确实在那儿，如今是为皇家做事，颇有地位。”

蛊医录天，擅制蛊毒，在六年前于大越境内消失，仿佛人间蒸发，谁都不知道他去了哪里。

随月生不解，问道："侯爷怎么突然想起了这个人？"

"我之前看到威远县密林的瘴气，是浮在天上的，并不在林子中，那个时辰接近晚上。那晚上若是密林里还有毒烟，吸入者必定当场丧命。而进入人体内，持续数月才使人毒发身亡的，只会是蛊。能这么出神入化地用蛊虫的，也就只有录天了。"

兰襟不是多话的人，随月生知道，只有在侯爷格外在意的事情上，他才会一反常态地多言。

随月生静静地听着，等兰襟说完便主动告退。兰襟摸了摸后颈，上次在慎远坊里，容潋拿簪子刺他那一下，好了之后留了一个细小的疤痕，不仔细看也看不出来。

有关容潋之事，事无巨细，他都一一记在心里。他知道容潋不会在还没能出慎远坊之前杀他，可在那一瞬间，簪子的尖端抵在他咽喉部位时，他仍是有瞬间的恍神。

容潋对他，纵是不会下手，但也不会宽容。

人之一生，大梦不过两万多夜，反正终有一死，若是能死在她手上，他倒也算是死得其所，没有白来这世上走一回。

霍准已经离开南疆城几年，这里变化极大，但短短几日他已将这城里上下摸了个透。容潋一边往两边打量，一边听霍准和她介绍，不由得对霍准的认知又提升了一层。

"兰襟让你先进城，除了开路外，可是还让你做了别的？"

霍准"哎"了一声，指着前方巷子口人最多的那一处道："这个摊子居然还在，他家做的百果糕最正宗，我在慎远坊时常想着这个味儿。你在这儿等一等，我去给你买来尝尝。"

他游鱼一样钻进人群，毫无形象地和小贩招呼着，那小贩还认得他，"城主"二字还没脱口，就被霍准摆手制止住了，说道："大哥，每样口味都给我来两块，包得严实些。"

“好嘞，好嘞！”

容潋在远处看着，若不是知道霍准的实底，她实在不敢相信眼前这位曾经统辖过南疆城。

霍准伸着脖子在那儿等着小贩，容潋一步步往后退，退到人群外围，一转身就拐进了旁边的一条小巷。她刚才走的时候注意到，这两条巷子是通的，她可以从这里绕进去，看方向，再出去应该就是城北。

南疆城的城门在南北两方，沿着这个方向一直往前走，应该就能出城。

巷子越往里走越幽深，静得容潋都能听到自己的心跳声，倒是和平时差不多，她脚下走得极快，裙摆飘动，又绕进了巷子的一条岔路。房顶上的两道黑影先是不远不近地跟着，后来一人跃起，飞身走远，只剩一人继续跟随。

容潋还没有看到南疆城的北门，这“逃跑行动”就被迫中断了。

巷子深处，她一步步地往后退，最后脊背触上墙壁，再无可退之路。眼前压下一片黑影，大手捏住她的下巴，力道大得像是要将她的骨头捏碎。容潋很有骨气地一声不吭，直直地看着他。

兰襟身上只着了一件单薄的衣衫，慌乱中连披风都没有披，额间垂落的发丝遮住眼睛，被风撩起，露出那一双沁着寒冰般的眼：“要去哪儿？”

“郡主真是好记性，只走过一次就记得离开的路了。我本不想多困着你，可你一旦不在我视线里，就总要惹我不高兴。”

“说说，想去哪儿，想做什么？想逃开我身边，然后和你那个竹马双宿双栖？还是又看上了哪一家权势滔天，想要投身以求庇佑？”他怒极之下，话一句比一句难听。容潋本不该指望他什么，可这时仍胸口憋闷得难受。

兰襟派出去保护容潋的六合之一回去报信，说她抛下霍准自己一个人沿着巷子往北边走。那条路通往哪儿，兰襟再清楚不过。

那一瞬间，他脑中一片空白，直接从窗户跳出去，施展轻功绕到城北门口，堵在容潋的前头，朝着她逼近。

容溆想离开他。这个念头萦绕在心，他居然连理智都存不下半分，手上动作越来越大。只是他心里有个声音在不断地提醒他：她是容溆，是你朝思暮想了那么多年才留在身边的人。

容溆以为自己要被他捏死之前，兰襟突然松了手，额角青筋暴起，极力地在压制着情绪。容溆抬脸，看了看头顶的这片天，狭窄的一条，还不及当初在王府时看出去的宽阔。

她干了不该干的事情，以兰襟的性子，她相信自己不会有好日子过。可兰襟将她带回客栈后，只命六合中的老二看住她，不许她再私下逃走，此外便没有别的举动了。这倒是让她有些意外。

虽然最后兰襟收了手，可容溆的下巴还是留了瘀青。晚上她不愿意闷在屋子里自己吃饭，兰襟又不在，她就下去和霍准他们同桌吃饭。霍准像是被兰襟训了，对着她一副想关心又不敢开口的样子，最后手指蘸着水，在桌子上写下几个字：别恃宠而骄。

容溆想笑，恃宠？兰襟宠她？兰襟要是宠她，她至于下巴这么疼？这真是她活这么大听过的最好笑的笑话。

不能开口反驳，容溆也觉得没意思，吃了饭就上楼回自己房间了。里面的一切仍是他走时的样子，只是床边案头上多了一盒膏药，祛瘀止痛的。

容溆手摩挲着小盒，想起自己在慎远坊时，那个人就曾经潜入她屋中，偷偷地放药。春去冬来了，他这贼人嘴脸倒是一点儿也不见改变。容溆有些气闷，将窗子打开，抓起药盒扔了出去，又"啪"地关上。

南疆城的夜晚比慎远坊还要冷，有炭盆有厚被，还有汤婆子抱在怀里，可容溆还是觉得寒冷。她在榻上翻了个身，忽然听得寂静的夜里一阵开门声响起，下一刻，她脊背便贴上一副坚硬的胸膛，这熟悉的感觉让她瞬间知道来人是谁。

"怎么不涂药？你这皮肉这么娇嫩，不涂什么时候才会好？"

容溆不愿忍痛反驳霍准，那是因为就算嘴上能说过霍准，她仍然不开心。兰襟就不一样了。让他在言语上输给她，这是容溆的人生快事之一。

她绷紧下巴，含糊出了声：“反正我都要投身求别的人庇佑了，这下巴就算烂掉也和你无关吧！”兰襟鼻息果然重了些，明显地被气到了。缓了一缓，他意识到她是故意这么说的，手便勾着她肩膀，将她身子扳正对着他。

“就算你完好无损时，长安也没有人能庇佑得了你，若你再伤了残了，又有谁肯再要你？”

容溦咬着牙去捶他，自己被他看得透透的，把柄弱点一大把，他随便拿捏一处都能让她难受。她却根本找不到他的弱点，只知道从前他为太子办事，后来天机司获罪，太子并未为他说话。

可她拿这个刺激过兰襟，他根本没有什么反应。这人果真是个无情无心的人。

“好了好了，你是我兰襟带出来的人，不管伤了残了，活着还是死的，以后我都要你，这样总行了吧！”

兰襟这话像哄孩子一样，擒住她反抗的两只手，翻身下床将灯点上，再回来抓扔掉药让他食不下咽的小狐狸。

“每逢腊月十五，城中小集时，城北的门就会关闭，等到集后才开……”他一边说着，一边将乳白色药膏抹在她的下巴处。

容溦靠在床头静静地看他欲言又止，也不催促，像是在等着他道歉。

兰襟合上盖子将药放在一边，还未出口的话在这短短瞬间便是一转，淡淡地道：“前些天，你那个竹马给你写了封信，要来南疆城带你走。算算日子，大概也就是这两天他就到了。城北的门按照惯例应该是不开的，但那个姓钟的好歹也是忠国公的儿子，想要进城门还是易如反掌的。我与忠国公相比都不曾落于下风，若是让他儿子从我身边把人抢走，传扬出去，他日我回长安城时又怎么立足？”

“钟骞写了信要来救我？”容溦茫然地看着他道，“我怎么不知道？”

“这种可有可无的人的消息，你本来没必要知道。”兰襟板着脸，若有所思地说道，“这么说，你今日不是到北门由钟骞接应逃走？”

“自然不是，我只是——”她只是想试试看有没有人跟踪。

事实证明，确实有。

容潋及时止了口，转而道：“我只是听霍准说起过那条路，他在那儿排队等着买百果糕，我一个人无聊就随意转转。都怪你，我连百果糕都没有吃上，过了今日，就没的吃了。”

“不过是百果糕，你若想要，何时会没有？”

容潋见这一页揭过去了，嘟囔了一句：“反正你欠我一顿百果糕。”然后背对着他又躺下。

兰襟勾唇笑了笑，照旧离开她房间到隔壁去睡。

还是那样厚的被子，那样热的炭盆，可这回容潋觉得没那么冷了。等到她再醒来时，各种口味，各种花样的百果糕密密麻麻地码了一桌子，看得她有些傻眼。

兰襟给的药自然是最好的，一夜过去，她下巴上的瘀痕就没了，说话时只是有些酸，不再疼了。等她梳洗过后，霍准卑躬屈膝，一脸奴性地笑着进来，谄媚地说：“侯爷一大早就让我去找城中所有会做百果糕的人，每一种每一样都做出来让郡主您老人家挑，您要是不满意，下一次丢进油锅炸的可能就不是面粉团子，而是我了。”

百果糕好吃倒是好吃，可吃几个就腻了，容潋真不知道兰襟是安的什么心。这人莫不是想腻死她？

“兰襟人呢？”

“侯爷去找南疆城主了。”

“你人头这么熟，怎么没和他一起去？”

“若论起对南疆城的熟悉，兰侯爷称第二，谁敢称第一，自然是用不上我的。”

容潋一口水差点儿呛住，鄙夷地看着他，说：“我怎么感觉你这么狗腿？”

霍准夹了一块百果糕塞进嘴里，含糊地说：“如今生杀大权可都掌握在他手里，巴结巴结他我们也有好日子过嘛！再说，如果不是侯爷，我如今还在慎远坊服役呢，做人呢，还是要感恩的。况且像我们这种在慎远坊待过的人，早就不要脸了。这还是你的名言，郡主忘了？”

这是当时苏唯安和钟骞到慎远坊时，容溦当众所说的话。经霍准这么一提醒，容溦觉得，她最近可能是太要脸了。要是她也能巴结巴结兰襟，大概日子会过得更舒坦。

容溦把这话听了进去，眼神放空地琢磨着对策。

霍准欣慰地松了口气，又道："对了，你之前问我侯爷叫我先到南疆城做了什么……"

"嗯？"

"侯爷让我发挥所长，在城中散布谣言，要能以假乱真，范围要逐渐向外扩散，争取连散播谣言的人都被洗脑信了这件事。"

这确实是霍准擅长的。

容溦纳闷，问道："要你散布什么谣言？"

霍准小声地说："说柔然国的国主领狼有病，会传染的那种。"

容溦听了一时无语。

兰襟的到来，对南疆城现任城主焦诩来说，并不意外。

虽然兰襟一行一直在隐匿具体行踪，但兰襟作为钦派的使臣到南疆一带来，这已经不是秘密了。打从知道这个消息的那一天起，焦诩就一直在做准备，等兰襟来时，他不至于抵抗不住跪地上丢了一城之主的脸。

"本侯奉陛下之命办差，有些事还要城主相助才行。"

兰襟如此客气，焦诩不由得愣了下，忙道："侯爷客气了，侯爷有什么用得着的，尽管吩咐便是。"

"焦城主治下严明，本侯在长安时也略有耳闻。如今为了边境安好，我在的这段时间里，还请城主睁一只眼闭一只眼，不必管城中流言风波，任其发展。还有，南疆城的兵权，还请城主暂时交付于我。"

兰襟这番话简而言之就五个字：他想搞事情。

东、南、西、北四方边境的各城兵权都是由城主控制，这是大越自建国以来的规矩。

焦诩虽然知道反抗也没用，但若是兰襟兵权在握，还不得把这南疆一带的天捅个窟窿？到时候若是闯出什么祸事，他也得跟着倒霉。

焦诩有些犯难，支支吾吾道：“本朝至今还没有城主把兵权交出去的先例，况且陛下也并未下旨……”

“你就开了这个先例又有何不可？焦城主若是不交也可以，倘若一切不尽如人意，柔然联合燕支与雀南大军压境时，我就看焦城主如何领兵作战，力挽狂澜了。”

焦诩脸色变得非常难看，他生得秀气文弱，官服套在身上有些晃荡，可眉宇间含着一抹倔强，不是轻易能屈从于人的人。

兰襟将这些都看在眼里，忽而又转了语气道：“其实我要这兵权不过是为了便宜行事，出了南疆城，再往南就是各小国的境地，局势乱得很，我为了完成陛下所托，总要过去看看，这出来进去的不带点儿兵，谁能放心得了？”

“这倒也是……”焦诩暂时信了他的话，着人将统辖南疆城兵权的令牌取来。

他不信也不行，兰襟这一趟本就是势在必得，焦诩看得出来，也不想上赶着找罪受。反正若是守不住南疆城，他也只能以死谢罪，倒不如信兰襟一次。

若是他赌赢了，以后南疆城再无战事，他也对得起这一方百姓了。

等兰襟带着令牌走后，焦诩才算是知道他口中所说的“任其发展”的“流言”是什么。

“城中传出消息，说柔然的国主领狼身患顽疾，是一种传染病，和他共用器物吃饭、饮水都会被他传染。这种病每三个月一犯，发作时浑身发黑，神志不清，嗜血暴虐。今年柔然军队频频到南疆城袭扰就是领狼在发作时下的令，也没什么别的目的，就是想打人抢东西，满足他发作时的狂躁兽心。”

“但是柔然上下都被瞒住，还以为自己国主这么做是筹划多时的对大越开战。殊不知他们都被耍得团团转，之前在大越境内颇有名声的蛊医录天如今在柔然就是最好的证据。那录天就是为了专门治疗领狼的病才去往柔然的，时间在六年前，刚好是大越和柔然上一场大战之后。”

“领狼一定是被那场大战的惨败刺激的，才得了这种不治之症，先前几年录天的治疗还有效果，柔然就一直安静不惹事，等时间越长病症越明显，录天也没办法，柔然就开始在有病的国主的带领下袭扰南疆城了。”

“城主，目前城中的流言总结起来，大概就是属下说的这些。城主！城主！您怎么了？”

焦诩渐渐地回过神来，揉了下麻木的脸，摇了摇头：“没什么，听入迷了而已，这谣言时间前后对得上，人物有看点，逻辑也这么缜密，不能就我一个人听，找几个脸生的人，‘稍微’在外面提一提吧！”

“是，属下明白。”

焦诩摸了摸鼻子，说道：“自打城主进慎远坊后，好久没听到这么引人入胜的谣言了。”他推开门，走到院中，看着头顶的蓝天，笑意终是浮上了面庞。

“城主，欢迎回来。”

“阿嚏——”霍准揉了揉鼻子，笑道，“不知道是谁在想我？”

“想你？是有人骂你吧！”容潋不客气地戳穿他。

霍准点头：“也是，是我一时没摆正自己的心态，过于自信了。”

守卫将桌子收拾了，霍准见兰襟不在，准备拉着容潋一起快乐起来。毕竟在慎远坊时，他们是趣味相投的那伙人。

赌桌还没支起来，一道黑影“唰”地从他身边闪过，快到他觉得自己眼花了。那人已经单膝跪在容潋面前，说：“侯爷有命，要属下带郡主过去寻他。”

霍准拂了拂被吹乱的额间发，惊奇地说：“这位兄台，你是怎么进来的？”

随月生站起来，却没理他，对着容潋说：“郡主，请吧！”

容潋依依不舍地看着玩友霍准，说：“等我回来再玩！”

容潋只在小树林遇袭的那次见到过六合，但也只是远远地看着，不太真切，倒是对随月生脸上的那道疤痕有些印象。

“你这疤是怎么弄的？”

“回郡主，是从前做杀手时出任务被对家砍的。”

容潋跟着他出去，听这诚恳的回答倒是笑了：“你对着霍准一个字都舍不得回，却能坦诚地回答我，莫不是你说不说话，也要看对方合不合你心意？”

“回郡主，不是。”他是不喜欢说话，多说多错，之前他做杀手时没少因嘴惹祸，跟了兰襟之后，他就能不说话就不说。只是侯爷有命，待庆安郡主要和待他一般，随月生也只能如实回答，但绝不多说一个字。

“那究竟是为什么？”

“回郡主，不能说。”

容潋有些头疼，兰襟身边的人果然没有一个是好相与的。

“那每日跟着我的，除了你还有谁？我记得是两个人。”

“回郡主，除了属下，还有六妹南宫意。”

容潋眼看着已经拐进了昨日进的那条巷子，猜到了兰襟在哪里。果然沿着巷子走到尽头时，她看到兰襟站在南疆城北门的城墙上，眺望远方。他身上穿着一件墨色的披风，被风吹得鼓起来，衣袍猎猎，玉树临风，世上无双。

突然他侧过头来，俯视着她。他就算站在尘埃里深渊中，浑身都自有一股凛冽的压迫气息，更何况如今站在高处，往下一瞥，夕阳红光罩在他的头顶，也分不走他半分耀眼，当真是睥睨众生之态。

容潋自认已经历过千帆，不会再轻易地为谁折腰。这一刻，她却隐隐地有个念头，想和他并肩站在夕阳下，走过这一冬又一春。

这可笑的念头不过是一闪而逝，他们之间隔着的是避不开的劫。她笑自己太俗气，眯起眼对着上边喊：“风太大啦，我不要上去！你下来！”

兰襟从城墙上一跃而下，落地时也只有踩雪般的轻轻一声。随月生一揖手，几下跳到城墙上，只留二人相对。

“你叫我到这儿来干吗？”

“既然你想走这条路，那我就带你走个彻底、清楚。不管是霍准还是谁和你说起的，你只需要记住这条路是我带你走的，其他的都不要放在心上。”

容溆撇嘴：“这么霸道……”

“就是这么霸道。”

兰襟早就吩咐下去，今日城北门内外不许他人出入，他领着容溆走出去，四下空荡荡的，也没有什么人。

往远处看是群山环绕，翻过那座山就是其他小国和部落。三个较大的小国，柔然在最边上，守着一片大草原，以游牧为生，民风彪悍。燕支离南疆城最近，贫瘠多灾，但人数是最多的。雀南则在燕支和柔然之间，从南疆城到柔然最近的路，便是直接穿过燕支和雀南二国。

大越的忧虑便在这里，闹事的是柔然，但它频频袭扰南疆城，必定不会兜圈子绕远，而是直接穿越二国过来的。这说明在对大越战事上，燕支和雀南就算不是支持，也不会阻拦。

而倘若哪一日，燕支和雀南有一国和柔然结盟，那剩下的一个为了自保也只能加入，到时候南疆城破，三国大军直入大越腹地，那局面就不好收拾了。

明德十五年的那一场大战中，柔然联合了当时在左右的月以、长顺两国作乱，镇南大将军带兵将两国覆灭，柔然孤立无援才认输投降的。

本来镇南大将军当时想一鼓作气将柔然也灭了，但朝中上下一致反对，玄武帝下旨，将镇南大将军召回。

如今形势比那时还要复杂，大越经历那一场大战后，兵力财力不足，又在威远县折损了庆安王父子两位大将。若非如此，兰襟也没有机会离开慎远坊，来到南疆处理这个乱局。

“有时候想想，也不知道上天给的磨难到底是好事还是坏事。”

兰襟笑了笑：“郡主又有何高见？”

容潋戴上狐裘兜帽，露出小半张脸，唇间吐出的白气氤氲，模糊了她的轮廓。她看着远方缓缓道："就好比当年镇南大将军对柔然，若是将其一举破了，那后来就没有你六安侯离开慎远坊的机缘了……"

她说着，声音陡然一低："而被诬陷与柔然私通的庆安王府也不会落到今日地步……对我而言，这所有的都是坏的。"

"最坏的是什么？"

"当然是认识你了。"容潋在笑，笑得眉眼凌厉，"我恨你，可又不能杀你，又不能把你如何，这时时刻刻的折磨纠结，你说多难受。"雪地上留下二人的脚印，纠纠缠缠一路向前，错乱中，你中有我，我中有你。

"倘若你不在慎远坊，我又怎么会在？"

容潋一怔，说："你说什么？"

"没什么。"

快要走到山脚处时，兰襟看她累得喘息变重，脚步便也缓了缓，随口问道："听你之言，仿佛对这镇南大将军很是陌生。"

"我父王在时，曾称赞他是不世出的将才。我那时候年岁尚小，并不曾见过他，也不管府外之事。柔然大战之后，镇南大将军离开军中，再没领过兵。恰逢父王和兄长相继过世，我也没心思去关注别的。你这么一说，我才想起来，我仿佛连他叫什么都不知道……"

兰襟抿唇，喟叹道："这么看来，你确实是不知道。"

"不过能一战而惊天下，功成名就后又能卸下所有远离，如此潇洒恣意，不贪恋权势之人，实在是让人既钦佩又羡慕。只可惜我没能早点儿和他结识，不然以我庆安王府当时的盛势，和我父王对他的欣赏，下嫁给他也说不定。"

兰襟看容潋言语之间难得露出小儿女姿态，脚踢着雪花向前走，唇不自觉地抿得更紧。这感觉真是，又甜又酸。早知道她是这么想的，他就……真是悔不该当初！

前面容潋停了下来，愣怔地站在那里。兰襟蹙着眉走上前，询问："怎么了？"

最后一丝光亮隐去，灰蒙蒙的天空下，那一双双狼眼睛泛着幽绿瘆人的光。它们伏在山脚的林子间一动不动，像是在这无人发觉处布下陷阱，等着人来自投罗网。狼爱追逐猎物，容潋不敢跑，可又脚下发软快要站不住，手胡乱抓住兰襟的衣袖，身体抖个不停。

“害怕了？我还以为你容潋天不怕地不怕呢。”

“还不是怪你，非要拉着我出来。你的六合呢？怎么该出现时不出现，不该出现的时候到处晃！”

兰襟淡淡地道：“我叫他们都回去了。”

“看来，今天我们注定要死在一起了。”容潋僵直着脖子看他。

兰襟也低头看她，看她难得表现出慌乱，可真是个怕死的姑娘。

“若是今日，你和我死在一起，庆安王府已经没了，六合找到我们的尸体后便会把我们安葬在一处。‘生则同衾，死则同眠。’我们倒是都经历了个遍，也不算辜负。”

这种关头，兰襟还有闲情逸致和她说这些话，容潋脸热了热，人也跟着冷静了不少。

兰襟不跑不自救，要么就是他真的不怕死，要么就是他还有后招。她不信兰襟会舍得让自己命丧在这些畜生口中，虽然她一直觉得兰襟不是怕死之人，可他做事处处都有种莫名的顾忌。

虽然她还不知道他顾忌的是什么，但这足以让她相信，跟着兰襟肯定不会有事。

容潋脚步放轻，默默地站到他旁边，与他紧紧贴合。兰襟看着她的脸，弯唇笑了笑：“倒是个聪明的姑娘。”他沉声对着前方喊了几句奇怪的话，容潋听不懂，只是等他说完，林子里传来嘈杂的响声，狼群冲天“嗷呜嗷呜”地嚎叫几声后，有人从林子里走出来。

月光之下，有十来个人，身上都是灰蒙蒙的衣衫，隐在林子中不容易被人发现。狼群就静静地趴伏在他们身后，乖顺得像是家养的大狼狗。

领头的人说着一口蹩脚的汉话，指着兰襟道：“你说，你知道怎么救我们国主，你说的可是真的？”

“自然是真的。不然我又何必明知道这里有懂得御狼之术的燕支人，还不顾性命来冒险？”

容溦在他身后气得牙根痒痒：“你早知道那些狼是被驯化的？”兰襟没回她，只是手绕到她腰际捏了捏。

那几个燕支人凑在一起叽里咕噜地说了好一阵子，领头的人又指着容溦对兰襟说：“你说你能救我们国主，那这个女人呢？”

“我……”

“这位是我夫人，我们夫妻一体，夫唱妇随，我来燕支，她自然也是要来的。”

容溦听了差点儿背过气去，这人怎么想一出是一出，说话也从来没有什么章法。她到底曾经是王府的贵族女子，被逼到这个份上也只能低声骂出一句：“兰襟，你还要不要脸了？谁是你夫人！”

“这个女人说你们不是夫妻，那你说的话也不能信。”

兰襟点了点头，对容溦道：“好，你说不是就不是吧，那这下我们真的要一起死了。不承想郡主居然藏着这么个心思，宁可不要活路，也要和我一起赴死。这等情意，兰襟只能来世再报了。”

“你——”容溦气结。

兰襟盯着她的眼，看她眼眶形状从睁得凌厉一直到圆润柔和下来，最后眼角挑起，认命地笑了出来，说：“方才和夫君说笑呢，诸位大哥别当真。我们确实是夫妻，同床共枕过的夫妻，我们大越女子最重清白，我不会拿这个说笑的。”

燕支人半信半疑。兰襟自然地牵过容溦的手，握在掌心，问道：“怎么这么凉？”他突如其来的温柔，让容溦一直紧绷的神经一松，随后更紧地绷起。这究竟是个什么人，折腾得她一刻都不安稳。

“好吧，我带你们过去。”

领头的燕支人一扬手，几个手下过来，用黑布蒙住兰襟和容溦的眼。得知双手也要缚住，兰襟道：“我夫人胆子小，如果我没在她旁边恐怕她害怕，你们把我们的手绑在一起，再系根绳子由你们的人在前面拉着，方便你们看管，也不怕我们跑了。”

“你这个大越人，主意倒是多。”

兰襟的右手和容潋的左手如愿被绑在一起，怕他们挣开，对方还用绳子在外面缠了好几圈，容潋怎么挣，整只手都在他的包裹之下。眼睛看不见，其他的感官就被无限地放大。

容潋清楚地感觉到兰襟的不安分，他的手指时不时地作怪，或撩拨她的手指，或轻轻点着她的手背。她看不见前边，就格外担心脚下绊着什么，如今还要再分心去顾着兰襟的举动，当真紧张得很。

耳畔时不时传来野狼的嚎叫声，在空寂的山谷中回响。脚踩着积雪，踏着枯树枝，声音清清脆脆。每当她脚下有些打滑时，攥住她的那只手就会用力地将她托住，随后那人就开始笑，笑声低低沉沉的。

在这一条不知道通往哪里的小路上，身边是如狼似虎的燕支人，和应该被千刀万剐的兰襟，他们的这些声音交杂在一起，莫名让容潋心安。她甚至希望就这样一直走下去，没有尽头，也不必回头。

等容潋眼睛重新看到东西时，夜已经深了。她和兰襟被关进一间房，门落了锁，外面还有几个人把守。房内只点着一盏灯，隐隐能看出来这地方虽然小，但并不是寻常人家，像是衙门之类关押人犯的地方。

“这是燕支国境了？”容潋揉了揉被绳子勒出红印的手腕，蹙着眉看着兰襟问道，“你早就知道那座山脚下有燕支人吧，我说兰侯爷，你到底来这儿做什么？”

“燕支国贫瘠又多灾，如今的国主赵炎从小被吓怕了，疑神疑鬼，整日提心吊胆觉得自己马上要死了。为了让自己平安，他就专门派了一支军队投入大量时间去驯狼，然后把守在燕支国边上，不让任何一个可疑的人进入国内。”

容潋咋舌，说：“他堂堂一国之主居然如此贪生怕死，那还怎么治国？”

“燕支这些年越发贫瘠，国力是这三国之中最弱的，不过倒是因为赵炎这个特性，其他两国不敢贸然吞并燕支，就怕燕支国除了狼还养了其他什么猛兽。”

容潋顺着兰襟的话问："这赵炎倒也因祸得福，只不过这和你到这儿来有什么关系？"

兰襟站在灯下，回头对她笑，那笑容有些勾魂夺魄："你问我就回答你，郡主觉得我是那么好说话的人？"

"不说就不说，我又不是非要知道。"

"嗯。"他低低地应了一声就不再说话，偏头看灯火跳动。容潋看他这副油盐不进的样子就觉得烦，又烦又无力。

明明知道他是故意的，可她怎么也忍不住不说话，问道："你想怎么样才说？"

他又那么笑了，有些得逞的样子，有些无赖地说："你过来，亲我一下。"

容潋的脸"唰"的一下红了，怪不得他今晚总看她，原来是存着这个心思。上次在菜地旁树下那初次的亲吻体验不是很好，容潋不愿意再尝试，梗着脖子道："我不……"

"那换一下，我过去亲你？"他话虽是问话，可突然欺上来的身体没半点儿询问她的意思。

"我们如今的生杀大权可都掌握在他手里，巴结巴结他我们也有好日子过嘛！"容潋突然想起霍准之前在客栈和她说的话，当下有些了悟。于是等兰襟的双手环住她细软的腰肢时，容潋不光没挣扎，还凑近了些，纤纤手臂揪住了他胸前的衣襟。

这下兰襟愣住了。

可美人在怀，又是难得一见略微主动的美人，兰襟没再犹豫，低头含住她的唇瓣。他也想起上次的冲动，想以一个新的开始替换那一次。容潋再想起这份亲昵，就是因为当下他的温柔。

只是他忘了她对他而言意味着什么，这温柔只维持了片刻就消失了。兰襟闭了闭眼，再睁开，手固定住她的头，将她按到墙上，动作如狂风巨浪般……

"嗯嗯……兰……嗯……"她受不住，手软软地推着他，被他掐住按在头上，脸俯得更低，将那层层叠叠的甜蜜都含在唇齿之间，让他任何一次的轻动，都能换来他想要的甘美滋味。

“容潋，容潋……”

容潋渐渐被他的动作弄得神智全无，听他喘息之间叫她的名字，目光迷离地应了一声：“嗯……”这一个字像缠着无数糖丝，让他忍不住再用嘴去尝，让它融化在他的口中，然后再贪婪地咽下去，回味无穷。

月亮逐渐被乌云遮蔽，失去了它的踪影。

最后被放开时，容潋已经腿软得站不住，被兰襟抱在怀里，头软软地歪在他颈窝处，这时倒是要多乖顺有多乖顺。

兰襟的指尖揉着她红透的耳垂，一下下啄吻着她脸颊柔嫩的肌肤。他心满意足了，才回答她的话，说：“我之前让霍准在南疆城传柔然国主领狼身患传染病的谣言，燕支离得最近，谣言很快就传过来。前不久柔然的军队从燕支穿过去，到南疆城惹事，之后回去定然也是穿过燕支国境的。而这些人中就有领狼的亲信，领狼的病又重到那个程度，难免这些人里不会有被传染到的……”

“然后这些人经过燕支，可能就把病留在这里了，所以你才借口说是给赵炎看病过来的？”容潋接了话，又觉得不对，问道，“猜测归猜测，赵炎怎么可能真的那么巧就发病了？”

“赵炎从小就患有隐疾，只是为了稳坐这个王位一直对外隐瞒。如今年纪越大越瞒不住，借着这个谣言他刚好将计就计，将一切推到领狼身上去。”

兰襟知道赵炎的真实病情，也摸透了赵炎的心理，还知道燕支、柔然之间的利益纷争……他好像什么都知道，这世上仿佛就没有兰襟不知道的事情。

容潋无语片刻，才想起一件事，问：“那既然赵炎不是真的被领狼传染疾病，那他听闻有人来救他肯定不会在意，万一还没等到见他面就被杀，那不是惨了？”

兰襟将她鬓边的发丝缠在手指间，笑得胸膛一颤一颤的，说：“被杀就被杀，有美人在怀，我死而无憾。”

“你——”容潋狠狠地推他，“你无憾，我可没美人在怀，有憾得很，你起开！”

兰襟拽着她纤细的胳膊，身体往下倒，压在她腿上，脸往她怀里凑，说：“这样不就是有美人在怀了？”

“我从前怎么不知道你这么不要脸？”

兰襟双臂像铁一样怎么挣扎也不动，紧紧地箍住她的腰身，脸埋在她腰腹间，闷闷地说：“来日方长，总会知道的。”兰襟的脸皮和他的身体一样，仿佛金刚不坏，容瀲领教过很多次，知道越和他辩，他越来劲儿。容瀲咬咬牙，这次索性随他去。

容瀲担心赵炎直接叫人来杀自己，这一晚上忧心忡忡都没合眼。反观兰襟却睡得很快，几乎是挨到她身边之后就睡着了。他就这么贴着她一动未动，这个姿势一点儿也不舒服，但容瀲脱不开身，她稍微动一下，兰襟的手就如影随形地跟过来。

容瀲在心里恨不得把他千刀万剐，真是讨厌透了。

兰襟当真睡得很熟，记忆里，他已经有很多年没有睡得这么好过。

梦里是刀光剑影、横尸遍野的过去，周围都昏昏暗暗的。他就那么艰难地在黑夜里挣扎，看不见方向，跌跌撞撞地向前。忽而漫天遍野的暗色天空裂开一道缝隙，有一道光射入，一点点地将那条缝撑开，越撑越大，最后将所有昏暗粉碎。

他看见一双柔软的手递到他面前，捧起他的脸，轻柔地擦去他脸上的脏污。

“疼不疼？”

本来很疼，有你就不疼了。

……

容瀲正聚精会神地注意四周动静时，怀里的兰襟终于有了动作。容瀲腿又麻又酸，以为总算可以让他起开了，可兰襟只是伸出手，扣住她的手，带到自己脸上，轻轻地压住，就又没了什么动作。

容瀲瞪圆了眼睛看了他半天，说：“我宣布，在我心里你已经死透了。”

第七章 少年无畏

南疆的纷乱没有影响那一座长安城，城里城外还是和从前一样，百姓们都在为了即将到来的新年忙碌。

钟骞这些日子也很忙碌，不过他的忙碌不为过年，而是为了容潋。他如今身为刑部官员，虽然在刑部位置不算高，但想要离开长安城去南疆寻容潋，比他想象中的要困难。他来回上下奔走，最终却仍是一筹莫展。

刑部尚书楚大人叹了口气，说：“不是本官刻意想要拦着你，本官虽有调遣刑部上下官员的权力，但有些事也是做不了主。况且最终你能不能离开长安，还得经过户部敲定。”

这层层的烦琐程序，少则一两个月，多则大半年。并且，最后也不一定会是好结果。

钟骞不是不明事理的孩童，他沉默着点点头，道：“下官明白了，多谢楚大人指点。”他从刑部衙门离开，走在喧闹的街上，来来往往那么多人，却没有一个人是他最想见的。

忠国公不想让他去南疆，这是钟骞奔走这许多日认清的事实。父亲不让他走也不难理解，南疆城外太乱，他一个文臣，去那里危险重重。况且他在刑部为官，又有忠国公保驾护航，前途可谓是一片大好。

此番他若调去南疆，想再回来容易，可再入朝堂又要从头开始做起。这可不是忠国公所乐见的。

“栗子，刚出炉的糖炒栗子，热乎乎的糖炒栗子——”

街边的小贩在叫卖，栗子刚出锅，香甜味扑面而来，钟骞停下了脚步。从前，容潋最喜欢吃这家的糖炒栗子。她有时候被父兄管着不准出府，钟骞就会帮她买，然后偷偷地带进庆安王府。

钟骞深吸一口气，转身离开，走得一步比一步坚定。

忠国公府的书房里，钟良手执狼毫，蘸满墨汁，在纸上写下一个“忠”字，下面的“心”还未收笔，书房的门就被猛地撞开了。

忠国公不悦地皱起眉，呵斥道：“谁许你随随便便闯为父的书房的？府里的规矩都不记得了？”

钟骞握紧拳，沉默半晌。他长得白皙，这么多年都未曾受过什么苦，也没有风霜去摧残他的容颜，乍一看外表，他仿佛还是那个十七岁的少年公子，可他的眼神已经不再那么澄澈无波。

“我想调去南疆城，还请父亲准许。”

“哦？想去南疆？”忠国公不急不缓，将那最后一笔添上，随口道，“你已经这么大了，想做什么就去做。既然想去南疆，那就让你们楚大人报去户部即可。”

钟骞静静地站了半天，突然间笑出了声，越笑声音越大，越笑越癫狂。他从小就是个让人省心的孩子，只有两次失态，上一次，也是因为容潋。

忠国公眸底精光一闪，“啪”的一声将手中的狼毫扔了出去，重重地摔在钟骞的身上。

他那一身官袍，染上了点点墨迹。

“你看看你，像什么样子！有何可笑的？”

钟骞止了笑，喉头滚了滚，道：“我是在笑自己，我笑我自以为是，以为自己已经算是长大成人，能独当一面。可到如今才知道，我不过还是那个被父亲庇护在身后的奶娃娃，什么都不能自己决定，和父亲所想的路稍稍偏离，就会被纠正。”

这么多年，钟骞少有违抗钟良的时候。可他总会想起，当初庆安王府出事时，他第一时间想去陪容潋，和她共渡难关。他还记得，当时父亲说，彻底查清是谁害了庆安王府，才能真正救容潋出来，否则他的陪伴也是无济于事。

钟骞真的信了这个话，他默默地去做那一切。然后，他眼睁睁地看着容潋离他越来越远，看她从长安城到慎远坊，从慎远坊再到南疆城，看着她身边出现了兰襟。

那样一个兰襟，在钟骞看来，是比距离和时间都要危险的敌人。他已经错了一次，不能再错第二次。容潋身在低谷中，他错过了一次陪伴，决不能再错过第二次。

钟骞扬着头，目光中有着无声的暴烈，将那句话又说了一遍：“我想调去南疆城，还请父亲准许。”忠国公看着这个从小什么都顺他心意的儿子，心中不无失望。他为他铺好了坦途，可未曾料到一个容潋就能让他疯魔，让他居然一而再再而三地忤逆自己。

“为了一个容潋，你居然什么都不想要了？”同样的话，多年前钟骞赶着想去陪容潋时，忠国公说过一次。

那一次，钟骞听了他的话，而这一次……

钟骞迎着忠国公压迫的目光，再上前一步，说：“若无容潋，就算我什么都拥有，也都是虚无。父亲可以阻止我一次两次，可不能阻止我十次八次，只要有机会，我一定会去南疆城。”他说着，更进一步，接着道：“父亲如今辅佐太子殿下，也不想我时不时地闹出什么笑话，给太子殿下添乱吧！”

忠国公脸色铁青，怒极反笑，说：“好啊，你居然还敢威胁为父，翅膀硬了，出息了？我倒要看看，你这一身的骨气能撑到几时！”

他抽出挂在书架上的九头鞭，将一段缠在手腕上，大喝一声：“给我跪下！”

“扑通”一声，钟骞跪在地上，挺直腰背，目光直盯着前面。鞭子划过空气，声音清脆，毫不留情，“啪”的一声抽在他背上。

火辣辣的疼霎时间从背上那一处蔓延开来，钟骞咬着牙一声不吭，他无声的反抗换来的是更加暴戾的凌虐，直到他背上全是鞭痕。忠国公用尽全力将手中的鞭子再次挥下去，钟骞脸色一白，被这一下掀翻，伤口触到地上，疼得他浑身都是冷汗。

鞭子再次举起来，忠国公却没忍心再挥下去。

“真是逆子！”忠国公弃了鞭子，到底是自己的亲生骨肉，即使他再冷血，也不可能真的冷酷无情。

“若没有为父为你铺路，你以为你会走得这么顺遂？好，你既然想去南疆，那便去。我倒要看看，离了为父，你究竟能成什么气候！”他冷哼一声，踹开门喊人去叫大夫。

钟骞紧绷着的神经一松，浑身疼得难忍，他只觉得眼前天旋地转。

“容潋，我终于可以朝着你走了。”

容潋和兰襟在燕支境内被关了三日。

这三日，容潋从一开始的忐忑难安，到后来心里毫无波澜，全部要“归功”于兰襟。太像了，太像她和兰襟在慎远坊时的境遇了。一个出不去的牢笼，一个不知道整日脑袋里都在想什么的兰襟。

容潋是个错过一回就会长记性的人，那时她没捞到什么便宜，这回她也不会去和兰襟硬碰硬。兰襟倒也一反常态，没有对她动手动脚，除了进来的那夜躺在她怀里，这两日，多数时光都是一个人在旁边打坐，闭目养神。

两个人谁也不说话，谁也不理谁，这三日对容潋来说像三年那么长，将她所有的焦虑烦闷都磨没了，身心都疲倦得要命。

就在容潋昏昏欲睡的时候，外面终于有了动静。

门锁被打开，进来三四个侍卫模样的人，领头的留着络腮胡，眼睛生得窄窄的，一副不好招惹的样子，问：“就是你，说能治好我们国主的病？”

容潋下巴抬了抬，指向缓缓睁开眼的兰襟，说：“不是我，是他。”

“我们国主有令，要你进宫一趟。”

兰襟站起来，理了理衣襟，朝着容潋伸出手：“走吧，夫人。”

容潋没办法，手搭上去，被他的大手一拉一拽，人已落在他身边。

出去时，兰襟轻声说：“夫人不想和我共死，那为夫必定要想办法让你活了。”

容潋心头一跳，手被他更紧地攥了一下，随后便放开。

他捏得很用力，她皮肤娇嫩，有那么一会儿，她的手背处都是他手指压下的白印子。这个人，好像每时每刻都想在她身上留下痕迹，怎么深怎么来。

燕支国穷困，这皇宫也不大，瞧着都不如大越一个寻常王爷的府邸气派。二人被一路引到皇宫深处，一路上也没遇到多少人。赵炎自做国主后到如今，后宫只有一位皇后，并没有纳其他妃嫔。

所有人都道赵炎专一深情，却很少有人知道，他只是不想后宫人多眼杂，得知他身患顽疾的事情。

那络腮胡侍卫将他们领到一处偏殿停下，示意他们进去等候。

这周围和大越皇宫的冷宫相差无几，荒凉得很，容潋觉得有些不对劲儿，兰襟却先一步推开殿门走了进去。

“嘎吱——”殿门老旧，发出的声音仿若昏鸦鸣叫。容潋也跟了进去。

殿里倒是干净，但也仅仅是干净，摆设的家具都很陈旧，随处可见木头上斑驳的痕迹。

“这位国主也是不按常理出牌的人，居然到这儿来见我们。”容潋嘟囔了一句，视线被东边墙上挂着的一幅画吸引。这是一幅风景画，青山绿水，是大越的江南烟雨景象。但画作笔锋走向，用色技巧都十分眼熟。

好像……在哪里见到过。

“嘎吱——”殿门再一次被推开，容潋闻声转回身，踏进殿里的人将门掩上。

赵炎和容潋想象中的有些不一样，她从兰襟的话里脑补出一个满脸阴鸷、胆怯懦弱的君主，可实际上赵炎长得很是俊朗，只是身材比常人消瘦很多，锦袍挂在身上显得有些晃荡。

赵炎的目光在容潋身上只停留了片刻便移开，定定地看着兰襟，半晌叹了口气，语气听不出是喜是悲：“本王听说有人在大越和燕支边境深入狼军说能治本王的病时，本王就猜到是你……果然是你。”

兰襟微微笑了笑，说：“多年不见，燕支王比从前聪明了许多。”

容潋有些头疼，这人当真是一点儿也不知道收敛，在别人的地盘上也敢这么张扬。

赵炎不是为所谓的“治病”而来，他只是单纯想来见见兰襟。这样的会面，在容潋的意料之外。她更意外的，是赵炎对兰襟的态度。面对兰襟的冷嘲热讽，赵炎也只是表情僵了僵，并没有把他如何。

兰襟一直在长安城为非作歹，容潋并不觉得他会和千里之外的燕支国主有什么牵扯。除非……兰襟有通敌之嫌。这个想法在脑中一闪，容潋就有些坐不住了。倘若真的如她所想，那兰襟害庆安王府就有了更为合理的理由。

容潋在一旁脑中纷乱如麻，连那两个人说了什么仿佛都听不清。直到兰襟用手碰了碰她，她才回过神，眼神有些迷茫，问：“什么？”

“燕支王在问你话呢，你在想什么，这么出神，嗯？”

容潋摇摇头，道：“没什么，燕支王有何指教？”

“本王素来仰慕庆安王的英名，但可惜天妒将才，本王没能和庆安王结识。如今你一介女流，能到这战事纷乱的南疆城来，真不愧是庆安王的血脉，本王着实钦佩。”

赵炎说话时眼神炽热，倒不像是说谎。要么是她方才想多了，要么就是这个人和兰襟一路货色，嘴里难有一句值得人信的话。

容潋笑了笑，客套地回道：“燕支王说笑了，我父兄英雄盖世，不是我可比的。”

“郡主真是过于自谦了。”

兰襟看着两人你一句我一句地客套，素来就冷的脸更冷了三分，等到被送出皇宫时也没有缓和迹象。

既然是燕支王的旧识，自然是不用再回大狱，赵炎叫领他们来的那个侍卫将他们安置在都城中的一个院落里。这里一切齐全，还有两个下人侍奉，是赵炎偶尔出宫的落脚处。

容瀲心里有事儿，自然也没心情去管喜怒不定的兰襟，进了门，下人上了热茶，她独自喝完就往她今夜要住的厢房去。容瀲给兰襟脸色这种事儿太常见，若是平时，兰襟也不会放在心上，可是今夜……

容瀲刚进了门，细软的腰肢就被兰襟自后扣住，旋即将她压到旁边的墙上。

“你做什么？”

“做什么？我倒是想问问你做什么？见了赵炎之后回来就摆着这张臭脸。”兰襟捏着她的脸颊，迫她抬头看他，他眼底窜着两团火，明明灭灭地烧进她心底里去。

“是不是觉得他是一国之主，有权有势，是你下一个可依靠的对象？即便出了长安，你这到处找目标的劣性也并未改变，果然是江山易改，本性难移。”

容瀲被他莫名其妙的讥讽刺得心揪成一团。

这人总是这样，开心了就顺着她，给她一点儿温柔，一旦她稍有什么不对他心意的地方，他就一副恨不得将她千刀万剐的姿态。他有什么资格，又有什么理由？说起来，该被千刀万剐的，明明是他才对。

容瀲生气又委屈，瞪着他的眼睛渐渐泛了红，倔强又可怜，说：“你和赵炎很明显是旧相识，你替想在南疆外几国中立稳脚跟的赵炎做事儿，除去赵炎忌惮的庆安王府。”

她笑了笑，美丽容颜映在他眼底，继续道：“这就是我刚才想的，我不知它是真是假，我如今孤身一人，也无力去查证。你说我不给你好脸色看，兰襟兰侯爷，你想我给一个可能通敌害我家里的人什么好脸色看？我是无能之辈，但凡我能真正地狠下心来一次，就不会在这儿忍受你欺负，任你宰割！”

她说着说着滚下泪来，一番话不算重，却如重锤敲在兰襟心上。

他浑身一震，几乎要站不稳。

他人生少有这么无措的时候，踟蹰了半天才松开钳制住她脸颊的手，去擦她脸上的泪。容瀲脸一偏，不想被他触碰。兰襟将她的话反复咀嚼几遍，落在最后那一句上，原本黯淡下去的眼瞬间明亮起来。

她没能真正狠下心，是不是代表她对他也并非全无感情？

兰襟侧头，去吻她又滚下的泪，咸咸湿湿的东西在唇齿间化为蜜糖般的甜。容瀲被他半边身体压住，轻易动弹不得，只听他模模糊糊地说着："我和赵炎是旧识，却不曾为他做过什么事，他还不够资格叫我费心。"

他这话听着自负，却让容瀲深信不疑。确实，兰襟没有什么理由在这件事情上骗她。

兰襟的唇移到她耳畔，声音刻意压低，说："你这双眼生得好看，却盲得很，怎么就不知道在你身边的人，才是你最可倚仗的？"

"你是仇人。"这四个字硬邦邦的，她语气里还带着些孩子气的执拗。兰襟听得心软了三分，调整了姿势，让她不那么难受。

"有仇与否，都不重要，我们来日方长。"

听他话里有话，容瀲追问道："你什么意思？"

兰襟揉了揉她柔软的发，声调挑起来："没有的事情都能叫你想成有，还为此安了个通敌的罪名给我。郡主这么聪明，何必来问我？"

"你——"容瀲伸手去推他，这次兰襟倒是一推就开。

他收了笑，负手而立，说道："不早了，好好休息，待会儿不管听到什么动静都别出来。"

知道容瀲接下来肯定要和他对着干，兰襟先一步封了她的口，以吻封缄。

他开始吻得温柔，忽而又凶猛，蹂躏着她紧绷的神经，折磨着她已经愧疚难安的心。等他放开她时，容瀲眼神都涣散了。

"就这一次，听话。"

可能是兰襟最后那两个字中下了蛊，容瀲这次真的听了他的话。

夜里静谧，她睡不着，听着瓦上的脚步声纷纷，听着刀锋劈空，听着时不时传来的痛吟声，更加没了睡意。她用被子裹住自己，紧闭着眼，半晌什么声音都停了，连风声都听不到。

周围是死一般的寂静，让人心里一惊。容潋坐起来，眼睛盯着门口。那里出现几道身影，随后又一一离开，只留了一人。

“郡主，属下是六合南宫意，奉侯爷之命，前来陪郡主。”南宫意，六合中排名最末，也是六合中唯一的女子。

容潋扬声道：“进来吧！”

“是。”南宫意推门进来，将屋中的灯点上，走向榻边。她身上的血腥味很重，容潋皱了皱眉。

南宫意见状，离她稍远些站定。火苗跳跃，她仔细地端详着容潋这张脸，娇嫩无瑕，莫说是男子，就连她身为女子都有些移不开眼。也难怪侯爷会对她如此上心，也就只有这般绝色，才配被侯爷记在心里。

在她打量容潋时，容潋也在打量着她。

南宫意一身男子装束，头发高高地束起在纱帽中，眼尾稍稍吊起，英气和妩媚两种气质融在她一人身上。

“六合的人都来了？”

“是。”

容潋眉头皱得更深，气不打一处来，恨恨地道：“这个该死的兰襟，居然又骗我！”还说什么六合根本就没来，都是唬人的，亏她之前被关押时还担心了那么久。

“扑哧——”南宫意笑出了声。

“你笑什么？”

“跟在侯爷身边这么多年，属下是第一次听见有人敢骂侯爷，觉得很新鲜。”

容潋也跟着笑，方才紧绷的神经在这一说一笑间彻底放松下来。

南宫意说：“整个长安城不知道有多少人在骂侯爷。但这么明目张胆地骂，还安然无恙活到如今的，也就只有郡主一人。”

容潋呼吸一滞，她从这句话里听出了些许不寻常的意味，可她习惯性地忽略，找其他的事情将其掩盖，问：“兰襟如今在哪儿？”

南宫意对她是知无不言，如实禀告："进宫去见燕支王了。"

"那方才外面的人……"

"是柔然来的刺客，已经被属下等处决，郡主不必忧心。"南宫意沉默了会儿，说，"侯爷离开的时候，让属下转告郡主好好休息，凡事都有他在。"

"有他在……"容溦将这三个字细细地在唇齿间过了一遭，笑了笑，倒头躺在榻上。

"我困了，先睡了，要是兰襟回来，麻烦告诉他，我不喜欢血腥味，让他洗洗干净再来见我。"

南宫意哑然，敢这么无理取闹命令侯爷的，不管是死的还是活的，至今她只知道容溦这一人。真是在侯爷那儿，什么都给容溦一人了。

兰襟和赵炎的谈判进行得很顺利，兰襟手握着先机，自然是战无不胜。天不亮时，他便回到院中，听南宫意转达容溦的话，他只是点点头表示知道了，完全不顾容溦所说，径直就进去了。

不多时，南宫意听见容溦在低低地咒骂着，伴随着兰襟低沉的笑声，仿佛这样的打骂二人早已习以为常。

南宫意往后退着，转身往远处走。

"小意，接着——"

南宫意抬手抓住抛掷而来的东西，展开手掌，是一只红玉老虎。她抬头一看，随月生正双臂环胸，倚在树干上。他挑了挑眉，左额上那个弯月刺青随着动作跟着弯了弯。

南宫意有些怒，质问："又是你顺手牵羊弄来的？"

随月生"啧"了一声，说："皇宫那么多样宝贝，少了这一个又不会有人发现。我就是看这老虎长得有点儿像你，所以就想着给你。"

"像我？哪里像我？"

随月生指了指她手中的红玉，又指了指她的脸，像煞有介事地说："你看你生气时的表情，难道不是和它一模一样？不信你去找面镜子看一看。"

南宫意牙根咬紧，腰间绑着的红缨鞭一抽，朝着随月生就甩了过去。随月生早就有防备，向后一个鹞子翻身跳到树上，两个人你追我赶，不一会儿就跑出了院子。

“老四当年不知道因为这张嘴得罪了多少人，侯爷不让他乱说话，他憋得太久了，这下可算逮到机会和小六说。不过小六最近武功精进了不少，老四可能要吃亏了。”陆北风用布擦拭着圆月刀上的血痕，斜睨了一眼旁边一言不发的褚乘风，说，“怎么了老三？打从皇宫出来，你就是这样一副深沉的模样。”

褚乘风没理他。

兰襟自从回来后，便进了容潋的屋子，到现在一个时辰过去还没出来的打算。而以前出任务，不管多晚回来，每次兰襟都要先见他们。

打从进天机司那一日开始，褚乘风就知道容潋其人，也知道她对兰襟来说很重要，可没想到会重要到让兰襟改变一向的行事习惯。褚乘风隐隐担心，兰襟会为了容潋豁出性命。

他们六合，生为兰襟，死也为兰襟。如果真的有那么一天，他就算违背侯爷的意愿，也不会让容潋活着。

褚乘风起身往后头走，说：“我去看看还有没有什么吃的。”

陆北风摇头，道：“这个老三，还是这样古古怪怪的。”

午后，燕支王赵炎的谕令传遍燕支的每个角落。

“近日有可疑人员在燕支边境游走，目的不明，为保燕支，现召燕支青壮年男丁编队入列，和燕支大军一道前往边境把守。”与这道谕令一起传出来的，还有大越皇帝免燕支三年岁供的消息。

王后令央匆匆地去见赵炎，一进殿中就闻到浓重的酒味，而赵炎躺在软榻上，正提着酒壶往嘴里灌酒。

“咯咯咯……”他咳得满脸潮红。令央赶忙上前将酒壶拿下来，轻轻地拍着他的后背，急急地道：“王上怎么能这么不爱惜自己的身体？您若是倒下了，让臣妾怎么办？”

令央相貌端庄，即使是这么急地说着话，语气仍然是温和的。赵炎感觉头疼，捉住她一双柔荑，按在自己的太阳穴上。令央顺势为他轻揉。

“王后怎么寻来了？”

他们作为夫妻，这些年来相敬如宾，但也仅限于此，令央甚少主动来找他。

“臣妾听说了王上下的谕令，燕支国国力衰弱，百姓本就活得艰难，如今每家每户的男丁还要到边境去驻守，这让他们的老母妻儿日后可怎么活？”

赵炎握住她的手腕，将她的手拿下来，他坐直身体，呵笑一声：“本王竟不知道王后这么关心燕支的百姓。”

“臣妾是燕支的王后，是臣民之母，自然要关心。”

“那王后可知，若是本王不这么做，燕支会如何？”

令央红唇微启，摇摇头，说：“臣妾不知。”

赵炎的手撑在膝上，勉强挺起脊背，他的笑很漠然，说：“柔然意欲拉拢燕支和雀南，结为同盟，三国联合去打大越。这几个月来，柔然明着没有动作，暗地里已经派了好几拨使臣到燕支。燕支离大越最近，若是真的开战，必定是第一个被波及的。本王不能眼睁睁地看着燕支毁在我的手上，可又不敢轻易得罪凶悍的柔然，就只能装傻充愣，一直拖延了事，咳咳咳……”

他咳得有些厉害，拿帕子捂着嘴，过了会儿才缓过来，唇色已经白了三分，继续说：“兰襟到燕支来，这让本王吃惊，可仔细想想也很合情合理，能震慑边境的，除了已故的庆安王父子，也就只有这个曾经扬名南疆的镇南大将军了。”

“在去见他时，本王想了很多。兰襟这些年在大越朝堂上叱咤风云，本王不知他身上还有多少当年的锐气，也并没多说什么。可他去而复返，还带了柔然刺客的尸体一起来。他说这些柔然人死在燕支境内，本王怎么也脱不开干系，和柔然之间的信任也荡然无存，若是燕支不归附于大越行事，那到时候燕支面对的，就是柔然和大越两方的大军压境。”

赵炎攥紧了帕子，转头看向一脸愕然的令央，说："兰襟已经把本王的退路封死，我也只能这么放手一搏。不过……"

他强撑着站起来，走向门前的脚步不见虚浮。他背对着令央而立，这些年来令央仿佛是第一次发现，她的夫君，她的王上，也是个身量高大的男人。

"纵使没有兰襟的所作所为，如今这般对燕支而言，都是最好的选择。"

"可燕支归附大越，实乃懦夫之举，王上就不怕被人唾骂吗？"

"唾骂又如何，本王被人骂得还少吗？这些年燕支势弱，本王日夜睡不好，生怕燕支在我手上覆灭。若是我一个人遭骂，能换燕支从今以后百年平安，那我又有何所惧？我不惧怕，王后更不用怕。你既从柔然来，又深深牵挂着柔然，那等战事平定后，本王会将你安然送回柔然，也算全了你我夫妻间的情意。"

令央神情一震，眼泪不可控地骤然落下，说道："你，你竟是知道……"

"这些年，你传了不少消息回柔然，可本王的病，你未曾传过。不管你是有心为之，还是如何，我都铭记五内。只盼你日后回柔然，能幸福地活下去。"

赵炎抬起眼，眼中不见醉意，手推开殿门，一阵疾风刮着几片雪花拍到他的眉间。一呼一吸间，白气模糊了他的神情，只有声音冷若冰霜："传本王旨意，王后病重，要在宫中休养，任何人不准打扰。"

"是！"

燕支举国进入防备态势，大越的新年就在这种状态下来临。

兰襟没有离开燕支的意思，一行几人就这么在赵炎准备的院落中住下，只是毕竟是在外面，也不好太过招摇，这些日子容潋就只在院中走走，没有出去过。

六合的这几个人，她一共见过了五位，还有排行第五的乔方没有见过。

“五哥擅遁地之术，每到一个新地方，就潜到各处去查看，若不是侯爷有命令，他轻易是不会出现的。”南宫意解释说。

除夕夜要吃饺子，府中的那两个下人之前就被兰襟赶走，若是想吃饺子，就只能自己动手。容潋从前养尊处优，下厨一事从未沾过手，南宫意虽是女子，却是只知刀剑，不知锅碗瓢盆的。

“郡主不必担心，三哥四哥都会做饭，不会饿到我们的。”南宫意的性子很对容潋的胃口，这几日两人已经相熟。

随月生认命地叹了口气，褚乘风却没什么动静。他目光掠过容潋，带了几分寒意。容潋很纳闷，记忆里她并未招惹过这位，可每次对上他的目光，都觉得里面满是敌意。

“乘风，和月生去厨房。”兰襟从廊下走出来，冷声开口。褚乘风收回视线，和随月生一道往后厨走去。

兰襟一来，本来活泼的氛围顿时凝住，六合其余几个人都站得笔直，一言不发。容潋闷了好些日子，好不容易稍微舒心点儿，又被该死的兰襟破坏了。

“怎么一见我就这副脸，我哪儿招你了，嗯？”兰襟说着，手往她脸上一捏。

好些人在，他就这样动手动脚的！

容潋冷着脸往后躲，兰襟的手顿在半空，他也不生气，挥挥手让他们几个退了下去。

“气这么不顺，是我哪儿让郡主不高兴了？”兰襟攥着她的手腕将她拉过来。容潋被他半拖半拽着与他一起往前走，这姿势实在是勒得她手腕酸疼，不得已只能老老实实地跟在他身边走。

“你究竟还有什么打算？”

南宫意也不背着她，将知道的尽数和她说了。容潋震惊于兰襟的手段直接粗暴，他此行本该以规劝为主，让燕支、雀南与柔然离心，这样待柔然被孤立出来，大越的军队便可畅通无阻地穿过燕支和雀南二国，与柔然交战。

而兰襟在燕支境内杀了柔然的刺客，势必会激怒柔然。兰襟是来做使臣的，可不是来打仗的，到时候没有准备，又该如何收场？

“打算？我目前确实有个打算。”

“什么？”

这院子虽不大，但布置得倒还算用心，看着比皇宫都要好。后院种了一院子梅花，分花拂柳间，花瓣沾在了容潋的头上。她有些不舒服，胡乱地拍下去。兰襟将她被自己蹂躏的头发解救出来，将上面剩下的细碎花瓣摘下去。

“我打算着，该什么时候要了你才好。”

容潋一时没反应过来，睁着疑惑的一双眼看他：“要了我？”

她虽然也经历过那么多事情，可也只是个未经人事的姑娘家，哪里懂得他的意思。兰襟像个耐心的教书先生，将她抵在身前，俯下身对着她的耳朵认真“教授”。

容潋只听了半句脸就开始发红，脑子乱成一团。之前在慎远坊，她猜兰襟有这个心思，可那也只是想想，眼下兰襟真的说出来又是大不相同。她恨极气极，又羞又恼，手胡乱地往他脸上挥，兰襟也不躲，硬生生地接了这一巴掌。

“啪”的一声，清脆利落，把兰襟都打蒙了。

跟在兰襟身边，她也学会了恶人先告状：“谁让你说这些的，我就算不再是庆安王府的郡主，也是个清白的姑娘家，你怎么能说这种话！”

“你如今可是我兰襟的侍女，你要伺候我给我暖身子的，你可是忘了？”兰襟说着，又没脸没皮地贴到她耳边，声音低低沉沉地灌到她的耳朵里。

容潋浑身发热，感觉快要站不住了。

“郡主也知道，我一向是个爱骗人的。我之前说暖身子就是抱着你睡觉，都是骗你的。”

“我就知道你嘴里没有一句真话，你就是个彻头彻尾的坏人，浑蛋！”

“那你还要问我的打算吗？”

容潋欲挣扎的动作一缓，兰襟放开她，抬手折了一枝梅花，说：“你认准了我的话没有对的，那还问什么，倒不如省些力气，日后也好少受些苦。”他说着又往前走。

容潋胸膛起伏几个来回，烦闷得不行。

明明是兰襟的错，怎么说得好像她不对一样？容潋一脚踩烂了从兰襟手上掉落的梅花瓣，恨不得也将前面这个人一起踩烂。

褚乘风和随月生行事利索，不过半个时辰饺子就出了锅。热腾腾的饺子和着饺子汤一碗碗地端上桌，可花厅中气氛诡谲，没有人敢动筷。容潋戳破了一个饺子皮，就懒懒地放下。兰襟眼皮一抬，看着她道：“怎么不吃？”

“兰侯爷手下这位褚大侠看我跟看仇人一样，他做的东西谁知道会不会下什么药，我可不敢吃。”

褚乘风是个很能沉得住气的人，他没说什么，倒是陆北风坐不住了，辩驳道：“我三弟怎么可能做这种事情，郡主不能张口就诬陷好人！”兰襟横过来一眼，目光轻轻柔柔，却让陆北风一个战栗，声音也越来越小：“怎么能乱说呢……”

他长得魁梧，这样受气的样子倒有几分好笑。容潋本就不是冲着褚乘风去的，也不多和他计较，当下笑了笑。

这一笑，冬日繁花开尽，晃得兰襟心痒痒。他压住容潋又拿起筷子的手，说：“想吃什么，我去给你做。”六合几人的眼睛齐刷刷地望过来，俱是不敢置信。“吧嗒”一声，随月生手里的饺子都夹不住，掉在桌子上。

容潋哼了哼，说：“我也不敢吃兰侯爷的东西，方才兰侯爷看我一副气不顺的样子，谁知道会不会也在饭里下毒。”

“我若是想毒死你，何必在饭里下毒这么麻烦。”

他站起来，手落在她肩头往下压了压，声音也落在她耳后：“只要在唇上下毒，你自然也能吃到。”他说完，招呼随月生去打下手。

容潋在他出门后也跟着离开花厅：“我不吃了，要回去休息。”

红霞已经爬上她的脸颊，冷风吹也降不了热度。

这院子里并未像寻常人家那样张灯结彩，如果不是刻意地去记，容潋都快忘了今日是除夕。

辞旧岁，迎新年。

过去的这一年里，她的生活发生了翻天覆地的变化，不知道新的一年，等待她的又是什么。容潋呼了口气，自己去杂物房翻出了旧日用的灯笼，又寻来笔墨，借着一盏烛火的光，在灯笼纸上细细地绘着画。

兰襟做完吃食来寻她时，见到的就是这样一幅画面。

她伏在案子上，烛火将她的每一寸肌肤都照得纤毫毕现。她白玉般的肌肤几近通透，是这暗夜中的一抹光。

兰襟接过随月生手里的食盒，将门掩上，放轻脚步走向她。

那灯笼上是个提着年画的仙童，被她绘得栩栩如生。

"以前每一年过节时，兄长都要在灯笼上作画，王府里大大小小的灯笼都是经他手画出来的。兄长说，若不是要去打仗，他大抵会去做个画师。我跟着他学，这些年也只学了些皮毛。"

容潋添上最后一笔，左右端详着，随后抬起头，双手捧着，送到他面前。

兰襟倒是有些意外，问道："给我的？"

容潋歪着头，娇柔一笑道："侯爷纡尊降贵地为我做饭，我自然要回报侯爷。"

兰襟不会轻易被迷惑，眼皮都不抬，说："你哪里是想回报我，不过是不想和我有什么瓜葛。只是你欠我那么多，一个灯笼抵消了一顿饭，那其余的又该怎么还？"

容潋睁着无辜的眼说："我听不懂你说什么呢！"兰襟失笑，将食盒里的东西一样一样给她拿出来。

燕支当地的吃食和南疆城相差无几，兰襟就只取了些当地的菜，和腊肉一起炒，口味调得清淡。她眼前还有一碗热腾腾的饺子，包了几个花样，都象征着好兆头。

麦穗，代表着岁岁平安。

元宝，代表着财源广进。

如意，代表着事事顺心。

……

容濎拿筷子夹起一个饺子，仔细地看了看，问道："怎么包了两个如意结？"

"这是同心结。"

同心同心，永结同心。

寻常人家倒是不会包这个，容濎也并未见过。她的面部表情有细微的变化，又笑吟吟地将这同心结饺子放下，筷子无意识地来回拨着，声音倒是很轻快："侯爷莫不是想同我永结同心吧？"

或许是今夜是除夕的缘故，她不再像个刺猬，浑身上下都是锋利的武器，温温和和的语气透着几分调皮。可她的心并不安分，一下又一下，"怦怦怦"地跳着，快如擂鼓。

她料准兰襟定是会像寻常时那样拿话刺她羞辱她，可她内心深处涌出来的前所未有的期待连她自己都不敢相信。她从什么时候开始……竟也对兰襟有了期待？

或许是因为外面风大，吹落的雪也大，这阖家团圆的夜里她孤身一人，只想要寥寥几句安慰，并不是真的想要兰襟如何。这样想着，容濎复又笑开，狡黠地道："我开个玩笑，侯爷不必当真。你这手艺还真是不错，若从前知道你有这手艺，我定是要让父王把你扣到王府做厨子。"

兰襟深深地看了她一眼，拿勺子将被她捣烂的那个同心结饺子盛起，递到她唇边。

"张嘴。"他命令道。

容濎的笑容收起，搪瓷的勺子边儿再往前，已经磕到她的贝齿。他又说了一遍，嗓音沉了下去："张嘴。"容濎像被人按住了开关，嘴巴一张一合，将饺子咬了一小口，剩下的被兰襟一口吃了。

他满意了，又给她盛了一碗，说："你说是，便是。"

容潋听懂了他的话，又装作不懂，偏过头，小声说："我说不是。"

他随着她道："那便不是。"

子时刚至，万象更新。

皇宫方向的烟花在这一瞬间炸开，五彩斑斓，像极了这人世间。不管这一年是好是坏，是幸或者不幸，都将会过去。以后再想起，就只剩下怀念。

容潋想，她会怀念这一年吗？不，不会。她恨不得将所有一切都忘得一干二净，什么也不剩。

容潋的脸在这一刻被捧住，她惊得转头，唇立时被衔住。他的眼闭上，烟花明明灭灭的亮光落在他脸上。捧住她的手用了力气，逼她专心配合。

他的唇居然也是柔软的，和他的人完全不同。他刻意施展温柔时，她只能深陷其中，无处可逃。她的手臂不知不觉间攀上他的肩膀，她的动作搅得他呼吸粗重，辗转地舔舐她的唇瓣，折磨成他最爱的鲜红颜色。

唇齿纠缠间，她听清他的低语。

"潋潋，新年快乐！"

第八章 我为你往

长安城的新年并不算好。

六安侯兰襟自进南疆城之后便音信全无，南境迟迟没有消息，朝廷氛围也是一片紧张。这些日子太子府往来的人加倍，俱是请容境进言，让陛下将兰襟叫回的。他们是不信兰襟那种人会死在南疆城，可他毫无动静，就只会是另有所谋。

扬州城的案子每隔几日就有消息传来，辽王容齐在扬州城处处碰壁，已经过了这么久，案子居然一丝进展也没有。容境身为太子，自然是不能坐视不理，他拟好了折子，赶在年初二进宫面圣。

玄武帝倒是并不着急，说：“扬州一案牵连甚广，告诉老三不必着急，细细地查，慢慢地查。至于兰襟……”

玄武帝看向容境，道：“镇南大将军以狼自诩，他打仗时从不管后路。若是他真有叛乱之心，如今南疆外早已大乱，晚一刻都不是他的作风。现下平静如斯，就是好事。朕用人不疑，此后类似的奏报不必再呈给朕了。”

玄武帝的反应有些出乎容境的意料，对于兰襟，他是猜到父皇不会有所怀疑，但是扬州一案，父皇之前明明是着辽王速速查明的，如今却改了说辞，他一时有些反应不过来。

“怎么？太子有别的看法？”

容境一揖，道：“儿臣不敢，父皇所说，儿臣都记下了。”

“你最近消瘦了不少，为社稷尽心是好事儿，也要注意保养身体。朕听说你最近头疼病又犯了？”

听父皇如此关心自己，容境紧绷的神经松懈不少，忙道：“回父皇，只是小毛病，太医开的药儿臣一直在吃，已经好了不少。”

玄武帝又叮嘱了他几句，便让他出宫了。

这一番交涉颇费心神，玄武帝捏了捏眉心。这时，内侍总管徐逢端上一杯参汤，瞧着玄武帝的模样，轻声说：“陛下是担心六安侯，还是担心辽王殿下？”

“朕都和太子说了不担忧，你又何出此言？”

徐逢笑了笑，道：“陛下不说，是不想让太子殿下为此过于操劳，陛下爱子心切，老奴在陛下身边多年，自然是能猜着一两分。”

“你这老东西，倒是什么都瞒不过你。”玄武帝叹了口气，参汤入口尝出几分苦来，说道，“太医院上禀，太子并未怎么吃太医院开的药，是药三分毒，他性子倔强不想依赖药物，朕担心啊！”

“太子殿下不是那种会拿自己身体健康开玩笑的人。”

玄武帝凝眸沉思，片刻后说：“伺候朕笔墨，朕要写一封密信，差人快马加鞭送到南疆城，亲手交给焦诩，着焦诩立刻回书。半月之内，朕要知道南疆城究竟出了什么事，还有，兰襟人究竟在哪儿！”

“是，奴才遵旨。”

容境自皇宫出来，马车照旧往乐律坊去。

钻进马车，容境便猛地一下栽在一边，由于事情纷乱，他的脑子没有一刻闲下来，头疼得像是里面有万千只虫蚁在噬咬。他从怀中摸出一个黑玉小瓶，马车一颠，小半瓶药丸撒了出去，滚到了马车外面。

药丸入喉，他的疼痛才渐渐地缓解下来。若不是疼到难以忍受，他是轻易不会用太医院开的药的。

容境照旧去寻琢心，想借她的琴声平顺心气。或许是听她的琴声听得倦了，从上一回开始，容境就很难像从前那样在这里寻到几分舒畅。琴声越悠扬，他越烦闷，刚用药压下去的头疼又隐隐泛起。

“行了，别弹了。”

琢心娉娉婷婷地站起来，福了福身，说：“是奴弹得不好，不能解殿下困扰。”

这十里长安，在琴艺上能与琢心一较高下的，怕是没有几人。容境知晓，问题不是出自琢心，而是出自他自己。容境按着跳着疼的太阳穴，蓦然间想起一档子事，说：“你上回说的，在慎远坊的那个擅琴艺的女子……”

琢心心中一动，说：“是从前雁城方氏府上的小姐方云梦，也是前六王的妻妹。”

“她的琴艺，较你如何？”

“琢心比不上方小姐的万分之一。”

容境闭上眼，道：“若真是如此，我想办法把她接出慎远坊，留在身边倒不是难事。只是琢心，你与这方云梦是何关系？”

他再睁眼睛，神思清明，似是能直直地看进她心里。

琢心一下跪倒在地上，柔声说：“不敢有瞒太子殿下，琢心曾在雁城方府做过丫鬟，后来因犯了事被主母卖出府，辗转到了乐律坊，也算是因祸得福，没在方家获罪时受牵连。琢心在方府时，小姐甚是照顾，琢心想办法接近太子殿下，也是想叫殿下救小姐出来。”

“殿下若是肯伸出援手搭救，琢心感激不尽。此事终究是琢心欺瞒利用了殿下，待琢心亲眼看见小姐能离开慎远坊那吃人的地方，琢心自会立即赴死，绝不会脏了殿下的手。”

琢心伏在地上，头一下又一下重重地磕到地上，磕得额上红肿一片，声声哀求道：“求殿下救救小姐！”

容境饮了一口热茶，方道：“罢了，这些待我设法将她带出来再说。”

琢心大喜过望，连连地磕头行礼，连头上流了血也不在意。她素来算是稳重自持，容境没见过她如此模样，不由得去想这方云梦究竟是什么样的人。琢心已经是容貌才艺过人，能让她舍下命去保的，该是怎样一朵人间娇花。

容境只稍稍想了一番便笑了，自去年下半年到如今，这是他第一次从纷乱缠身的杂事中短暂地抽离。看来这方云梦，他必定是要想办法带出来不可了。

大年初五，燕支境内的那处院落，容溦亲手绘的那个灯笼摇摇晃晃已经挂了五日。

随月生想要将它取下来，被南宫意制止住：“郡主说，从前在王府，这灯笼要挂到出了十五才拿下来，换成上元节的样式再挂上去。”

南宫意说着，指了指书房的方向，说：“这两日侯爷就陪着郡主在画新的灯笼呢！”

随月生蹲在房顶，往远处眺望，街道冷清，只有列队的士兵每隔一段时间就出现一次。

他伸了个懒腰，笑嘻嘻地往她身前凑，脸上的弯月牙都衬得没那么凌厉，说道：“你就不觉得被圈得难受？我可好些年都没这么闲过，如今每根骨头都在和我叫嚣着要动一动，怎么样，找个地方耍一耍？嗯，我就舍生取义，光被你揍，不还手，如何？”

南宫意蹙着眉推开他的脸，随月生一把捂住左脸，痛苦地呻吟了一声：“这左脸本来就备受伤害了，你怎么还要再伤害它呢！”

随月生每隔十天半个月，就要拿他脸上那道疤卖惨，南宫意对此已经习惯了，自动自发地忽略。脚下踩着的地被冻住，本来很硬实，南宫意却觉得松软。她往旁边一撤，地下有人拱了出来，是六合之五，乔方。

乔方一直在外埋伏，不轻易回来，但凡他回来，必定是有大事儿。

“侯爷呢？我有要事禀告！”

容溦的画还没画完就被打断了，乔方来回禀，兰襟并未避着她。她却兴致索然，捧着灯笼到一旁，一门心思地只顾着往上画画。

“燕支和雀南相接的边境近日出现了异动，燕支人多又密集，对方不敢轻举妄动。如今城中的精兵，也开始往边境集结了。”

褚乘风将卷轴甩开，随月生接住另一端，一张南疆周边的地图赫然出现。每一条河流，每一座山脉都在地图上细细地描绘出来，容潋打眼一扫，发现这张地图居然比从前她父王的那张还要精细。

兰襟的长指点着地图上雀南国所在的位置，思忖道：“雀南虽然比燕支要富庶，国力强上不少，可论起自保之力，燕支和他们比都是小巫见大巫。雀南国主是出了名的爱和稀泥，此番袭扰燕支边境的，必定不是雀南的人。”

褚乘风点头，说：“柔然的国主领狼向来自负，使臣死在他一向最看不上的燕支国境内，他面子上过不去。按照往常，他早就越过雀南打过来了，这次却学会先小规模地袭扰查探虚实，领狼的确是长进了不少。”

“吃过亏，自然是要学乖的。”

兰襟挥挥手，褚乘风又将地图卷起，问：“那我们如今怎么办？”

“等。”

“等？”褚乘风眼珠动了动，豁然开朗，说道，“自然是要等，谁先按捺不住，谁就将死无葬身之地。”

容潋笔尖的墨聚集成滴，落在桌案上晕开。兰襟见到，手指轻轻地刮开墨滴，勾勒出了一个弯月。

“听得倦了？”

“我听褚大侠说话听得累，这打来打去的我也听不懂，死啊、活啊的又太血腥，我一个姑娘家，怎么会乐意听这些？”

褚乘风莫名又被针对，确实是无妄之灾，蹙起眉问：“听郡主话里之意，我日后都说不得话了？”

容潋想了想，点点头说：“能这样最好不过了。”

“你——”

“行了，你们几个先出去吧，等老二回来，差不多时间就到了。”

容潋这才注意到，巫影已经好些日子没见到了。褚乘风犹不死心，被陆北风强有力的胳膊一搂，半强迫式地带了出去。

等到书房之中只有二人时，兰襟才道：“这么讨厌乘风？”

他一边说着，一边接过容潋的笔，将灯笼上的画补全。兰襟是第一次在容潋面前画画，寥寥几笔尽展功力，那笔法勾勒的线条，熟悉得让容潋心惊肉跳。

她眼前闪过从前的两幅图，竭力遏制自己的情绪，才稳住没露出异样。

兰襟看她发愣，问道：“怎么了？可是说不出来？”

容潋如常地道：“我和这褚大侠确实没什么仇怨，可若是有人盯着你，等你稍有些什么不对劲就打算除之而后快，你也会讨厌他的。”

“有我在，乘风不会动你。”

“你若是不在呢？”

兰襟掐了掐她滑腻的下巴，面色晦暗不明，说：“我若活着，定不会离开你；我若是死了，你也定是要陪我一起下地狱，已死之人不会再死。”

生，他若不能有她，死也不会放过她。

“所以，你不必担心他会对你如何。”

容潋嘲讽一笑，说：“也对，与其担心褚乘风，不如担心担心你。看来我要日夜祈祷兰侯爷长命百岁，这样我才能活得长久。”

兰襟亲了亲她的嘴角，声音低下去：“你最好真的是这样想。”

“如果不是，你又能怎样？”

还能怎样？世事纷扰，他为她往。

自然是她说什么，他都信。

只是他已经淬炼出来，一刻安心后，就会想方设法将她的假意扭转成真情。

兰襟的手指在她眼下一点，似亲昵，似威胁，那干涸的墨迹蹭了星星点点的黑，比不过她瞳仁的颜色。他的语气是装模作样的无可奈何：“我还能怎么样，又不能真的杀你，又舍不得太狠地欺负你，只能是时时刻刻盯着你了。”

“你欺负我还不够狠？你——”

兰襟俯身，对着她的耳朵说话，也就只有两个字听得清，容潋顿时涨红了脸，鱼儿一样从他的桎梏中脱身，提着裙子快步跑了出去。

兰襟轻笑，有些后悔地道：“早知道你这么容易害羞，那我早就该不要脸的。”他走到窗边，看跑出去的娇羞姑娘，她一身红衣立在残雪间，仰着头看向天空。

灰蓝色的天空，往下是墨色飞檐，枯枝成片。那盏灯笼挂在最高处，随着突如其来的一阵风轻轻摆动。墙角，被砍下来的梅枝层层叠叠地压在一起，花瓣凋落了一地，有的被吹走，有的已经干透，终将零落成泥碾作尘。

容潋的爱恨都那么强烈，世界在她眼中非黑即白。伤她害她的人，很难得到她的谅解。

辽王容齐让她厌恶南地的食物，太子容境，叫她连她最爱的梅花也一起恨上。偏偏是这样的容潋，柔软的手臂攀上兰襟的肩膀，心不甘情不愿地回应着他的亲昵。可到底是怎么想的，连容潋自己都分辨不清。

她的心在这段旅途中也变得跟这灯笼似的，摇摆不定，不知狂风何时吹来，会将她的心最终刮向何处。

方才就刮来了那一阵风，让她终于能下定决心，择一条路往前。

她抬眼看着周遭，而他眼中，自始至终的风景，只她一人。

夜深沉，只一弯月儿挂在天边。

苏唯安近些日子眼皮一直在狂跳，昭示着不祥之事的到来。上一次他眼皮这么跳，是奉旨去查抄六安侯府之时。在那之后，苏唯安连着做了一个月的噩梦。

他梦见兰襟东山再起，将他又锁回天机司，吊在梁上，日夜让他变着花样骂他，一停下就叫人拿蘸了盐水的鞭子抽他。这滋味当真是难受。

苏唯安紧闭上眼睛，强迫自己入眠，他想，是时候娶一位夫人，好睡觉时抱在怀里安心。他一翻身，打了个寒战，眼珠在眼皮下颤抖，实在是合不上，便睁开了眼。这一下，他忽然看见模糊的月光下出现一道黑影，惊得他差点儿跳起来。

“许久不见了，苏大人。”

火折子晃了一下来人的脸，声音如鬼魅一般，再配上招牌的皮笑肉不笑，要多瘆人有多瘆人。

眼皮狂跳果真不会有什么好事儿。

苏唯安如此想着，翻身下榻，他欲去点灯，被巫影伸手制止住。

“我知苏大人已拿我当朋友，然这次我只是来传个信，即刻就走，苏大人不必再客气了。”

他只是想点个灯不再被他吓到。苏唯安轻咳一声，道：“侯爷有何事？”

巫影将信给他。兰襟的字一贯是龙飞凤舞的，张扬得如他的人。苏唯安借着火折子，看得眼酸，待看完最后一个字，他立刻跳了起来，声音也没压着，说：“这——”巫影迅速取出帕子，将他的嘴捂住，压着他的肩膀把他按坐下。

苏唯安眼睛瞪大了，巫影点头道：“这信上就是侯爷的意思，除了信，侯爷还叫我转告苏大人一句话。”

“‘若苏大人助此事成事，那日后仕途坦荡，封侯拜相只是时间问题。若是苏大人不肯，那本侯也可找其他人相助，待那时事成之后，天机司再起，本侯会竭尽全力，叫苏大人故地重游，每日喊个杜鹃啼血，尽兴才好。’”

噩梦和现实重叠在一起，苏唯安眼前一黑，差点儿晕过去。巫影放开他，掐了掐他人中，苏唯安缓过神，喝了口凉茶压压惊。

“除了我，侯爷还叫你去找了谁？”

“只有苏大人一个人，侯爷说，苏大人一定会答应的。”

“喀喀喀……”一口茶喷了出去，苏唯安咳得惊天动地，快要昏过去，巫影凉得仿佛尸体的手又往他人中掐，苏唯安忙摆摆手，“不用了不用了，多谢好意。”

茶杯要再往唇边送，半路又放下，苏唯安叹了口气，颇觉人生艰难，说：“这回侯爷真的是强人所难了。”

“侯爷说，‘若是如此难境苏大人都能破，日后也就没什么能阻挡苏大人在朝上为国尽忠了。’”

巫影的语调波澜不惊，可苏唯安能通过这平平淡淡的话语脑补出兰襟在他面前，眼若深潭地凝望着他，缓缓地一字一句说出口的样子。

似毒蛇的信子，逐渐缠上他。苏唯安扶着额，认命地道：“我明白了。”

“告辞。”巫影转身就要往外窜。

苏唯安忙招呼他停下，说：“打个商量，下一次你再过来的时候，能不能不要半夜一声不吭地杵在屋子里？”再来两次，他就要吓出病来了。

巫影咧开嘴，说：“记下了，告辞。”他人如其名，来去只是一道黑影，霎时间，屋子里就只剩苏唯安。

苏唯安头痛欲裂，保持这个姿势一直坐到黎明日升时。

管家前来叩门，唤他洗漱更衣去上朝，苏唯安捏了捏发酸的肩膀，说：“备几坛好酒，再让厨房多做几个菜，等下朝后我要请兵部尚书路之遥路大人来喝酒。”

这一夜他想明白了，若是非要去赌一场，拿前途甚至性命做赌注，他愿意信兰襟会赢。当然……他不愿意也不行。到时候他会被关在天机司里做一只人形杜鹃鸟的。

巫影在长安和南疆外一来一去，不过是旬月时间。

柔然在燕支边境的袭扰越来越频繁，就像去年年初对南疆城的袭扰一样，循序渐进，在多次之后觉得燕支会放松警惕时，真的来偷袭那么一下。一来为彰显自己的实力，叫燕支军心涣散。二来，也是为抢一些粮草。

柔然靠在草原畜牧而生，这两年牛羊疾病频发，草原又多处有灾，这也是柔然控制不住想要出兵的主要原因。再拖下去，柔然势微，对其虎视眈眈的人绝不会客气。与其如此，倒不如主动出击，抢占先机，再择绝佳路线大举进攻。以燕支的国力和军力，在柔然面前，便只如蝼蚁一般任其拿捏。

猫抓老鼠，向来都是要将其戏弄得筋疲力尽才下手。

近日兰襟与容潋，也仿佛是这样的一对猫鼠。但谁是猫，谁是鼠，不到最后一刻也不会有人真的知晓。

就在燕支形势越来越紧张之时，院落中的人却十分悠闲。兰襟看容潋整日被圈着，还好心地将她放出去转转。

虽然还要有六合的人陪着她，但已经算是兰襟最大的仁慈了。

一大早，容潋就迫不及待地起床，脚刚要落地，细软的腰肢一下就被捞回去，她整个人跌进温暖的怀抱里，兰襟炙热的气息随之而至。

床的帷幔在容潋跌落时松开，扫到她的手臂处，绛蓝色，衬出她一段皓白手腕，看着晃眼得很。

“这么急着走，就这么狠心地将我扔在这儿？”

“可是侯爷答应叫我走的。”

“嗯……我现下不想答应了。”

兰襟脸上少有地带着点儿倦意，头发随意地披散着，笑容都比平时慵懒。他弯下腰，垂下的发丝落在她脸颊两边，眉眼含情地压向她。唇瓣相接，他轻轻滚动的喉结就在她眼底。

本以为她会像平时那样推拒他，不承想，容潋只是略微愣了愣，纤细的手臂便环上了他的脖颈，压着向下，红唇向上，轻轻在他喉结处亲吻。

只是那么简单的一触，他整个人仿佛过了电，浑身血液奔涌，强有力的手压着她两只手腕，脸继续向下，亦是滑过她的脖颈，只是与她温柔的一下相比，他明显想要得更多，更深……

他的唇起先微凉，逐渐变得滚烫。轻吻、重咬，每一个动作都似漫不经心，却又格外深情。

容潋在这样的对待里沉溺，直到锁骨一阵刺痛，他的上半身已经虚虚地盖住她，又要继续往下游走……她猛地一下清醒了。

“兰襟！”

他无心去理她，整个人被馨香软绵包裹，平时的冷静自持已经流走一大半。

容潋的手被他很有先见之明地压住，只能动脚，膝盖屈着，往他弓起的背上撞。他又往前移，她这一下扑了个空。忽然有什么东西不经意地杵到她脸上，比她此刻已经红透的脸还要热……

容潋脑中霎时一片空白，随后羞愤得都带了哭腔：“兰襟，你这个浑蛋，你松开我，你要是敢动我，我一辈子恨死你！你，你放开，手腕疼，你咬得我疼。你属狗的吗？你这只坏狗死狗，我要填了你狗洞，我，我要杀了你炖汤……”

兰襟的脸抵在她腰腹上，闷闷地笑出声：“你这骂人的样子和小孩子一样，半点儿也看不出来曾经庆安郡主的形象，你从前不是挺伶牙俐齿的吗？我之前还尝过来着。”他慢慢地爬回去，唇又与她若有似无地贴近。

她发现他的眼微微发红，呼吸也比方才粗重太多。

“论伶牙俐齿，又有谁是你的对手。”

“郡主抬举。”兰襟坐起来，抬手将她散开的衣裳整理好，抹了抹她额上沁出的汗珠，说道，“早些回来。”他刚要撤回手，便被她一下抓住，将刚刚穿好的衣襟又挑开。

兰襟好整以暇地看着她，问：“郡主可是舍不得我？”

容潋的脸上尚有红云，目光往他下腹游走，喃喃道：“我只是在想，若是终究逃不过，是不是应该要认命，不要再硬扛着了。”

“就像刚刚，你轻而易举就可以将我按住，做你想要做的，我没有半分力气反击。那我日后和你在一处就总要提防你，与其这么提心吊胆地过生活，不如早做决定。”容潋愤愤道。

兰襟面上露出笑意，反手扣住她的手腕往自己身上一带，她便撞上他的心口。他戏谑道：“郡主之意，是想委身于我？”

“仿佛自我到你身边，我就没有别的选择了。”容潋无奈地笑了笑，手指从他衣襟探入，微微用力一推，他便倒下了，任她虚虚地骑在自己上方。

这下，又和方才掉了个个儿。

容潋的手仔细地描绘着他的轮廓，轻轻地笑了笑，笑容明媚得像万青山出没的那只小狐狸。她俯下身，温热的气息在他耳畔游走：“兰襟。”

“嗯？”他全然放松，没有任何防备，眼睛眯着，似是走马看花的风流公子哥儿。他在她的石榴裙下，任她宰割。

“你总会让我在迷茫中坚定地找到一条路。”她的唇沿着他的额头往下，游移过高挺的鼻梁，落在他的唇畔。她虽装作熟练，但动作仍能看出几分生疏。

他渐渐沉迷，在她难得的柔顺与主动中放任自我。容潋的手抽出，在他抬手去抓时，更深地辗转亲吻。指尖触摸到冰凉的刀刃，她凉得一个瑟缩。

“兰襟。”她的唇离开他，那把匕首赫然插在他的胸口。

兰襟的面色不见什么起伏变化，容潋的手脚麻得动不了，脑中也是一片混乱。

“我记得那幅画，燕支王宫里那一幅画，笔锋手法和天机司诬陷庆安王府通敌时搜到的那幅一样……也和你灯笼上画的一样。我是糊涂了，才会在这一路上差点儿忘了自己应该做什么。”

“还好不晚……还不晚……”容潋唇色发白，明明大仇得报她应该开心，可心像是沉入深渊一样，喘不过气来。

他的眼中有受伤，也有笑意，复杂的情绪夹杂着，让她不忍多看。容潋慌忙别开眼，像是这样就能逃离开对自己的谴责。她颤抖着手用腰带将他的手脚绑住，嘴也堵住，随后换上衣服，装作若无其事地走出去。

“你们侯爷昨夜没怎么合眼，方才睡着，吩咐你们别进去打扰他，站到院外去吧！”容潋对守在门口的随月生道。

随后她又招呼南宫意：“走了，出去逛了。”

容潋在繁花似锦的长安城都是那般招眼的存在，更何况是偏远的燕支。

南宫意平时都穿合身的男装，将干净的借了一套给容潋穿，容潋也没挑剔。她腰身比南宫意要瘦许多，腰带勒得紧紧的，衬得细腰不盈一握。

燕支城内外戒严，街上人很少，只有几家铺子还开着门，容潋挑了家卖缎子的店铺走入，偌大的门匾旁，灯笼孤零零地挂着。这儿的料子不像大越那么细滑，摸起来手感粗粝，不过花纹倒是别致。

“郡主想做衣裳？”

“不是，想给兰襟绣点儿帕子香囊什么的。”

南宫意颇为意外，又觉得这段时间并未白待，最起码容潋开窍了不少。

“然后再在这香囊里放些迷药，最适合兰襟了。”

南宫意听了这话，表情立时僵住了。

“兰襟似乎喜欢暗色，不过我倒是觉得他适合张扬些的颜色……这个我觉得不错，这个好像也行，这个花纹俗气了些……”容潋自顾自地翻着料子，将小小的一间铺子翻得凌乱。南宫意只能跟在后面替她收拾，曾在长安城恨不能横着走，呼风唤雨的六合之一——南宫意，第一次这么手忙脚乱。

容潋挑了半天也不满意，老板眯着笑眼迎上来，招呼道：“这些可是整个燕支最好的缎子，客官就没有满意的？”

“我要送的可是个对我而言很重要的人，这些寻常之物自然是不能入眼的。”

此时此刻南宫意恨不得立刻回去将兰襟请过来，若是他能亲耳听到容潋所言，怕是会激动到不能自持。

老板突然想起来，说：“戒严之前倒是来了几匹上好品相的缎子，客官也知道如今局势不稳，小的怕被人抢去，索性藏了起来，寻思若是日后逃难，也能卖了换些安家的银两。若是客官实在是想要，小的这就去取。”

“那我随你去吧，若是不好我可不要。”容潋笑吟吟的，颇像个风流多情的富贵公子哥儿，说道，“南宫，你在这儿跟着伙计收拾收拾，等回去我会和你们主子说你的辛苦的。”

南宫意闻言点点头，容潋迈着步子随着老板往后头去。

南宫意将怀里抱着的布料堆在旁边，收拾了大半，容潋和铺子老板还没回来。

“伙计，你们老板放布料的地方离这儿有多远？”

小伙计在旁边充耳不闻。

“伙计，伙计——”南宫意过去拍了他两下。小伙计转过头，手胡乱地比画着，嘴巴“啊啊”地发出嘶哑的声音，竟是个聋哑人。

南宫意突然觉得不太对，寻常做生意的铺子怎么可能会雇个聋哑人来做伙计。她倏地睁大眼，撩开遮挡的帘子，快步跑向后院。

容潋失踪的消息，燕支在边境大败，退回五十里驻扎的消息，同时送到了兰襟这里。

南宫意和随月生回来，连同赶回来报信的乔方，几个人开门就看见榻上一片血迹，兰襟静静地坐着，胸前的伤口还在往外渗着血。

“侯爷！！”几个人冲了过去。

兰襟嘴角噙着一抹笑，将沾了血的腰带扔到一边。

“侯爷您的伤……”

“无碍。”兰襟眼皮轻抬，说，“留瓶金疮药给我，然后都出去候着吧！”

南宫意和随月生齐齐地跪在外面请罪，除还没回来的巫影，其余三人皆在，五人或跪或立，都在静默等待着兰襟的处置。

兰襟一向赏罚分明，又事关容潋，所有人都胆战心惊。

这一夜的月光，比往常都要凉。

一整夜兰襟都没有动静，太阳照常升起，经过一夜的焦灼等待后，随月生忍不住紧咬着牙关，偏头说：“若是侯爷实在生气要杀我们出气，到时候我就顶在前面，你赶紧跑，大哥肯定会放你走的。”

“是我没有看住郡主，我怎么可能一走了之？”

“哪里是你没看住的缘故。”褚乘风冷笑道，“那位处心积虑地想走，哪里是你能看得住的？”

“我不信她是故意的，她肯定是被掳走的……”

“怎么连你也中了她的迷药？白日里就只有侯爷和她在屋子里，侯爷受了伤，虽然不重，但伤到侯爷还不被追究的，除了她还有谁？还有那间铺子，上下我们都翻了个遍，连一丁点儿挣扎的痕迹都没有，她若是真的被掳走的，怎么可能连蛛丝马迹都没留下？挖通的地道直通到燕支城外，她这会儿定是已经到了南疆城。以这女人的心机，如今南疆城内大抵已经盛传侯爷通敌燕支的消息，以此来报复庆安王府覆灭之事……”

“嘎吱”一声，门应声而开，打断了褚乘风的话。

兰襟单手负在身后，淡淡地看了褚乘风一眼，说：“若是嫌舌头太长，不如割去一些。”

褚乘风铁青着脸，上前一步道：“就算侯爷想把属下的舌头都割下去，属下还是要说。我们兄妹六人都是受大恩于侯爷，这条命早就交到侯爷手里，侯爷想什么时候收走就什么时候收走，属下们无话可说。可如今侯爷正是用人之际，若是因为一个背叛您的女人而斩断臂膀，害您自己陷入危险的境地，属下不能接受。”

兰襟视线扫过六合，他们个个眼圈通红，就连一贯没心没肺的陆北风嘴唇都在发抖。

他轻哼一声，踱步下了台阶，说：“早知道你口才这么了得，当时在军中就该叫你去做使臣，必定能舌战敌军，不战而屈人之兵。叫你做前锋带兵打仗，委屈你了。”

这一番话落在褚乘风耳朵里，比一棍子打在他身上还难受，他膝盖沉重，一下跪在地上，垂下头不语。

“容溦的事情先记在这里，等回长安后再和你们两个清算。身为天机司六合，居然能让一个不会武功的女子耍得团团转，是本侯教导无方。”

“属下无能。”

“属下无能。”

兰襟脚尖踢了踢褚乘风撑在地上的小臂，说：“至于你，说的并没有什么不对，为何要跪下请罪？”

听他这么说，褚乘风心里并没有好过多少，反而更慌了，头垂得更低，说：“属下不该妄自揣测。”

兰襟没再看他，转而问南宫意：“她走之前可有说什么？”

“她说……她想选一块最好的缎子给侯爷做帕子做香囊……”

兰襟微微翘起嘴角，说：“她那么笨手笨脚的，还会做帕子做香囊？”

南宫意声音发紧：“是属下没有想到这一层，属下只想着郡主好不容易懂得关心侯爷，侯爷一定会高兴……”再多的解释此时也显得苍白，南宫意停了片刻，又道：“属下无能，请侯爷降罪。”

“褚乘风即刻出发去南疆城，随月生和南宫意去接应巫影。”

随月生立刻道：“侯爷，只有大哥在这儿，我等都不放心。”

兰襟没看他，径直往廊下走。

褚乘风起身，一把将随月生拽起来，说：“侯爷的脾气你还不知道？他这是给咱们留了生路，咱们还是先出去别留在这儿碍眼了。”

随月生懵懵懂懂地点点头，一个跃步过去扶起南宫意。

南宫意推开他，头也不回地走了出去，随月生立刻也跟了上去。

褚乘风长长地叹了口气，容潋就算是离开，也搅得他们不得安生，所谓红颜祸水，先人诚不欺他。

兰襟一夜未曾合眼，将那三个人支走之后，他反倒有了些睡意。梦中如他所愿，有那个时时刻刻叫他牵挂忧心的人在。她面上褪下一贯的虚与委蛇，脸颊害羞得发红，偏偏笑容还那么明媚。

她背在身后的手慢吞吞地举起来，伸到他面前，说：“喏，你不许嫌弃。”她掌心里是一块绛蓝色的帕子，上面歪七扭八地绣着分辨不出模样的刺绣图案。他愣了片刻，在她气呼呼地攥起拳头捶他时，珍而重之地贴在心口。

“只要是你做的，不管什么样我都爱。”只要是她，不管她什么样，他都爱。

大梦初醒，兰襟的手习惯性地放到身边，却没有馨香娇软的身躯可叫他揽在怀里，他无声地笑起来。

一夜身边空空的，他的心却并没有变得孤寂。他本以为，费尽心机将容激带到身边后，他不会允许她有丝毫想要逃离他的念头。纵使她恨他，她怨他，也不能离开他半步。为此，他在南疆城差一点儿就对她动了手。

可那次不过是试探，后来他也想，是自己太过草木皆兵，一碰上她，便行事过于偏激。而如今她真的逃走了，他反倒觉得安心。

他的手触上胸口的那道伤口，其实只浅浅地刺进去半寸，离心脏的位置相差甚远。她若是真的想要了他的命，他也不会只留下皮外伤。他相信那一刻她是有杀意的，可最后，还是没能下得了手。

她还是那个容激，一直在他心上的容激，从没有变过。她因他陷害庆安王府一事耿耿于怀，又下不了手，就干脆地离开。她的爱恨向来简单直白，会因此事恨他，自然也会因为之后的事情而释怀。

“激激，我们总会遇见，我相信，我不会等很久。”

容激为人机敏，兰襟倒是不担心她的安危。如今他只担心她那般娇弱，有没有吃好，有没有穿暖，身边是谁在接应她，是不是能照顾好她……一个念头闪过，兰襟倏地凝眸望着前方。

“钟骞。”

在这几近避世的院落里，他周身戾气尽退，都快忘记钟骞说要来南疆城之事。倘若真是钟骞在她身边，那一切又大不一样了。

他一定会好好地让容激吃吃苦头，让她记住她只是他的。他容忍她离去，容忍她张狂，但绝不许她站在别的男人身旁。

还有钟骞，简直是找死。

“我倒是想看看，你们父子有几条命敢和我玩。”他恨得咬牙切齿。

第九章 无情无心

这两日，南疆城主焦诩的府上很是热闹。长安城新派了一位官员到南疆，官位倒是不大，在南疆城做主簿官，但因为他身份特殊，焦诩也不敢轻慢。这位钟骞钟大人，是如今太子殿下身边炙手可热的忠国公的独子，将来要在朝堂上定会大有作为。

如今南疆局势动荡，忠国公这个时候送儿子过来，不管在谁眼中，都会觉得他是为大越社稷奉献所有一切的肱股之臣。

钟骞到这儿不过两日，往城主府已经去了五次，每次问的也都是同一件事儿：“庆安郡主如今在何处？”

焦诩知道庆安郡主容潋是和六安侯兰襟一同来的南疆，不过他只见过兰襟，未曾见过容潋。而兰襟，也已经在南疆城消失许久了。

兰襟领皇命而来，算是钦差大臣，他就在焦诩眼皮子底下消失不见，同他一起消失的，还有调遣南疆城军队的兵符。若是这东西落在敌军手里，焦诩不敢想象会有什么后果。如今他只能一边着人暗暗去找，一边期盼兰襟福大命大，早日归来。

而对钟骞，他也只能敷衍着了。

“六安侯为了能完成陛下所托，行事格外小心谨慎，他走之前告诉本官耐心等待必有收获。钟大人且等一等。”

“等等等，要等到什么时候才是个头？南疆外那么乱，难道要等到容潋葬身敌军马蹄之下尸骨无存？”

兰襟和容潋之前落脚的客栈，钟骞也已经去了好些次，只有他曾在慎远坊见过的霍准在。他一路上马不停蹄地从长安城赶过来，多日的担忧牵挂，见不到容潋的失望透顶，让他整个人烦躁得要命，连出口的话都带了三分冷厉。

焦诩还是不动声色，只温声劝他。钟骞看没什么结果，也没再多留便离开了。

南疆城对于钟骞而言，是完全陌生的存在。他心向往之这座城，也只是因为他以为这座城里有容潋在。可如今，容潋不知何在。

钟骞身上的伤并未好全便出来了，这般动气导致伤口裂开，后背黏湿一片。

忠国公到底还是心疼这个儿子，最后妥协让他到南疆城来，但为了他的安全起见，让府里的几个护卫跟着一路保护他。他们抬着轿辇在后面跟着，钟骞却执意硬撑着在大街小巷走动。他怕他一个不小心，就会错过容潋。

走得太久浑身出了汗，伤口被汗水一浸，疼痛感逐渐变得锐利起来，钟骞脑中混沌一片，脚步开始变得踉跄。

眼前的巷子在他眼里扭曲成无限长，他侧身贴在墙壁上，狠狠地甩着头让自己清醒。

一阵轻快的脚步声自前方而来，钟骞不经意间抬眸，那道窈窕的倩影徐徐走来，落在他眼底，仿佛一场幻梦。

“容潋，容潋——”他猛地往前一扑，脚下不稳栽在地上，手触上她粉白色的鞋尖。

容潋有些不敢相信自己的眼睛，吃惊地道：“钟骞？你怎么到这儿来了？”

“容潋……”他嗫嚅着，因失血过多体力不支而昏迷过去，手却倔强地抬起，紧紧地攥着她的裙摆，怎么也不愿意撒手。

钟骞在一片嘈杂声中醒来，他身上的伤口都被重新包扎过。他穿上鞋走下去，客栈的大堂里，一众人正在玩骰子押大押小。他一眼就看到了容潋，她站在霍准身边，在他印象里那样贵不可攀的郡主，如今和这些下等人打成一片。

她身上某些地方，确实是变了许多。

这是他缺席她生命中的时候所发生的改变，提醒着钟骞，他曾做过什么不可挽回的错事。容潋玩得兴起，招呼他道："你醒了？要不要一起玩？"钟骞摇摇头。

容潋从霍准手里接过骰盅摇着，"哗啦哗啦"，骰子发出清脆的响声。她笑着说："这些日子可憋坏我了，好不容易没有兰襟管，我可得趁他回来前好好玩一玩。"她提起兰襟，并且以这样一种熟稔的语气，令钟骞心里酸涩难当。

"六安侯怎么没和你一起回来？"

"啪"的一声，骰盅落在案子上，容潋按在上面的手微微用力，骨节泛白。

"他已经说服了燕支和雀南二国国主，如今正在同他们逍遥快活呢。我看不惯他这小人得志的样子，干脆眼不见心不烦，就先回来了。"容潋打开骰盅，清朗地笑出来，"大，我又赢了！"

她对兰襟的态度听起来是厌恶的，钟骞本该放心，可他怎么也说服不了自己他们之间的种种都是不存在的。正如兰襟对他敌意深重一样，他对兰襟，也是如此。

钟骞正欲再说什么，眼睛瞟到外面，见忠国公府的护卫立在门口，钟骞晕倒，是他们抬他到的客栈。这些人名为保护他，实际上不过是监视他。他的一举一动，之后都会报到忠国公那里。钟骞抬起的手落下，护卫先退了出去。

反正已经确认容潋在哪儿，别的事情，来日方长。

容潋归来，并带回兰襟的消息，最激动的莫过于焦诩。焦诩亲自上门，到客栈同容潋确认消息，得到容潋的肯定答案，焦诩终于松了口气，说："那就等着侯爷的好消息了。"眼看着一切朝着好的方向发展，他也终于能睡个安稳觉了。

焦诩来时，霍准恰好出门，等他走了，霍准才又回来。

容潋坐在大堂上，正捧着一碗茶喝，见到他回来，给他倒了一杯，说："能得我亲自倒茶的人，还在这世上的寥寥无几，霍公子若是不喝，八成会折寿。"

霍准本来欲往楼上走，闻言折身回来坐下，踟蹰了一会儿，说："所以郡主言下之意是，喝你亲自倒的茶的人都不在世了？那我可不敢喝。"他摇晃着茶杯，看茶叶在水中漂荡，说道："我倒是不太记得，郡主有没有给侯爷倒过茶。"

容潋托着腮，倒是认真地想了想，摇头说："似乎是没有。"

"不过我倒是伺候了些他别的。"

霍准一口茶咽下去，不由得语塞。

容潋好奇地问："你方才是故意躲出去的吧？你和焦城主有什么过节？"

"过节？怎么可能，我从前在南疆城可是人见人爱，花见花开，怎么可能会有过节？我方才是出去走了走，路上还碰上了那位小钟大人，他还真是执着。我可听说，他这回是和忠国公对着干，差点儿被他爹打死才来到南疆的。"

"哦？是吗？"

霍准跷着二郎腿，仔细观察她的反应，说："人家恨不得豁出性命，千里来寻你，你这反应也太冷淡了。"

"他去哪儿是他的事情，和我有什么关系，又不是我叫他来的。"

容潋听霍准煞有介事般叹了口气，说："本来呢，我对这位小钟大人没什么好感，如今倒是有些同情他了。论坏呢，他也不算坏，至少比六安侯差远了。论对你的喜欢呢，他和你青梅竹马，不见得会比六安侯少。但你对他就从来没什么好态度，对六安侯你还曾……咦，你这么看着我做什么？"

容潋错愕地盯着他，一改方才那不露声色的沉静模样。

霍准随意说出的“喜欢”二字，却重如山，仿佛落在她面前，遮住了她所有的视线。

她看不见她已经选好的宽阔前路，本来那条路上，有花有草，有蝉鸣声声，有鸟雀啾啾。抬头，有星有月。这是一条她想了很久，才踏上的路。路上不会再有兰襟，也不再会有那么多讨厌的人拦住她。

她可能不会让庆安王府恢复如初，但至少她会活得自在，父兄在天之灵见到也会觉得安慰。

只是兰襟……

霍准说，兰襟喜欢她。

这座山仿佛要将她的前路封死了……

霍准意识到自己说了什么，但也没觉得哪里不对，又道：“这南疆城到底是人生地不熟，现下侯爷又不在，小钟大人也算是个熟人，你——”

“不会。”容潋扬声喊了出来，倒吓了霍准一大跳。

“不会什么？”

容潋愣怔地看过来，眼神涣散，像是在看他，又像没在看他。她神情落寞地说：“兰襟怎么可能喜欢我？他害我王府，诱我来南疆，他辱我欺我，甚至差一点儿对我动手，如果这就是喜欢，那我立刻打你一巴掌，也就是喜欢你了？”

“别乱说，这要是叫侯爷知道了，我得倒大霉，你可别害我。”

容潋干噎了几回，越来越觉得自己说得对，她冷笑着说：“兰襟那样的人，冷血无情，你指望他对人用情，还不如盼着月亮今夜就坠落来得实际。”

霍准发现容潋好像真的是这么想的，而且意志很坚定。他一副看透一切的表情，“啧”了一声，说道：“你说不是就不是吧，只是容潋，别怪我没有提醒你。”

霍准怅然地看向外面的一截枯枝，嘴角挂着若有似无的笑，说：“凡事留条后路，别做让自己追悔莫及的事情。我就是靠着这个生存法则，才顽强活到了现在。我不想你以后伤心。”

伤心？容溦想，她伤心还不够多吗？她的心已经快要死绝，感受不到太多的痛了。

翌日晨起，雪飘飘扬扬地落下，等到午时方停，地上铺了一层薄薄的白色。

焦诩再次上门，事先没有派人来打过招呼，霍准还来不及走，就被焦诩堵了个正着。

“想见城主一次可真难。”

霍准低咳一声，摆摆手说：“我早就不是城主了，如今你才是城主，城主大人还是叫我名字妥当一些。”

焦诩看看他，道：“你怎么不敢看着我？”

霍准轻笑一声，说：“焦城主如今位高权重，我这等犯错的小人物哪敢直视大人的眼？”

话音刚落，他的脑袋就被焦诩扳过来，对上那一双出离愤怒的眼。焦诩一脚踹上他小腿，低喝道：“霍准，你个贱人！”

这事态发展下去怕是不太好，霍准忍着疼往后退了几步，转移话题道：“你来有什么正事？”

焦诩缓了几口气，也不再纠缠，说：“确实有事，庆安郡主呢？”

“我在这儿呀！”容溦靠在走廊尽头的墙上，已经看了好一会儿好戏了。霍准避开她明晃晃的视线，推了焦诩一把，说：“快过去。”

“昨夜城主府先后来了两个人，第一个是陛下派过来的暗卫，来问六安侯如今境况的。我按照郡主所说的和暗卫言明，他立刻返回长安回禀陛下了。”

容溦的目光下垂，“嗯”了一声。

“第二个人，自称是原天机司六合之一褚乘风，是六安侯的手下。他说自己是奉侯爷的命令，来南疆城找我，让我放驻扎在南疆城外的五万大军随他启程赶往燕支。他手上有之前六安侯从我这里拿走的调兵遣将的兵符，说如今燕支和柔然大战一触即发，雀南坐山观虎斗，必须要出其不意速战速决方能大获全胜。”

焦诩看了霍准一眼，从他的目光中读出了和自己相同的疑惑。

“郡主说侯爷如今安好，不日就会携带燕支和雀南二国承诺不与柔然同流合污的文书回来。但若是按褚乘风所说，现下六安侯境况不容乐观，他的话和郡主带回来的消息相悖。我不是不信任郡主，只是此事关系着南疆疆域安危，我不得不多问问。”

容潋迎着焦诩进了房间，说：“就算着急，也不能站在外头说不是？”

她自顾自倒了一杯茶，水晾到刚温，入口就能饮下，她的话也温温和和的，说：“兰侯爷奉陛下之名，到南疆来是做使臣，是来劝解燕支和雀南二国的，哪有使臣直接去打仗的？我怎么着也是将门出身，这样的事情可是闻所未闻。”

容潋晃了晃茶杯，再回头，眼神清明，说：“我之前一直跟在六安侯身边，倒是没见到他拿过南疆城的兵符。我不知晓自称是奉他命而来的褚乘风是怎么拿到的，又有什么目的，我只知，我说的就是我所见到的。”

焦诩点头，道：“我明白了，那就不打扰郡主休息了。”

“对了。”容潋放下杯子，娉娉婷婷地一笑，叮嘱道，“褚乘风这个人心机很深，焦城主可要小心。”

“多谢郡主关怀。”焦诩一揖，退了出去。霍准在外等着，焦诩出来却像没见到他一样自顾自地出门。客栈门口有马车等候，焦诩甫一上马车，霍准就随着钻了进去。

“之前不是避着我不见，仿佛我身上染了什么疾病，如今怎么又眼巴巴地跟过来了？”焦诩语气发冷，却衬得一张清秀过分的脸明艳了三分。

霍准摸了摸鼻子，说：“这不是担心你吗？”

焦诩的眼圈一瞬间红了，他冷笑一声道：“你当年一声不吭地认了罪去了慎远坊，那时你可会担心我？”

谈起当年事，饶是舌灿莲花的霍准也一时哑口无言。半晌后，他上下打量着焦诩，道：“你这不是好好的吗，做了南疆的城主，比我当年可厉害多了。早知道我那时就不做什么劳什子城主，早点儿让位给你，我就到城外摆摊算命，肯定比如今有出息多了……”

“霍准！”他声音拔高，显出几分寒意。

霍准心中有愧，不敢再去惹他，压低声音道：“容潋所言，你不能全信。”

“为何？”

“我与兰侯爷喝过一次酒，虽当时喝多了记不清太多，但他对容潋是个什么心思，我倒是一清二楚。燕支和南疆城之间虽只是咫尺之距，但如今正逢战乱之时，以兰侯爷的性情，是绝对不可能让容潋自己一个人回来的。就算他不亲自护送，也肯定会让六合的人跟着。”

“你是说……”焦诩眨了眨眼说，“郡主是自己跑回来的？”

“十有八九吧！”霍准沉沉地叹了口气，感觉有些头疼，说道，“容潋不是个善茬，兰襟就更不是了。为今之计，只有走一步看一步了。”

这话说了和没说没区别，焦诩看着他就心烦，一脚踹过去要把他踹下马车。霍准挨了一脚长了记性，早有防备往旁边一躲，随后一侧身，焦诩回过神时，手腕就已经被他按住，动弹不得。

“不管事态如何发展，你都要记住，你是南疆的城主，你要维护的是南疆这一方百姓的安宁。和这个相比，别人是死是活你都不要理，听懂了吗？”

霍准话音咬得很重，焦诩听得发愣，感觉像是回到了过去，他初到霍准身边时，被他带着一点点地认识这座南疆城。

“懂了，先生。”他不经意地喊出从前的称呼。

霍准笑了笑，从马车上跳下去，得意地拍着手道：“不按着你，你怎么能老老实实听我说完话？”

马车轱辘辘地走远，焦诩摸着刚才被他扣着的手腕，低头以唇轻轻地碰了碰。

一到城主府上，焦诩立刻去见了褚乘风。他在偏厅等了许久，焦诩没进门，却扬了扬手，道：“把他拿下！”

褚乘风立刻站起，手扣在腰间佩刀上，冷声问：“焦城主这是做什么？”

“庆安郡主已经告知于我，六安侯在燕支无虞，既然她如此说，那你带来的就是假消息，你拿的兵符不是假的就是偷的，如此胆大妄为，我岂能纵容？”

褚乘风脸上的肌肉都气得发抖，怒极反笑道：“我就知道，容潋她果然是个祸水。”

“还不把他拿下！”焦诩话音落下，身后的护卫一拥而上。褚乘风心念兰襟安危，不想和他们耗费时间，几下打退护卫，将偏厅内偌大的屏风用力丢出去，趁乱逃走。

“不必追了。”焦诩看着褚乘风离去的方向，揉了揉眉心，心说既然都不是善茬，那就让他们两个斗去吧！

夜幕刚降临时，钟骞寻了个借口，摆脱掉忠国公府派来的护卫，到客栈来找容潋。

容潋像是刚睡醒，头发随意地拢在脑后，面上没有化妆，她施施然从楼梯上下来，比平日纤弱了许多，更惹人怜。

“小钟大人来得可够频繁的。”容潋一如既往没什么好话，“忠国公送你来南疆，就是让你到这儿花前月下的？”

钟骞想她太久，白日又万分克制，眼下好不容易逮到机会，有些难以抑制，手握上她放在桌案上的手，声音颤抖着道：“我是来找你的。”他接着，又加重语气重复道：“我来南疆，只是来找你的。”

“是吗？忠国公也肯让你来？”

她的眼神里没有丝毫波澜，这让他心下更慌乱。

钟骞攥着她的手不自觉地收紧，道：“我求了他，最后他松口让我来了。容潋，我不想看你在兰襟身边受苦，趁他如今不在，你和我走吧！不论是在南疆，还是在长安，我不会让你再受委屈。”

容潋凑近，在他面庞前一寸停下。钟骞是忠国公的独子，自小没经历过风浪，凑近了看，这一张面皮白嫩无瑕，胜过好些女子。他发着怔，眼神都呆住了。在她面前，他和一张白纸一样，纯净又脆弱。

“我曾经也寄希望于你，即使你在庆安王府败落之际没有陪在我身边，我在慎远坊时也盼望过你想办法带我走。我那时年少，都不大相信你的诺言，更何况是如今？”容溦三言两语将这张纸戳破，她抽回手，说的话倒是有几分真心，“这南疆城乱得很，不适合小钟大人，你还是早些回去，和忠国公低个头认个错，往后的生活前景还是舒心又光明。”

她提步拾级而上，钟骞仿佛是从她刚才靠近给予的温柔乡中醒来。

“那兰襟呢？”他终是问出了横亘在心头许久的话，不甘心又不服输，“你是因我曾经之过不愿和我走，可兰襟，他做的事情比我坏上十倍、百倍，是他毁了你的王府，可你又为什么一直待在他身边？”

容溦背对着他，眼眸里暗成一片。

为什么？一开始是为了报仇，后来这个念头不知道在什么时候已经被她抛之脑后。再后来呢？又是为了什么？

容溦站在原地，手缓缓地紧握成拳。

钟骞走近几步，绕过她站在上一级台阶上。他居高临下，表情郁闷，却只有哀求：“我自认对你的心坦坦荡荡，我曾经是顾忌太多，但如今我把所有都抛下了，容溦，以后我只看你一个人，好不好？”

她眼睛平视，只能看到他因紧张不断滚动的喉结，她声音平静地重复道：“只看我一个？”

“是，我只看你一个，我也不会再像之前那样留你一个人了。”他的话情深似海。容溦仰着头，钟骞在这朝上几年隐藏的意气在这一刻又出现，他仿佛还是当年那个送花给她的少年郎。

“公子。”门口传来一个男声，是钟骞好不容易支走的护卫又寻了过来。那几人中的领头人罗息是个面色阴鸷的武人，他径直走到二人跟前，目光扫过容溦时顿了顿，随即放在钟骞身上，说道，“国公爷有令，让我等好好守着公子，不允许出任何差错。南疆入夜恐有乱，还请公子与我等回去，早些安寝。”

他说得恭敬，可钟骞分明听出了强迫之感。他心下不悦，刚刚和容溦说到关键之处，他怎么肯真的跟他回去。

“我与郡主还有要事相商，尔等退到外面等我。”

罗息不光没退，反而更进了一步。他离容溆更近，容溆能感觉到他身上的戾气，果然是忠国公身边的人，和他真是一路货色。

容溆讥讽地勾了勾嘴角，走到堂下，看着这一场好戏。

罗息的目光盯着她半晌，脚踏上了楼梯，说道：“公子，请吧！”

“你——”钟骞怒道，“你不过只是个护卫，谁给你的胆子敢管我的出行？”

“属下不敢，只是属下是国公爷的人，自然要听国公爷的命令，属下也是为了公子着想。”他走上前去，手已经抓住钟骞手腕，不轻不重地捏了一下。

钟骞不想在容溆面前失了脸面，可罗息分毫不让，这么僵持下去，场面只会更难看。他竭力压下怒气，甩开罗息的手，走到容溆面前道：“夜已经深了，你早些休息，我……我明日再来。你放心，我今夜所说的，每个字都作数，你要相信我。”

容溆点点头，钟骞这才转身离去。

她静坐了一会儿，突然笑出声来，嘲讽道：“每个字都作数？可你说你不会留我一个人，如今不就又留我一个人了？”少年虽然意气风发，可面对疾风骤雨连自保都困难，更何况是保护她？

容溆起身上楼，权当这一场闹剧是专门来让她开怀发笑的。

这夜色有些浓，黑得像是把人的心都能吞没。容溆躺在床上，本来她以为今夜会难眠，可钟骞如此闹了一场，她反而平静了许多，头沾上枕头迷迷糊糊地睡了。不过只是打个盹的工夫她就又醒来，准确地说，是被凉意激醒的。

她感觉一把刀抵在她的咽喉处，虽然那刀没有贴上她的皮肤，却透出一股沁骨的凉，可见是一把好刀。

容溆睁大眼，也只能看到模糊的一个人影，其余的什么也看不到。她轻声笑了出来，冷冷地说：“褚大侠想这么做很久了吧？就像这样，把刀放在我的喉咙上，只要轻轻一划，就能顷刻间要了我的性命。”

褚乘风冷哼一声，说："是啊，如果我之前就下了手，侯爷也不会因你而深陷危局之中。"

"那你就下手吧！"

"你以为我不敢？"

她仍是在笑，声音若铜铃般清脆，摇响兰襟的催命曲，褚乘风的手僵住了。容溦有所察觉，手摸到刀把上，轻轻地一推，翻身下了床，将烛火点上。房中终于有了光，褚乘风面色阴沉，仿佛地狱来的恶鬼，恨不得立刻把她碎尸万段。

从庆安王府落难之后，容溦知道有人想要她的命，但那都是隐晦的，不易叫人察觉。只有褚乘风，他的杀意如此明显，对她不像面对旁人那样内敛深沉。他是有多在意兰襟，才会每逢面对她时，就如此不冷静？

兰襟……可真是幸运，不管到什么地步，都有这么多人毫不犹豫地跟随，至死方休。

容溦的嘴角无力地勾着，手扶着圆桌坐下。桌上的茶已经凉了，她略抿了一口就放下杯子。

"咣当——"褚乘风的佩刀拍在她旁边。他的声音紧绷，已然向她妥协："你到底要怎样才肯救侯爷？"

"我救他？我为何要救他？那我做这么多岂不是白费力气了？"

"你——你从一开始就打算谋害侯爷？"

容溦不欲在此事上和他争论，她抬起脸，目光锐利，说："褚大侠知道你家主子的脾气，就算我此时去找焦诩城主，发兵去救兰襟，可他睚眦必报，回来必定还要对付我。不管出于什么考量，我都没有必要这么做。你若是不甘愿，大可以杀了我。"

褚乘风盯着眼前的这个女人，她笑容明媚若春光，可说出的话没半点儿温度。

他怒极反笑，说："容溦，你可真是无心无情。庆安王府一朝落败，你不过一介女流之辈，没有人可依仗，若不是侯爷，你以为你能活到现在？从长安到慎远坊再到这南疆城，我们兄弟几个不知道有多少次想杀了你，只要有你在，侯爷就有顾忌，就有软肋，他就要想尽办法去帮你助你。可我们刚进天机司，听到侯爷下的第一个命令，就是不得伤你。否则你以为我为什么不敢杀你？”

褚乘风额上青筋暴起，眼睛红得狰狞，他的话如海潮，如山崩，仿佛带着毁灭的力量冲向容潋。她的手一滑，茶杯“啪”地掉在地上，碎成两半。

“容潋，谁都可以背叛侯爷，只有你不行！谁都可以伤害侯爷，只有你不行！我褚乘风对天发誓，此番侯爷若因你命丧燕支境内，就算你跑到天涯海角，我都不会放过你！”

褚乘风拿起刀转身要走，寂静的夜里一道沙哑的女声娇弱却清晰地响起：“等一下。”他顿住脚步。容潋默了默，再开口，话语比前一句坚定了一些：“我跟你一起去。”

巫影在这一夜赶回南疆，刚好与褚乘风会合。南疆城的五万大军漏夜出发，奔赴茫茫南地。

容潋这一夜没回客栈，焦诩着人收拾了一下客房，让她休息。临走前，焦诩欲言又止，犹豫了片刻还是什么都没说，给容潋留了单独的空间。门悄然合上，容潋将脸埋在臂弯里。

床头的烛火把罩子熏得几近透明，上面绘着一条鱼儿，鱼儿口中衔着珍珠。容潋找来笔墨，一笔一画地往上面添着，不多时，另一条比前一条稍大的鱼儿出现，去夺先前那条鱼嘴里的珍珠。

其实褚乘风有些话说得不对，她并没有从一开始就打算在这一次去南疆时谋害兰襟。一是她被兰襟带去燕支事出突然；二是，她那时还没想过以这么决绝的方式，了结她和兰襟之间的所有关系和仇怨。

除夕那夜，大院挂起灯笼，日日悬挂，直到十五方才拿下。之后南宫意得了兰襟吩咐，陪她出去。在那家绸缎铺子，容潋看见了和自己画的一模一样的灯笼。灯笼上画着两只鸟儿，嘴中衔枝，其中有一只稍小一些。

在灯笼上作画是从庆安王那里传下来的，他每次画都会画一大一小，代表着容潋和她的哥哥容勍。知道这件事的只有庆安王府的人，容潋猜，那绸缎铺子可能是故人所开。

她甫一进门，就觉得铺子老板眼熟。

那铺子老板把她往后院一引，避开南宫意后便跪在她面前道：“郡主，属下给您请安了。”

“你是……”容潋仔细打量着眼前人的面庞，渐渐地和记忆中的一张脸重合，她惊得睁大眼，“越清平……你是越大哥？”

越清平是庆安王世子容勍手下的副将，回长安时必到王府来，每次还给她带不少外面的小玩意儿。威远县一战，庆安王父子相继过世，军中死伤无数，尸骨无存，越清平其时就在军中。

容潋本以为他已经不在人世，没想到却在这燕支地界看见了他。

曾经挺拔俊逸的少年将军，如今大腹便便，只能透过眉眼依稀辨认出他是谁。容潋激动得指尖都在抖，越清平像她年幼时那样拍着她的背哄着她说：“郡主不要哭，属下这不是好好的吗？”

“越大哥怎么会在这儿？”

“当年威远县世子进密林前，把属下留在了营中，假扮他来骗过王爷，不让王爷担心。可我还是放心不下世子，最终去寻了他。我到时，那场大战已结束，世子聪慧机敏，是天生的将才，他窥探到了密林中的异样，把他所猜所想的告诉了我。”

“他怀疑威远县的前朝叛军与柔然有关，但又没有确实的证据。他知道自己活不久了，但他担心大越安危，担心柔然作祟，所以他让我假死离开军营，到南疆外探查。我辗转来到燕支，开了这家绸缎庄。”

提到容勍，容潋心中悲痛难当。

容勍曾是长安城尊荣的世家公子，也是战功赫赫的少年将军。有多少人称赞他是不世出的英才，日后成就必在庆安王之上。他曾骄傲地指着大越的疆土，豪情万千地道：“终有一日，我要让大越再无边境困扰之苦。”

这颗长安城最明亮的将星，却陨落于那偏远的一隅。在人生最后的时刻，他所思所想，还是这万里江山。

容溦强止住眼泪，问他："越大哥可是查到什么了？"

"柔然是虎狼之地，人也彪悍，很排斥外面的人，我只能在燕支落脚。我多年探查发现，六安侯兰襟的人和燕支的国主赵炎来往密切。"

"兰襟……"容溦嘴里念叨着这两个字，想到那夜去燕支皇宫中的情景，赵炎与兰襟确实十分熟稔。难道威远县的事情，也与兰襟脱不开关系？

不会的，按时间推算，那时候兰襟还未入朝，应该不会有什么瓜葛。

"郡主，你怎么了？"

容溦眼神空洞，她错了一下眼，慌张地抓住越清平的衣袖，说："越大哥，你有没有办法让我离开燕支？"

"这后面有一条地道，可以直通南疆城外。"

那地道漆黑无光，容溦在里面跑着，能听见自己杂乱有力的心跳声。她想逃离，想离开有那个人在的地方。

因为她发现，在她此生最在意的威远县一事上，她的第一反应居然是为兰襟开脱。这一路上，她没有像事先打算好的那样，找到兰襟的错漏之处，为王府和亲人报仇。她把自己搭了进去，如今，隐隐地，她连一颗心也要搭进去。

她无法允许自己再放任下去，可只要有兰襟在，她就是风筝，她被线拴着，怎么逃也逃不开他的手掌。地道的尽头有光，她闭上眼，即使有光，可眼前也是黑的。然后，她对焦诩说谎，她对所有人说谎。

"若不是侯爷，你以为你能活到现在？"

"我们刚进天机司，听到侯爷下的第一个命令，就是不得伤你。"

"容溦，谁都可以背叛侯爷，只有你不行！谁都可以伤害侯爷，只有你不行！"

……

褚乘风的每句话都带着倒刺，在她心上肆虐。褚乘风厌恶容溦，从眼睛到骨子里。正是因为厌恶，他才不屑对她说谎。

天机司刚建时六合就已经存在了，那时她与兰襟并没有丝毫的瓜葛，连私下说话都从未有过。可褚乘风说，从那时起，兰襟就命六合不许伤她。在那时，兰襟就曾暗自护过她。

过去种种千头万绪，像麻线乱成一团，纠结着、缠绕着，她找不到一个捋清的头，就硬生生地扯断一根，逆着之前的方向，去走这前方的路。

容瀓把自己的脸埋在臂弯里，似睡非睡地趴了一会儿。她好像听见了鸟叫，听见了蝉鸣，听见了花开的声音。可睁开眼，眼前什么也没有。她的指尖抵在自己的唇上，像那个人最爱做的那样揉捏着，轻轻一点。她吐出一口气，暗自笑了笑，起身离开城主府。

焦诩在廊下见到她，叫住了她："郡主要去哪儿？"

"心想去哪儿，我就去哪儿。"她的心想追着大军而去，可路远天寒又有战乱，这不是明智之举。

容瀓回客栈拿了一件狐裘披上，赶在日落之前到了地道的入口，就在之前她曾被兰襟误以为要逃跑的那条街上。火折子燃起照亮前路，她疾步往前走，身后有人远远地、小心翼翼地跟着。这条地道很长，挖时又要背着人行动，越清平一定是花了很久时间才挖好的。

若非情势所逼，时间紧迫，容瀓也不愿意将这条地道暴露于人前。她忽然一停，微微往后侧头，声音清冷地说："你若是非要去我也不拦你，只希望你照顾好自己，别把命丢在这儿。"

身后一片寂静里，有人走了几步，说："我只是不放心你一个人出去……"

"与你无关。"容瀓先一步进去。钟骞叹了口气，快步跟上。钟骞并不知道这条地道通向哪里，但容瀓独自一人，他实在是放心不下。

容瀓站在地道出口下面，敲了三下木板，有人从外面将木板挪开，放下梯子，容瀓没有犹豫直接上去，钟骞也跟着爬了上去。后院里不见越清平的身影，只有浑身泛着冷冽气息的南宫意在等着她，手里拿着剑。

第十章 我想你了

容溆静静地站着，没有任何反应。反倒是从她身后出来的钟骞一下就冲了过去，把容溆拉到他身后，厉声质问南宫意：“你想做什么？”

南宫意定定地看着他，忽而一笑道：“怪不得郡主要离开，原来是去找钟大人了。”

“你认得我？”钟骞并不记得自己见过面前的女子。

“但凡在京中的大小官员，怎会有天机司六合不认识的。”

钟骞心头发凉，不敢置信地回头看容溆，问：“你到这儿是来找兰襟的？”

容溆没有避开他的视线，清清楚楚地吐出一个字：“是。”话音刚落，她从钟骞身后绕出去，钟骞还要往她身前挡，被她伸手推开：“她不会伤我。”

南宫意既能在这儿等她，必然是兰襟的意思。她不想再兜圈子，直截了当地问南宫意：“这儿的掌柜呢？”

“押回去了，大哥在看着。”

听到越清平无事，容溆遂放心了。

“你不问问，侯爷如何了？”

“自然是无事，不然你刚见到我时就会杀了我给他陪葬。”容潋干脆直接地问，“兰襟叫你在这儿等我做什么？”

南宫意仔细打量她片刻，别开脸，将剑收入剑鞘。她平时惯用长鞭，只有真的想要人性命时才会带一把剑。

倘若侯爷真的出事，她会杀了容潋吗？南宫意手掌攥紧，并不知道这个问题的答案。

“走吧！”

燕支城和容潋走之前没什么两样，若非说有区别，大抵是人更少了一些，在街上巡逻的士兵也看不见了，整座城显得空旷又凄清。马车前行，直奔燕支的边境。南宫意是不会带着钟骞的，钟骞便另雇了马车跟在她们身后。

容潋放下车帘，已经知道要去哪里，不免问上一句：“如今战事如何？”

兰襟与燕支国交往已久，那五万大军会直接穿过燕支到达雀南国。兰襟还没来得及和雀南交涉，雀南势弱，必定不会撑多久就会投降，按时间推算，如今兰襟应该在雀南城外了。

南宫意在外面驾着马车，语气还是很冲：“你之后自己看看便知道了。”

容潋不知道兰襟的打算，但料想不过是逼雀南也和燕支一样，不与柔然联合抵抗大越，那兰襟此次出使的任务也算完成了。虽然用了一些上不得台面的招数，但想来如今敏感时期，陛下也不会在意。

容潋失笑，兰襟这样的人，向来是只管结果不在乎过程的。若是一般的使臣，谁敢调动南疆城的兵马为己用？又有谁能长驱直入敌国，翻云覆雨面不改色？而她，一直以他为敌手。

马车一路疾驰，容潋把昨夜缺失的觉补了回来，在晃晃悠悠的马车里睡得酣然。等到车外“咣当”一声响声传来，才把她震醒。她揉了揉眼睛，外面已然是黑夜来临。

"到了。"南宫意说道。容潋坐了一日马车，腿软得不行，撑着下去时南宫意扶了一把。

"多谢。"容潋轻声说。

"你不必谢我，若不是侯爷吩咐好好待你，我也不会如此。"

容潋笑了笑，说："那我还真的要多谢兰襟了。"她说得真心诚意，南宫意一时说不出什么。

"这、这是哪儿？"方才下车时眼前一片漆黑，看不出什么，眼下往前走一段路，容潋才看出来这是个临时搭的军营，门口士兵虽脚步急促，却并不显得慌乱。

"你总算回来了。"随月生在营前已然等了许久，见到南宫意毫发无伤地回来才舒了一口气。他像赌气一样，刻意当容潋是空气。

"侯爷可在里面？"

随月生摇头，答道："就在一炷香时间之前，侯爷带了一队人出去了，除我之外的兄弟们都跟了过去，我在这儿接应你。"

"侯爷亲自去了？"

"侯爷说，此事必须由他亲自动手，你也知道，侯爷决定的事情，谁能左右得了。"

随月生说着，像是突然看见容潋这个大活人站在这儿一样，恶狠狠地瞪着她，就连南宫意也在看她。这两人说话云里雾里，古怪得很，容潋一时不明白他们是要做什么。

南宫意抓着她的手腕，力道有些大，说道："跟我走。"

"还走？"

南宫意闷声不语。容潋打小不怎么与同龄的女子接触，到了慎远坊身边也就只有一个方云梦，还是乖巧温顺的性情。她倒是不知道，像南宫意这样的女子，生起闷气来倒跟孩子一般。

或者说，他们几个都仿佛是兰襟的孩子，一遇到和他有关的事情，就都失了冷静自持，仿佛孩童一般。

容潋又被带上了马车，这次随月生驾车，南宫意和她一同坐在了马车里。

“兰襟可是罚了你们？”她主动搭话，南宫意也不理她，把头歪向一侧。容潋伸出手握住她的手，南宫意的手发僵，却没挣出去。

“兰襟既然能叫你等我，就是算准了我还会回来。如果他还在气我一走了之，怎么还会管我的死活？等到他立了大功，回来用他六安侯的权势，随随便便就能惩戒我。不是说自己什么都听兰襟的？他都不生我的气了，你还要生我的气吗？”

容潋说话拿捏住南宫意的七寸，南宫意静默片刻，声音发闷地说：“你不能再做对不起侯爷的事了。”

往常这种话容潋半分都不会听，这次却应了一声：“好。”南宫意发愣，心想这一次侯爷差点儿陷入绝境，也并不是全无所获。

“所以现在可以告诉我咱们要去哪儿了吧？”

南宫意回答说：“南疆的五万兵马与燕支的军队联合，击溃在燕支和雀南边境袭扰的柔然军队。柔然军队没有恋战立刻逃窜，被雀南军堵截在了城中。侯爷怕夜长梦多，想在今夜取领狼性命，擒贼擒王嘛。”

容潋沉默片刻，才后知后觉地惊愕出声：“兰襟！兰襟他是想打柔然！他想灭了柔然？！难道他一开始就是存了这个心思吗？可是为什么？他为什么要这么做？”

“这个问题，你留着一会儿问侯爷吧！他应该会亲口告诉你。”

容潋感觉仿佛还在大梦之中，否则怎么会身处于此？

雀南与柔然交界处杀声震天，柔然人是草原上的王者，骨子里都带着狼性，他们不安于坐以待毙，选择奋起一搏，倒是让十倍于他们人数的对手一时难以招架。

雀南的驿馆中，容潋第一次看见兰襟穿着一身金色盔甲。他不似平时那般不沾一丝尘土，身上的脏污与血迹为他平添了几分英武。他坐在灯下，认真地看着地图。

“侯爷，属下带郡主过来了。”

“嗯。”兰襟应了一声，连头也没抬，继续看地图。

“报——”六合之五乔方进来，单膝跪在地上，说道，“回禀侯爷，属下仔细探查过，没有发现录天的身影。”

“这领狼哪里是狼，明明是一只狡猾透顶的老狐狸。”兰襟嗤笑一声。

乔方又说：“还有，在驿馆外发现了钟骞的身影。”

兰襟点着地图的指尖一滞，嘴角挂起若有似无的笑。他站起身，半分眼神也没有分给容潋，却在擦过她肩膀时冷声道：“在这儿待着不准乱跑，等我回来再收拾你。”

容潋知道兰襟对钟骞的敌意有多深，她虽不想再和钟骞有瓜葛，但也不能让他在这儿出事儿。忠国公只有这一个儿子，若是钟骞出事，他难保不会迁怒他人。

容潋转身跟了出去。

钟骞被随月生押着，一边奋力挣扎，一边嘶声喊着：“兰襟，你不能动容潋，你要是敢动她，我此生必不会放过你，就算我来世做鬼也会来找你的！”

“本侯动自己的女人，干你何事？”

“你不必说这些，容潋跟你不过是虚与委蛇罢了，你这样的人她怎么可能心甘情愿地跟你？只会强迫女人，威胁女人，你还算是个什么男人？”

兰襟冷下脸来，这世上他只容忍容潋一人骂他，他钟骞又算是个什么东西？他伸手去夺南宫意的剑，半道便被一双柔软的手按住。不过几日光景，却像是几年都未曾感觉到过这份温暖。

“不要……”她声音娇娇弱弱，任谁听了都狠不下心肠。

他微眯了眯眼，耳尖一动，只听锐利的箭尖划破夜空的寂静，从未知的远处直直地射了过来。兰襟一闪身挪了个位置，手臂张开将她整个环在怀里。

容潋的脸埋进他的怀里，她听得见他的心跳声像往常一样沉稳有力，突然猛地一下滞住，她感觉整个世界仿佛都失去了声音。她只能看到随月生几个人一瞬间惊恐震怒的脸，和不管不顾挤过来的模样，可是听不到他们在说什么。

紧扣住自己腰身的手更紧地扣住，她像是被勒得痛极，清泪“唰”地从眼眶滑落，落到他的手背上。颈窝处他的气息不稳，轻一下重一下，不断袭扰着她的神经。他开口，她的世界终于又能听到声音。

“第一次看见你为了我哭。”他轻轻说着，隐隐带着笑意，随后似乎浑身力气都被抽光，重重地压在她身上。

“侯爷！”随月生已然红了眼，冲过来将容溦推开，背起昏迷过去的兰襟往营帐里跑，嘶吼着，“快去叫军医！”他这一下用了力气，容溦跌倒在地，愣怔地抬起头，方才被随月生擒住的钟骞已经在混乱之中不见了踪影。

那一片地方空空如也，就好像他根本没有来过。

钟骞没有来过，没有忠国公派来的侍卫从地道跟着他们一路过来，突然出现，在钟骞之后，以她为目标挽起弓，引兰襟扑过来救她……

她其实在最后看到钟骞了，他的腰身被罗息拦着，努力挣扎着对她喊着什么，可她听不见。除了兰襟的那轻轻一声笑，那一句话，她什么都听不见了。

空空的视线里出现一双靴子，容溦缓缓地抬起头，眼神已经涣散。南宫意咬着牙道：“你走吧，趁着二哥他们还没回来，赶紧先走！”

“兰襟……死了吗？”容溦手臂撑在地上想站起来，可一丝力气都没有，连这么简单的站起动作都做不到，又摔了下去。摔得真疼，疼得她又想哭了。

“他怎么能死呢？我还没有报仇，他怎么能死呢？”地上冰凉一片，她的手冻得红肿，再一次撑在上面，颤颤巍巍地站起来，冷风吹得她整张脸都发僵。

“南宫，兰襟怎么可能死？他不是整日一副什么都不在乎，谁都奈何不了他的模样吗？怎么能这么轻易地死？我不信，我不信……”她嘴里不停地喃喃着，仿佛失心疯的病人。

南宫意并不知道兰襟现下究竟如何，只是看军医一直叹气，兰襟后背满是血，伤势颇重。

随月生和乔方她尚且能拦着，倘若那三个兄弟回来看侯爷这样，气急了什么规矩什么誓言都不会顾及，她真的不想让容潋出事。可容潋现下这样，南宫意也不放心让她走。

“你跟我来。”南宫意抓住她的手腕，拉着就往后走，七拐八拐绕到一个营帐，将她推了进去，说道，“这里是预备存兵器的地方，你先在这儿躲一会儿，等到无事了我再来接你。”

“兰襟没死？”

南宫意道：“并没有，你不要胡思乱想，我先走了。”

容潋点点头，放下帘子。这帐子里有几张毡毯，她蜷缩着将自己裹起来。刚才那一阵仿佛癔症的异样感觉已经过去，知道兰襟没死，她的世界也重新鲜活起来。如果兰襟没了，她不知道自己还能依靠什么活下去。没有爱也没有恨，她一生也没什么期盼。

容潋深吸一口气，趁着留给她的这独处时间将事情捋捋清楚。

钟骞虽然对兰襟有敌意，但她了解钟骞，他禀性纯良，不是那种会暗箭伤人的人。忠国公派来的罗息很显然是缜密计划之后才跟在钟骞身后过来，以至于连六合也没发觉，钟骞事先也应该毫不知情。

那想要兰襟性命的，就只有忠国公钟良了。

忠国公和兰襟之间存在交集，也是因为从前都是太子容境麾下的人。之后兰襟获罪被贬到慎远坊，天机司解散，容境并未出手救兰襟。按道理来说，兰襟对忠国公来说就是个毫不相干的人。

他不惜派人奔波千里之外，也要杀掉兰襟，只有一个可能——兰襟对他还存在威胁。或者是兰襟知道他的什么秘密，或者是妨碍到他什么。

帐子里没有生炭火，就算裹着毯子也有些冷，容潋冷得搓着自己手臂，恍惚中又像是回到了在慎远坊中的时候。明明没有过多久，可那段日子仿佛已经离她很远。

“唰——”帘子又被拉开，有人提着一盏灯笼往里面照了照。容潋看出这人的轮廓，并不是南宫意。

“兰襟呢？还活着吗？”

“让你失望了，侯爷活得好好的。”

来人是褚乘风。

他走近几步，灯笼摇摇晃晃的，说：“起来，侯爷要见你。”

容潋将毯子掀开到一边，说：“我没力气了，你扶我吧！”

褚乘风满身的戾气无处发泄，最后尽数化作一声认命的叹气，为了不直接碰到她，褚乘风将毯子割下一块，裹在手上递过去。容潋撑着他的手臂站了起来，脚冻得发胀，走路缓慢。褚乘风暗道了一句“麻烦”，牵来一匹马，忍着气扶着她上去，快跑着牵马直奔兰襟的营帐而去。

六合几人都到齐了，除了南宫意，每个人都是恨不得将她杀之而后快却又动不了手的憋屈表情。

军医为兰襟包扎好伤口之后退到一边，说：“侯爷的盔甲挡了弓箭不少的力道，并未伤到心肺，等外伤愈合就无大碍了。”

“不，本侯伤得很重，懂吗？”榻上的兰襟开口，声音有些沙哑，可依旧迫人。

军医连连点头，说：“侯爷伤得很重，箭入心肺，命悬一线。”

“除了军医和你们几个，不许任何人进营帐。”

“是。”

随月生跟着军医去煎药，帐中一瞬间安静下来。容潋站在一边，这帐中炭火生得旺，她刚被冻僵的脚突然遇热，又麻又疼，她小幅度地动着保持站稳。

“扶我起来。”不知过了多久，兰襟终于开了口。他抬起手臂，南宫意立刻上前将他扶起来。

兰襟受了伤，可目光依旧锐利，像是能直直地看透人心。他定定地看着容潋，片刻后才开口道：“把他带进来。”褚乘风会意，向外走去，不一会儿押了一个人回来。

“跪下！”他抬手下压，那人膝盖重重地跪在地上。

容潋看见他的脸，一瞬间慌了神：“越大哥？”越清平的头越发低垂，不敢抬起脸看她。

兰襟的声音又沉又缓，说："这个人叫越清平，是从前庆安王世子的副将，你也应该认识。他在威远县一战后便消失了，到燕支隐姓埋名地生活。我查过，他和当年威远县的大战有关，才会鬼鬼祟祟地逃离大越。等启程回长安之后，我会把他交给陛下处置，以安庆安王和世子的在天之灵。"

"不是的！我父王和兄长的死跟越大哥没有关系。"容潋急急地说，"他是为了查明当年的真相才会到燕支来的，并不是你所说的——"

"可我若是先把折子呈给陛下，越清平再在回长安的路上'畏罪自尽'，到时候，自然是我说什么他就是什么。"兰襟的眸子一瞬间阴冷下来，紧紧地盯着容潋说，"你不就是想要一个凶手吗？那我给你一个凶手便是了。不然你总是不安心，今日拿匕首刺我，明日逃离，后日又带着钟骞向我射冷箭。"

"既然在你眼里，我已经是个该死的人，我不介意再让你恨我多一些。"

容潋脑中昏昏沉沉，脱口而出就是一句："不是的！我没想要杀你！！"

"怎么不是？我胸口有你之前用匕首刺的伤口，后背又有钟骞的人射的伤口……"

"那不是我指使的！"容潋裙摆一晃，人坐到榻边，骨节捏得泛白，辩解道，"钟骞是偷偷跟着我回来的，射箭的人什么时候跟过来的我也不知道。我真的没有让他去杀你，如果我想杀你，我走之前也不会手下留情不往深了刺，我——"

她颤抖着唇，眼泪突然就掉了下来。

她不知道为什么哭，只觉得委屈得很，她还记得去抓他的手，断断续续地道："越大哥……越大哥真的是无辜的……你不要杀他，兰襟，我求求你……"

容潋第一次向他低头哀求，不是为自己，是为了昔日兄长视为兄弟的人，为了还记得庆安王府的人。她怕越清平真的会因为自己而死，也怕兰襟杀了他，她再也找不到什么理由放任自己沉溺于这危险炽热的情感中。

她的所有，都系于兰襟一念间。

“郡主便只在嘴上求人？”

容潋的哭声一滞，旁边南宫意悄悄戳了戳随月生，使了个眼色。随月生架着越清平，几个人推推搡搡地出去了。

“我动弹不方便，你自己来。”

南宫意回眸，见榻上兰襟乖乖听容潋的话自己坐了起来。

他侧头去看她，脸上是只属于容潋一个人的温柔神色。

“嘿，走了走了，去演悲愤欲绝的属下了。”

随月生跑回来，神秘兮兮地说：“我刚刚去拿了辣椒粉，哭不出来就拿这个喷一喷，之前侯爷骂我的时候，我为了让他心软，就是这么干的。”

南宫意嫌弃地瞪了他一眼。

营帐里，容潋被兰襟绑住双手，像是她逃走之前将他捆住那样，只是鞋袜都脱了下去，一双嫩白发红的玉足被他握在温热的大掌中。他的手指在她的脚心轻轻一挠，容潋浑身发颤，蹬着脚挣扎着。

“别乱动。”兰襟将手在炭盆上方热了热，又握着她的脚，轻轻揉搓替她解那份疼痛。他行动没有受半分影响，活像伤口不在他身上一样，擒住她时和拿小鸡崽儿一样容易。

他脸变得太快，方才还要和她秋后算总账，等人走了之后，就又恢复了之前的放浪样子，容潋一时摸不透他的想法。

只是越清平如今在兰襟手里，她心里再恨，也不敢做得太过，只能任由他动作着，脸涨得通红，小声嘟囔道：“我从前怎么不知道，六安侯居然这么会伺候女人，也不知道长安城里多少花魁佳丽，都曾是侯爷的良师。”

兰襟一挑眉，道：“有郡主一人为师，就已经足矣。”他说着，轻轻在她被揉搓得发红的脚踝上落下一吻。容潋被他的动作激得浑身发颤，兰襟放开手，趁她发愣时将她压在身下，解开她手上的桎梏。

“真好啊。”他的脸埋进她的颈窝处，深深嗅了一下，正是他日思夜想的味道。

“你放过越大哥……”她的声音哑哑的，“他这么多年过得战战兢兢，我不想让他因为我的缘故遭难。你放过他，我以后什么都听你的……”

兰襟撑起胳膊，冷眼看她，说：“都听我的？”容潋点点头。

“那我要你来亲我。”

容潋怔住，他的指尖摩挲着她的唇瓣，幽幽地说：“这么简单的事都要犹豫，还说什么都听我的，郡主之言，可真是信不得。”他话音未落，容潋就拱起脑袋，急急地往他唇上贴。她的泪滑到他的口腔里，苦涩得很。

她能回来，不知道心里经历过多少难关。现下的苦，肯定不及当时的万分之一。兰襟松开她，目的达到，他也不想再害她担心。

“越清平不会有事儿，我若是想杀他早就杀了，干吗留到如今，你真是个傻姑娘。”

容潋突然又想哭了，她不知道为何自己会变得这么脆弱，她的手不自觉地搭上他的肩膀，指尖触到温热滑腻的液体，是血！她推搡着他的肩膀，急急地道：“你伤口又渗血了，快起来重新上药包扎一下。你以为你是金刚不坏之身吗，受伤了还这么不安分！”

兰襟低低地笑出来，听得容潋心头火更大，要不是顾忌他伤在后背，真想将他一把掀翻。

“你离开燕支城的时候，我和自己说，你好不容易等到这一日，走了就不可能再回头。可我又让南宫意日日在绸缎庄后院守着，你若是回来，我也好第一时间知道。”

“我从前不知道，为何许多人上战场前都去祈求神明庇佑。可那一刻，我倒是也想祈求神明，叫他把你送还给我。”

“潋潋，你回来，我就再也不会让你走了。不会给你逃的机会，不会让你再用余光看别人，你可听清楚了？”

他抬起头，大拇指扫着她滑腻的下巴，将她罩在眼底。容潋直直地迎着他的目光，轻声开口问道：“你和忠国公到底有什么仇怨，他非要置你于死地？”

她不接话，一下换了话题。兰襟也不生气，回答说：“也没什么恩怨，共事一主总会看不惯。就像本侯与钟骞，同在你身侧，我从第一眼开始就厌恶他，这就是理由。若换成别人等你也就罢了，他若是等你，我想尽办法也要留下你。”

兰襟不经意间又将话题转了回去，容潋这次扛不住，略有些不自在地别开脸。

“恨你是如今支撑着我走下去的动力，你可一定要活着。也是，祸害遗千年，你是轻易死不了的。”她脸颊绯红，泛着莹莹的光，是这冬日里动人的一枝春。

兰襟久不见她，又让她别别扭扭的话拿捏住所有心神，他低头，衔住她的耳垂。酥麻自那一点炸开，容潋浑身发软，仿佛在他身下化成一汪清泉水。

他没死……可真好。容潋心想。

钟骞醒来，马车已经驶离南疆城几百里外。他脑袋涨痛，昏迷之前的事情慢慢地记起。

他记得他雇了马车，跟在容潋的车后一路到了一处军营，被兰襟的手下扣住。他质问着兰襟，试图将容潋夺回来，后来……后来罗息不知道从哪儿钻了出来，在所有人都没有防备的情况下用弓弩瞄准了容潋。

兰襟扑过去，挡住了那一下。他试图冲过去，想看看容潋有没有被伤到，之后他感到脖颈处传来一阵疼痛，再也没有了知觉。

马车颠簸，是在过山路，钟骞只觉得熟悉，他自长安往南疆城去，为了早一点儿到才绕了小檀山的山路过去。他撩开车帘，看着外面的一石一木，果然是小檀山地界。过了小檀山，不出一日就会到达长安城。

钟骞心头一凛，冲着外面喊着：“停车！”

马车停下，罗息钻进来，从旁边的包袱里拿出干粮和水，丢给他，说：“夜里就会到长安城，公子先垫一垫。”

钟骞一把揪住他的衣襟，拳头攥紧，骨节泛着青白色，怒气冲冲地说：“我可是陛下派到南疆城的官员，你居然敢就这么把我绑回长安，是谁给你的胆子？！”

“我等奉国公爷之命，自然是国公爷给的胆子。公子不必担忧，调您回长安城的旨意已经到了南疆，如此，就不算胆大妄为。”罗息扣着钟骞的手，微微用力，脸上表情不变，“若是公子对属下心有不满，等见到国公爷大可以如实禀报，眼下，还请公子老实一点儿。”

钟骞吃痛，对峙间渐渐地松了手，跌坐回原处。罗息看了他一眼，转身出去。马车再一次行起，这一次目的地很明确。

钟骞整个人恍恍惚惚的，他看着被罗息捏得发青的手腕，无声地笑了笑。看，钟骞，这就是你，一个弱到任人摆布，斗不过兰襟抢不回容潋，连被一个下人绑回长安都毫无反击之力的懦夫。

这个时节的夜来得很早，天地昏暗连成一片时，最是让人分不清黑白，浑浑噩噩。钟骞脑中混沌散开，眼前清明时，人已经在忠国公府。他坐在书房里，看着大步进来的父亲，只觉得陌生。

忠国公只瞟了他一眼，便问罗息道：“事情进展如何？”

罗息回道：“一切顺利，六安侯中箭，命垂一线，只是他身上的盔甲不知是什么材质所制，加了金刚石粉锻造而成的箭刺入却并未穿透，所以庆安郡主没有伤到。”

提到“庆安郡主”四字，钟骞终于有了点儿反应，他不敢置信地看着忠国公，见自己的父亲冷笑一声说：“那可真是可惜。”

“父亲！”钟骞声音里带着不可遏制的怒意，“你想杀容潋？！”

“有何不可？”忠国公抬手，宽厚的手掌掐住他的肩膀，说道，“你看看你这副样子，失了魂丢了心，懦弱无能，哪里像我钟良的儿子？！”

忠国公将他往前一推，钟骞踉跄几步才站稳，眼一下红了，质问道：“你怎么能杀容潋？！”

“没了她，你才能听话，才能不做为父厌恶的事情。我不允许我唯一的儿子，为了一个女人成天要死要活的，简直丢尽的我脸！只是可惜，没能一箭双雕将容溦也一并铲除。骞儿，你若是不想让为父对她赶尽杀绝，就断了念想。有兰襟护着，为父尚可以想办法铲除她，等兰襟一死，我杀她更是易如反掌。”

眼见钟骞怒极似小兽，忠国公又放软了语气道：“乖乖去刑部，等你日后在朝堂上呼风唤雨时，要什么样的女子没有？”

“哈哈哈哈……”钟骞大笑起来，笑得声嘶力竭，仿若寒鸦悲鸣。

等他笑够了，手扶着墙壁，眼睛红得仿佛下一刻就能渗出血，他伤心欲绝地道：“枉我以为我终于费尽心力离开长安去南疆，就能让容溦不再受奔波之苦，就能把她从兰的襟手里夺回来。可我还是被利用，被傻傻地当成一枚棋子，随意摆弄。到头来，我差点儿成了杀她的那支箭。”

“容溦说得对，做得也对，我这伤过她一次又一次的人，还怎么配求得她的回头。我和兰襟，又有什么两样？”钟骞又低低地笑起来，脚步沉重地一步一步往门外走去。

“侯爷，公子……”

“随他去。”忠国公沉声说。

只听门“砰”的一声响，随即侍卫喊道：“公子，公子！”

“侯爷，公子晕过去了！”

忠国公皱眉道：“真是没用的东西，去，找个大夫给他看看。容溦还没死呢，这要是真的死了，他是不是还得去寻死觅活？我钟良的儿子，绝不可以是这种软弱无能的人，这次就让他断得干干净净，绝了后患。”

“国公爷高瞻远瞩，公子日后定会明白您的良苦用心的。”

忠国公负手立在窗前，沉吟道：“兵部尚书路之遥突然向陛下进奏，说柔然狼子野心，若是能趁其不备联合燕支和雀南二国，一举歼灭柔然，虽有些冒险，却是能让大越南境长治久安的根本之道。且如今南境内就有那么一个沙场扬名，令南境诸国曾闻风丧胆的镇南大将军在。这是上天冥冥中指引，叫大越平息柔然之乱。”

“路之遥向来是个和稀泥的好手，这次居然一鸣惊人突然进言，真是让人意外。如今听你说，南境已乱，我便能肯定，路之遥这是兰襟授意，兵部请旨，那粮草补给就会从南疆近处调拨过去。等兰襟大战得胜，灭柔然之功可保他此后荣耀尊崇，朝廷上下再不会有人提及他过往的那些错漏……我怎么可能让他如愿。”

忠国公将密信凑到烛火上，看着那从圣谕上誊抄下来的字一点一点被火舌吞噬——责令太子调配诸地粮草银钱尽快押送南境……

火苗在他眼底蹿起，他冷笑着自言自语：“既然活着回来这么麻烦，那便把命留在南疆吧！”

“国公爷英明。”

南境中大越率军主将、前镇南大将军兰襟重伤的消息不胫而走，本困住柔然军的大越将士慌乱，柔然趁机撕开一个口子，护送领狼成功逃走。

驿馆由除乔方外六合其余几人轮流把守，除军医外任何人都不准入内，一切命令也都由几人传口信递出。这么小心翼翼，更是佐证了消息属实。

驿馆内没有留他人，这两日兰襟的起居换药就都由容潋负责。

容潋包扎伤口还算顺手，只是总会有意无意地戳他伤口，仿佛这样就能自己骗自己说并未对他心软。兰襟是从地狱里爬出来的人，这点儿小痛并未放在心上，可每次还是嘶声喊痛。

“你装成马上要死，为的是迷惑柔然。可我不明白，既是想灭柔然，你前夜为何不直接下令，着大军直接剿灭领狼一众？领狼一死，柔然众人无首，再打不就很容易了？”

兰襟反而以自己受伤为由，让领狼逃生，容潋想了两日也并未弄明白其中关窍。

兰襟上身还赤裸着，他拿着中衣想要套上，却因“受伤”不好动。容潋上前，单膝跪在榻上，帮他穿好。系带子时，她一缕鬓发垂下来，被他指尖勾勾缠缠，把玩了好一会儿才放开。

“你猜？”

容潋气他戏弄自己，一口咬上他肩头，奈何他浑身的肉硬邦邦的，怎么使力气都是不痛不痒，反而被他趁机将她扣在怀里。

“你想我了吗？”

容潋在他怀里怔住了，一时不知道说什么好。兰襟又问了一句：“你想我死吗？”她听了方才回过神来。

钟骞是跟着她来的，钟良的守卫也是悄悄跟过来的。她前脚刚离开，后脚却又回来，这反反复复的看起来也可疑至极。会有人以为，杀兰襟是她的主意。南宫意让她赶紧走，也是出于这个考量。南宫意信她，不代表别人也会信。

“射向你的那一箭根本不是我授意的。”她眉头锁紧，轻声解释，“你要是不信，大可以杀了我。”

“我何时说是你授意了？”兰襟失笑，点点她的眉心，说道，“你对钟骞失望至极，怎么还肯和他的人扯上关系？”他将她整个人看穿，在他面前，她毫无秘密，单纯到了极点。

“可那一箭射向我时，你有没有解脱之感？你从前，一直想要我的性命的。”

解脱……

如果仿佛整个人生都再无期许可言就是解脱，那她那一刻真的是解脱了，可这并不是解脱。

如果兰襟就在那一刻死在她怀里，她想她这一辈子都不会忘记这个人。他会时时刻刻追着自己，生生世世纠缠自己。这不是解脱，这是新的炼狱。

她声音很轻，却很坚定：“没有。”

兰襟眉间舒展，唇边溢出笑：“我想你了。”不知你有没有想我，可我无时无刻不在想你。我把你的姓名刻在万青山的枫树上，刻在风里雨里，刻在我心底。只要我还能呼吸，我就停止不了去想你。

容潋一颗心坠坠地泛酸发疼，她抿紧了唇，不想泄露自己的一丁点儿异样给他看。

“我……我出去看看，南宫怎么还不来送吃的。”兰襟松开了手臂，脚步有些凌乱地走出去，今日在外面把守的是陆北风和褚乘风两个。

见到她，褚乘风一贯没有什么好脸色，陆北风倒是和善多了，问：“可是侯爷要什么东西？”

“他饿了，叫人送点儿吃的进去，要好消化一些的。”

容潋裹紧身上的披风往远处看，大军已经从燕支赶过来，就驻扎在城外。父兄在世时，她也经常往军营里去，她一时怀念，信步往那边走去。身后的脚步声放得很轻，六合若是想跟踪人，绝不会被人发现。容潋知道，他是故意让自己听到。

地上铺了薄薄一层雪，踩上去发出“嘎吱嘎吱”的响声。

“你们几个，都是怎么到兰襟身边的？”

见后面无人回应，容潋“啧”了一声：“你不愿意说也罢，那我自己去问兰襟。”

“陆北风出身卧龙山，卧龙山的匪寇被侯爷带人剿灭，陆北风逃了出去，然后半夜潜入侯爷住处想要和他同归于尽。侯爷饶他性命将他留了下来，自此开创六合。”

“巫影曾经是暗卫，具体来处我不清楚，只知道他是出任务被侯爷设计抓住，任务失败他回去也活不成，于是就留下了。”

“随月生你应该知道，杀手出身，因为得罪很多人被追杀，是侯爷保了他一命。”

“乔方本是开隧道的工匠，因当地县令克扣工匠钱粮，逼迫他们日夜干活，工匠们忍受不了，起身反抗被县衙的捕快赶来镇压，乔方一个人杀了十三个人，浑身是血地出来，当时侯爷就在附近，听闻此事之后将他要了过来。”

“南宫意……本来是随月生奉命要杀的那家的小姐，后来随月生反过来跑了，把南宫意也带走了。”

“那你呢？”容潋转过身，看到朝阳之下褚乘风磨损的剑柄也泛着冷厉的光。

“我在军中是侯爷一手提拔的，没有他，也就没有我褚乘风。侯爷去哪儿，我自然就要跟到哪儿。”

“我们六合姓名身份都是侯爷所赐，性命也是，不论发生什么，我们都会以侯爷的安危为先。”

褚乘风握着剑柄的手松开，似是叹了口气，说：“侯爷也有想守护的东西，我们几个也不会让侯爷再为此烦忧。所以你——”他凝目视之，眼底的阴郁戾气逐渐散开，化成一抹无可奈何：“你再出来时，随便叫我们中的谁跟着你。你再出什么事儿，侯爷非宰了我们几个不可。”

容潋没料到褚乘风会对她说这些话，她弯眉轻轻一笑。

“砰——”突然自不远处传来一阵惊天动地的巨响，整个地面跟着摇晃。褚乘风拔剑挡在容潋跟前，眼看着发出声响处起了火，因旁边没有树木，一时间没有烧开。浓烟滚滚，比寻常的还要黑。

这是……

褚乘风扯下衣摆，撕成两半，递给容潋一块，催促道：“你掩住口鼻赶紧往回跑！”

容潋也不迟疑，只看那黑烟滚滚，竟像是威远县的瘴气一样。她迈开的脚步猛地一顿，愣怔转回头。忽见那火光最盛处走出来一个人，肩上还扛着另一个人，他走了几步，撑不住一下倒在地上。

褚乘风已经冲了过去，喊道：“老五！老五你怎么样？”

乔方浑身被烧伤，手指颤颤地指着瘫在旁边已经毫无意识的人，艰难地开口道：“录……录天……”

“老五，你别说话，我马上带你回去找军医！”

“不行，录，录天……侯爷要找的录，录天……要，要先带他……”

“我回去叫人！”容潋急急地开口，飞身朝着驿馆跑去。

第十一章 以血为祭

好在发现及时，乔方最终得救。因他在爆炸起火时，还记得要将录天保护好，所以录天只是昏迷了，一盆冷得刺骨的水泼下去他便醒了。兰襟单独和他说话，容溦站在门外，如果不是六合几个人看着她，她立刻就要冲进去。

“郡主要不要去休息一下，你看你头发都散了。”

容溦眼睛直勾勾地盯着门道：“我不走，我有话要问兰襟。”

南宫意无法，只能作罢。

里面不时传来痛苦至极的呻吟声，容溦听在耳里更觉度日如年。明明这么冷的天，可她额上沁出了虚汗。容溦不知道自己站了多久，才听到里面兰襟的声音：“进来吧！”

她挤开六合几人，猛地一下冲进了门。兰襟坐在一边，手里端着一杯凉了的茶，朝她抬了抬手道：“压压火气。”

“兰襟，他是不是和我父兄的死有关？”

“过来。”

容溦喉咙发紧，还是走了过去，就着兰襟的手喝了一口茶，这茶比寻常的苦太多，苦得她皱了皱眉。

“这里有解毒的药，虽说那毒炸开之后毒性已经没剩多少，但若是吸进去免不了要腹痛。”兰襟抬手，抹去她唇边的水渍，声音压低，说，“有我在这儿，不要急。”

容溦眼底有隐忍的泪，她用力逼退回去，点点头。

“录天，你把方才和本侯说的话，再和她说一遍。”

录天看上去三十五岁左右，因常年与蛊毒打交道，皮肤被腐蚀得坑坑洼洼。他手腕脚腕的骨节全被打断了，脸苍白得像鬼一样，声音也沙哑：“明德十四年，柔然国主领狼找上我，要我研究一种如烟一般遇风就能传播的蛊毒，说事成之后，他封我柔然国师之位。我虽在大越有名声，却是臭名昭著的名声，他们对我无不嗤之以鼻。我受够了在暗处生活，就答应了领狼，着手研制蛊毒。我闭关整一年，才研制出来这种蛊毒，遇风就可以传播，就和雾一样，但遇火会爆炸。”

“我本来想带着蛊毒直接去柔然，但领狼传信给我，叫我在威远县的密林中将蛊毒放出来。密林中时有瘴气，不会有人注意到里面混进了蛊毒。我按照领狼所说的去做，之后就离开了大越境内。也是过了许久之后，我才知道，庆安王和世子前往威远县与前朝叛军激战，进了密林，之后染毒不治身亡。”

“这些都是领狼的主意，我根本不知道他到底要做什么。领狼叫我留在柔然继续为他做事，否则他就传扬出去是我害死了庆安王和世子，我不得不听他的。这一次战事，他找了个人假扮他被困在雀南，叫我趁大越军队注意力都在城中时四处找方位，选择最佳的位置如法炮制，再以蛊毒毒害大越士兵。我刚要下手，就被从地里拱出来的乔方抓住，他见蛊毒已经放出，就拿了火折子出来……”

“我把知道的都说了，只求你们饶我一命……”录天手脚不能动，只能用身体往前蹭，脸部因极度的痛苦而变得扭曲，他蠕动到容溦脚底，声音粗嘎地说道，“庆安郡主，你要是想为庆安王府洗脱掉私通柔然的罪名，我的证词是必不可少的。你必须要留着我，不然庆安王就永永远远要背着这名声了。”

容溦整个人已经呆住，眼珠一动不动，空洞地看着前方。兰襟扣住她的肩，将她带到一边，一脚将录天踹远。

录天因伤处传来剧烈的疼痛，身体不住地痉挛。

“不要以为我不知道你打的什么主意。”兰襟对外喊了一声，“乘风！”

褚乘风应声推门，直接捂住录天的嘴将他拖了出去，门又掩上的那一瞬间，兰襟捏住容潋的下巴，让她抬起头对上自己的眼。

“灭了柔然，你也算是大仇得报，你父兄泉下也可瞑目了。”

容潋眨着眼，泪顺着脸庞滑落，被他一点一点抹去。她像是终于醒过神，回到这人间，苍白的唇抖动着，半晌才说出一句完整的话：“我从前居然不知道父兄是被人害死的。”

她的眼泪突然决堤，声音拔高问道：“兰襟，你早就知道是不是？可你为何不告诉我？”

水雾弥漫的眼前，他冷冽的轮廓也变得柔和，安抚道：“叫你知道又能如何？对方是一国之主，录天又在他的庇佑之下待在柔然。你虽为郡主，却也只是个女子，若无陛下旨意，你一步也离不开长安城，更遑论去报仇。更何况让庆安王府落得悲惨局面，确实是我的手笔。你无须因为我做的这些就原谅我，你继续恨你自己的，只要你舒心就好。我抓录天，灭柔然，也只是为了我自己的名利权势，与你并无多少关系，你该知道我一直是这种人。”

在庆安王府还在时，支撑容潋的就是将王府维系下去。庆安王府一败，是对兰襟的恨意，是和他的纠缠争斗让她走到了今日。录天已死，柔然必灭，其他的兰襟不想再让容潋知道，若再无她对自己的恨意，他怕容潋会无牵无挂，一走了之。

他刻意将话音加重，却再也伪装不出曾经的寒意。容潋听在耳中，只觉得比棉花还要软和，没有半分的力道。她不由得想更仔细地打量这个人，她踮着脚，更往他面前靠近。

兰襟下意识地扶住她的纤腰，任由容潋在他脸颊一寸前停下，自己贪念的气息在他面颊上游走。

“兰襟，你知道我为何又从南疆城回来吗？”

兰襟喉头一滚，问：“为何？”

“褚乘风和我说，倘若你死在这里，他就算追到天涯海角也要追到我，杀了我为你偿命。你知道我向来是惜命的，我可不想死。”

这回答并没有让他感到意外，兰襟刚要开口，唇被她的食指按住。她刚那么伤心地哭过，眼睛被泪水冲刷过，没了往日勾魂夺魄的妖媚，倒像是个玩闹的孩童。

“南疆城主焦诩信了我的话，知道你已经和雀南、燕支二国的国主达成同盟意向，就连陛下派来的人也听到了这话。到时候柔然打过去，南疆城的守军不出，燕支势弱肯定是扛不过去，侯爷有六合相护，倒是很有可能逃走。我回来，是想看看六安侯抱头鼠窜逃命的狼狈样子。”兰襟冷眼凝视着她，容潋声音发哑，道，“但我发现我不想你死，也不想看到你狼狈不堪的样子。”

“你这样的人，就应该在荆棘中走过还能毫发无伤地站在高处，让所有人敬你、怕你。”她轻声一笑，脚踮得有些发酸就落了下去，兰襟不舍她离开，手臂直接箍住她的腰，将她抱起来和自己平视。

也就是这动作间，兰襟恍然明白了她话里隐含的意思。他的情绪如涓涓细流，从浑身的每一处流淌过，在心口处汇集成海，奔腾呼啸着往心底冲去。

“你、你是什么意思？”素来人见人怕，鬼见鬼惧的六安侯突然连说话都不利索了。

“兰襟，我舍不得你。”

容潋知道自己不该心生同情，也不该存异样之心。可人之所以是人，是因为他不会和提线木偶一样，随着人的操控乖乖往前往后。人有心，心有七窍，每一窍都会通往不同的路。一旦失了一点点防备，思想就会滑向未知的地方。

在朝夕相处间，容潋的思想早就走遍了七窍。她因王府之事恨兰襟，也贪恋自父兄走后他给的陪伴，更会因兰襟的靠近而内心悸动。这些不一样的感觉，并不冲突。她想通了，也就不再为难自己。

兰襟愣怔了许久，连眼神都发直了。

“你无须因为我做的这些原谅我。”

“与你并无多少关系。”

容潋想起方才兰襟说的这些话，再看当下他这副傻样子，撇了撇嘴，可真是死鸭子嘴硬。

雀南的夜比燕支来得还要早，白日的那一阵火没能给这一片苍茫大地带来多少暖意，夜里仍然冷得人骨头都发颤。睡梦中的容潋不自觉地想往身边人的怀里拱去，驿馆的床榻狭窄，眼看着她就要滚下榻去，被进门的兰襟冲上去一把接住。

他背上的伤口跟着一抻，似乎是又裂开了。

容潋这些日子一直伤心费神，睡得沉沉的，就这样也没醒。

兰襟身上穿着铠甲，在外面奔走沾染寒意，又硬又冷。她还往他怀里拱，拱着拱着被冰得一个瑟缩，小鼻子皱了皱睁开眼。外面月光很好，容潋看清他的装束，彻底清醒。

“要打仗了吗？”

兰襟抱着她坐到了榻边，拿起旁边的袜子给她仔细地套上。容潋听着外面的动静，确实有窸窸窣窣的声音。

兰襟套完了袜子将鞋也套上。容潋问：“你要带我一起去？”

他抬眼，虽是蹲在地上，可迫人的气势不减分毫，他挑眉道：“郡主在燕支看到地图时随便一眼就能看懂，颇有将门之风，那如今局势如何，我不说，郡主自然也能猜个七八分。”

他这是在考她。

容潋打小就是极聪慧的，带她的几个师傅都是庆安王重金请来的饱学之士，武又有兄长教导，自然是不怕考。看兰襟一副悠闲之态，并未把外面的异样放在心里，她便也放松下来。

“领狼让录天如法炮制，在这一次的对峙中将蛊毒放出，蛊毒起作用是有时效的，过了这段时间，领狼的计划就会付之东流。所以为了一举大胜，领狼的大军一定是驻扎在不远处，掐准时间过来。但是录天的蛊毒被引爆，录天被杀，就证明大越军中有人识破了这个计划。

以此推断，计划未成的柔然大军一定会撤退，等到时机成熟卷土重来。那领狼就逆向去想，趁着大越军松懈下来，再加上大越主帅重伤不治，奄奄一息，柔然大军摸黑偷袭。柔然对这一片地势相当熟悉，行军快速，应该有九成把握可成事。近年柔然牛羊疾病频发，草原又多处有灾，再不打，粮草供应不上，柔然就会迅速被大越联军找到机会反扑。不管领狼愿不愿意，这一仗都是必然要打的。今夜，是他尽了全力找到的最后的机会，他不可能放弃。”容潋抬手摸了摸兰襟的盔甲，感觉一片冰凉，说，“以侯爷这么缜密的心思，一定是准备了无数个陷阱在等着领狼往里跳。”

“郡主过奖了。”兰襟将她的话当成夸奖，起身坐到她旁边。

“只是我有一事不明。”容潋的疑问已经藏了许久，她说道，“赵炎与你有交情，燕支与大越来的军队一起打柔然这很正常，可雀南，你是怎么让雀南也加入联盟大军，一起对抗柔然的？”

“雀南国主一向爱和稀泥，搅浑水，这样的人加以威逼利诱，自然是容易说服的。”

“也是，若是论威逼利诱之法，这世上还没几个人能出侯爷之右。”

兰襟扬了扬嘴角，还是那一句：“郡主过奖了。”

忽然，外面火光漫天，伏于暗处的杀意现于人前，一时间外面喧闹嘈杂声乱成一片。

在领狼的认知里，大越和燕支大军驻扎在城外，城内驿馆里住着身负重伤的大越主帅，身边只有护卫，杀主帅，必能赢得军心。领狼自负，亲自带一队人过来，大军则绕过城池，直奔军营而去。

一旦杀了主帅，大越燕支联军必然军心大乱，柔然全力突击，则此战必胜。

可事到临头，领狼带着精兵甫一潜入驿馆，就有暗箭从四面八方而来，虽被盾牌挡去大半，可还是有人被射中负伤。

“有埋伏，小心！”

月光虽好，却始终不及太阳光，仍有暗处是照不到的，黑夜永远也没办法变为白昼。靠着敏锐的作战直觉，领狼带着手下的人退到一处相对偏僻安全的地方。

这是一间库房，周围堆着干草和麻布袋子，一刀插进袋子里，粟米迅速往外流出，应该是大越军存放粮草的地方。

“他们居然把粮草放在这里，而不是军营。”领狼咬着牙，扯下一块布将自己被箭射伤的左小臂包起来。

“大王，如今我们该怎么办？”

领狼四下打量着这地方，拍了拍袋子，“呸”了一口说：“待会儿分成两队，一队将这粮草烧了，引驿站里的主力过来，另一队护卫本王原路返回。粮草一烧，就算他们在军营的兵将有准备，也撑不了多久。”

“娘的，这雀南国老儿到时候若是敢不借给我们粮草，老子活劈了他！”

“是！”

领狼闭目养神，好不容易等到兰襟快死这绝佳的机会，铩羽而归可真是不甘心。只要今夜能撑着出去，等兰襟一死，柔然大军将立刻攻破这些杂毛军的老营！

“嗖”的一声，一支箭自窗纸透过来，直直地射中库房内的干草。箭头带火，干草立刻被点燃。

“不好，着火了，快灭火！”一声疾呼响起，可是越来越多的箭从外面射进来，火势一瞬间便滔天。

领狼心里一梗，高呼：“中计了！”

士兵们脱下铠甲衣衫，艰难地去扑火却于事无补。库房只有一道门，一旦现在出去，等着他们的就是万箭穿心。倘若不出去，库房内全是易燃物，这些人一个都跑不了，全部要被活活烧死。

出去或者不出去，他们都是死路一条。

“大王！属下愿冒死护送您杀出去！”

“先等等。”领狼眼睛一眯，问道，“却奴呢？！”

人群里一个怯怯的身影站了出来，他与领狼的外形有七分像，只是少了几分桀骜不驯之气，眼眉之间有些木呆呆的。却奴作为领狼的替身，这些年替他做了不少事，上一次调虎离山让录天得以进雀南放蛊，就是却奴代替他做的。

敌营只有兰襟一人真正见过他，而今兰襟重伤昏迷，用却奴可以蒙混过关让他借机逃走。

留得青山在，不愁没柴烧。回到草原，他领狼依然是没有人能替代的王者。

领狼和却奴将身上的盔甲互换，然后领狼往自己脸上抹上一层灰，和手下用盾牌将却奴护住，破开门一拥而出。

月亮高悬，外面一众大越将士挽起弓，冰冷的箭镞对着库房门口。六合除受伤的乔方，其余五人一字排开。陆北风肩上扛着圆月刀，“哟呵”了一声，笑道：“我说柔然王，这是要往哪儿去啊？”

却奴强装镇定，道：“自、自然是要回柔然去。”

“呵，柔然王不打一声招呼地来到这里，如今又要不打一声招呼就走，可真是没把我们放在眼里。我五弟被烧伤，按照江湖规矩，害我五弟的凶手也应该被火烧一烧才算公平。只是可惜，柔然王非要出来，那就只好再让我们兄弟几个费费力，送柔然王上路了！”

陆北风说到最后大吼一声，浑厚的声音震得却奴浑身战栗，不自觉地往身后看，问：“怎、怎么办？”

领狼嫌恶地皱起眉，说：“别说话，等他们动手，我们立刻拥住你冲出去。”

“大哥，总是这么打打杀杀的可不好。”褚乘风弯着唇，说道，“人家好歹是一国国主，我们这些人哪里配动手啊？”

陆北风一拍额头，道：“三弟教训得对，是大哥疏忽了，那真得找个地位尊崇的人来送柔然王上路，这驿馆里也就只有侯爷有这个资格了。”

陆北风一拍手掌，指了指东边，道：“柔然王，您请那边瞧。”

马蹄声缓缓逼近，一身金色盔甲的将军端坐马上，背着弓箭，一只手拉着缰绳，一只手拥着怀里的女子。他披着月色而来，浑身冷冽，似地狱来的恶魔。

领狼抬眼，一时间呼吸都是一滞。是兰襟！他居然没事儿？！

一瞬间，领狼便明白了，这从头到尾都是兰襟为了诱他前来而设下的局！是他急功近利，才上了兰襟的当。

“这就是传说中的柔然之王领狼，也是胁迫录天制蛊毒，在威远县害你父兄的罪魁祸首。”兰襟俯下脸，贴着容溦的耳畔轻声道，“今夜你亲手报了仇，往后就能安心了。”

容溦赤红着眼，发颤的手被他的大手握在掌心攥了攥。随后，兰襟取弓搭箭放在她手里，他环着她，缓缓地将弓拉满。容溦呼吸急促，白气氤氲间，前方密密麻麻的人群里她也看不清谁是谁。

兰襟便帮着她瞄准，箭直对着却奴，顿了顿，又倏地移向他后面的领狼，领狼本欲向后退的脚步一下顿住。

那箭尖淬着冰冷的月光，却比不上兰襟的眼神冷厉，他冷笑道：“曾经也是和本将军在沙场拼个不相上下的人，如今怎么只敢躲在一个冒牌货身后，当缩头乌龟？”

领狼喉头一滚，推开却奴站了出来，仰天一阵大笑：“曾经镇南大将军也是震慑南境诸国的人物，最后不也是为了弄权进了朝堂，做了那人不人鬼不鬼的天机司掌司？你我皆为了活命，你又能比我高贵到哪儿去，你说这话真是让老子作呕。”

“镇南大将军”五个字冲进耳中，容溦的手臂一僵，一颗心都乱了。

“你……你就是镇南大将军？”

那个年少成名，在明德十五年灭月以、长顺，收复柔然，保南疆数年无战乱的镇南大将军，居然是兰襟？这夜事情真相一桩接着一桩被揭开，容溦隐隐地有些接受不过来。

兰襟无奈地叹了口气，这时并不与她多言，只道：“专心些。”

容溦慌乱地收起旁的心思，将注意力重新放回领狼身上。这人与她想象中的差不多，那双眼如狼似鹰，只盯着人就会叫人浑身不舒服。就是这个人，豢养录天，害她父兄和诸多大越将士在威远县的密林里丢了性命。

“你远在柔然，为何非要插手威远县的事？”

领狼嗤笑一声，道：“本王是草原的霸主，敢和本王争高低的人，本王怎么可能留着他？庆安王曾带兵与我柔然多次交战，多少柔然男儿死在他手里。有那么好一个机会，能为我柔然除掉这个大患，本王怎么可能会放过！”

“庆安王那老匹夫愚忠至极，我料到他一定会舍了自己性命穿过密林剿匪，全了他的忠义，却不想还能买一送一，搭上一个世子容勍，也是意外之喜。”

“你闭嘴！你闭嘴！”容潋心里绞痛难当，颤着手臂，箭头瞄得不准，在领狼身上晃来晃去。

领狼又道：“庆安郡主，若是你身后的这位镇南大将军当时去威远县剿杀前朝叛军，而不是到南疆边境来打仗抢战功的话，你父兄也不会死。其实你有所不知，镇南大将军是知道我的意图的，可他还是来了南疆，因为他怕你父兄得了不世之功威胁他在军中的地位，干脆借我的手扳倒他的对手……”

弓箭摇摇晃晃，兰襟心下一惊，这领狼比从前更加狡诈，想借容潋来求得一线生机。容潋对庆安王和世子的死究竟有多在意，没有人比兰襟更清楚，他清晰地听见容潋急促的呼吸声，和喉咙里发出来的轻吟，而领狼还在继续叫嚣。

“容潋！”他松开帮着她张弓搭箭的手，一只手扣住她的肩膀，另一只手拉回缰绳想要把她带走，在他心里，没有什么比容潋的安危更重要。

领狼眸中精光一闪，已经瞄准好时机，只要兰襟一转身，他立刻将却奴踹过去，六合几人为保兰襟一定会扑将过去，到时候他就可以趁乱跑出去。他是草原野斗里成长起来的王，局势越乱，对他越有利。

马头刚要掉转，容潋突然抬起手，刚才还端不稳的弓一瞬间拉满，“嗖”的一声直中领狼的眉心。“砰”的一声，这个草原上的野心家，令狼伏鹰惧的草原之王瞪大了眼，到死也不知道自己究竟是哪里出了错。

容潋垂眸看着领狼的尸身，冷静地道："兄长教过我，与敌相对，要学会露拙，在对方的企图快要得逞，心绪不稳之际，出其不意地将锋芒露出，克敌制胜于瞬息之间。"

月光下，她仿佛看见那个曾令长安所有女子魂牵梦萦的少年将军，正跷着二郎腿躺在墙上，瞥一眼站在下面的她。

"父王非得要我教你兵法，一个娇滴滴的小女娃娃有什么可教的，教了也学不会。"

她扬着小脸，不服输地道："我一定可以学会的，不会给你丢人的！"

容勍从墙上飞身落下，捏了捏她娇嫩的脸颊，说道："先说好，若是学不会怎么办？"

"嗯……把我藏的牛肉干给你吃，还有蜜果，都给你。"

……

六合将领狼的人围住，血红色将回忆碾碎，容潋浑身瘫软，靠在兰襟身上，苍白的唇瓣颤抖着说："兄长，你看，我学得很好，没有给你丢人。"

她闭上眼，轻轻地说："兰襟，摸摸我的头。"

兰襟如她所想，用那只曾搅弄风雨的手，也曾给她温柔的手，缓缓地摩挲着她的发顶。就和记忆里，每当她背熟了兵书，容勍都会做的那样。

兄长，我好像找到能和你一样对我的人了，你可以放心了。

黎明之前，一切重归寂静。

兰襟站在雀南城墙上，看着远方。再往前行半日，便是柔然的地界。困扰大越边境几十年的彪悍善战的柔然人，因这一战而损失惨重。

雀南和燕支将趁势逼近，将柔然的地盘进行分割。两国互相牵制，保持平衡，又有一小撮柔然的人袭扰不至于让两国过于安逸，生出他心，再加上南疆守军的镇压……这是明德十五年的兰襟所想不到的解决之法。

他那时只想着冒进，将柔然覆灭，未曾想过即使将柔然除了，雀南和燕支抑或是其他小国也都可能成为下一个柔然。这些年他置身朝堂，在宦海浸润，倒是学了不少制衡之术，将其用于打仗调兵甚为管用。

“侯爷。”褚乘风上来，手握着剑柄，他一身的血迹，杀气腾腾，像是圈在笼子里的老虎，一放出来就打了个痛快，他笑道，“都差不多了，兄弟们在打扫战场了。”

“将所有缴获的东西和俘虏都给燕支的大军，午时过后便撤回南疆城内。”

“是！”褚乘风抱拳躬身，似乎想到什么，嘴角松弛下来，说道，“末将恭贺大将军剿灭柔然大军，还我大越边境安宁！”他用了昔年军营中的称呼，仿佛他们一下子又回到了过去的一腔热血时。

兰襟回眸，拍了拍他的肩膀，无须多言，他们的情意早就沁到骨子里。

“郡主可醒了？”

褚乘风应道：“应该是还未醒，小意在她跟前呢！”

“她大仇得报，这些日子又累极，让她好好睡吧，醒了之后跟着大军回南疆，稍作停歇，就回长安城。”

“回去之后呢？”褚乘风有些迟疑，但还是开口道，“灭柔然，平南境，天机司重建指日可待，侯爷在朝中也无人能撼动。可庆安郡主，就算庆安王和世子皆是被人害死的，说到底也证明不了庆安王究竟是不是与柔然有私通关系。陛下既然已经以查封王府了结了这件事，就不会轻易改变主意。到时候庆安郡主仍是罪人，侯爷想要将她如何？”

兰襟勾了勾唇，说：“你倒是替我想了不少的事。那照你说，我该如何办？”

“庆安郡主以侯爷为敌，这是轻易改变不了的事实。更何况，侯爷之心我等皆知。侯爷不会只拿庆安郡主为奴为婢，侯爷是日后的朝堂柱石，身边怎么能有一个罪人妻子？最好的做法，就是和容潋撇清关系，回长安之后将她送回慎远坊。”褚乘风长长地吐了一口气，接着说，“可是……侯爷那么看重郡主，该做不该做的事情都做了那么多，怎么可能放弃她？最好的路侯爷不会走，明知是错的路侯爷硬要走。属下只求侯爷，无论如何都要给自己留条后路。”

“当年我怎么未曾发现你这么能说会道？”兰襟拢着手，缓缓地从城上往下走。

金光在这片染血的雪地上缓缓地绽开，驱走昨日所有的昏暗和悲怆。

他兰襟不是会为自己留后路的人，他宁愿破釜沉舟，孤注一掷，苟且而活不是他想要的。他要活，就要他所想，全部握在手心里，完整、完满地活，如此才不虚来这世上走一遭。

容潋这一觉睡得黑甜，醒来后一切已经尘埃落定。

巫影先一步启程到南疆城，与城主焦诩的人往长安赶，将南境的好消息第一时间送回去。

城主府中，焦诩自巫影他们走后便再无睡意。他安排好府中人打扫房间，等兰襟和容潋回来之后就先住在府中，免得再生其他事端。

南境事情的走向超出了所有人的预期，焦诩将南疆守军的兵权交给兰襟时，也未曾想过他会直接拿这五万人去灭猖獗的柔然。这一战之后，南境的局势将彻底改变，焦诩做城主这些年，也算是亲自见证了这一刻。

焦诩毫无睡意，徒步走到了客栈外。大堂的门开着，霍准围着厚厚的披风，喝着热酒。见他来，霍准招呼他：“刚好我一个人喝酒有些闷，过来喝一杯。”

焦诩这次没再找他麻烦，坐到了他旁边，斟满了一杯酒，刚要入喉，腕子一下被他捏住。霍准将他的杯子夺走一饮而尽，说：“差一点儿忘了，你月事这几日不能饮酒。”

焦诩白净的脸一瞬间红了，她左右看看，见并无他人才放下心来，说道：“你怎么能这么毫无顾忌地乱说，万一被人听见可怎么办？”

“能怎么办，大不了被陛下责罚，然后离开南疆城与我一同回慎远坊。”霍准被酒意熏得眼睛有些发红，歪着头看着她道，“六安侯快要回来了，我是他带出来的人，必定也跟他回去。这次打柔然，我也算是出了些力，应该不至于还回慎远坊，大抵就在长安城做个闲散人吧！你呢？”

焦诩已经从方才的震惊与羞涩窘迫的情绪中恢复如常，说道：“我？我自然还是在南疆城做我的城主，就和你没回来之前一样。”

“哦。”霍准摇了摇手中的酒杯，“啧”了一声，说道，“我倒是有些后悔以前在南疆城那么肆无忌惮了。”

焦诩被他一句话说得红了眼，她微垂着头，看着酒杯上的花纹，低声道：“你一心作死，有什么可后悔的。”

焦诩与霍准相识在南疆，焦诩是老城主的亲信，在这一片颇有威信，而霍准是朝廷派过来的，一开始到这儿时被排挤，可霍准硬是凭着他的三寸不烂之舌在南疆城站稳了脚跟。

焦诩还记得，她第一次见到霍准时，他正拿着一枝辛夷花啧啧称奇道：“这里居然有这么大的花。”

霍准一抬头，一双桃花眼光彩照人。焦诩见惯了南境彪悍的男子，还是第一次见到霍准这样的男人。她在南疆长大，没去过长安，但也听人说起过那里繁花似锦，那里少年俊朗。

霍准就像是她对曾向往的长安的所有想象，耀眼又动人。

“好花配美人。”霍准将花送到她手中。焦诩的一颗心悸动了，却又觉得惊讶：“你……你看出来了？”

“我在长安城也是看过万花的，是男是女我自然一眼就能看出来。”他翘着嘴角笑。焦诩拿着辛夷花枝扬手就往他身上打，粉色的花瓣落了一地。

……

“我当初觉得南疆的重任太沉，你是知道我的，我最怕麻烦，也最怕拘束，与其整日被困在南疆难受，倒不如早早脱身。可离开南疆之后，卸了重任，我也没觉得有多轻松。在南疆好歹还有美酒美食相伴，在慎远坊就只能吃苦干活，后悔啊，后悔。”

焦诩的手按在桌子上的花纹间，留下淡淡痕迹。

自这次到南疆城，他一直躲着自己，焦诩明白，要不是喝了酒，霍准今日也不会说出这番话。

焦诩本来打定主意和他纠缠不休，可他突然挑明，反倒让她一时间不知道该怎么办。霍准双手交叠着，下巴搭上去，突然凑到她面前，眼睛自下而上地看着她。

“后来我才知道，我是一颗心被困在了南疆，所以才会在长安也不觉得自由。”

焦诩睫毛颤动着，说：“你现在说这些还有什么用？！”

风流公子这些年仿佛都没有变，依然是恣意潇洒。可少女接过他的重担，成长为一城之主，守护这方百姓，没有辜负他的嘱托。她离不开这儿，他不肯再回这儿，他们都错过了曾经的好时光。

焦诩内心纷乱，只想尽快离开这里，她抢过他的酒杯，仰头一饮而尽，随后摔了杯子便离开。冷风从敞开的门里吹进来，吹得霍准打了个寒战。他揉了揉脸，起身过去将门掩上。

“这些年不见，脾气真是越来越大了。”他笑了笑，“我的小羽毛，也终于长大了，不像以前那样好糊弄。要不是装醉说出这番话，你可能还是不会和我善罢甘休。”

这世上没有人比霍准还了解焦诩，她性子坚韧，他越是躲，她就越是有劲头和他纠缠。他如今和兰襟站在一起，太招人眼，难免有人不会顺着他盯上焦诩。

男扮女装，说得重些就是欺君之罪。霍准暂时还没有办法替焦诩解决这件事，只能让她安安生生地待在南疆，离纷乱的长安远一点儿。

离他也远一点儿。

霍准跟在兰襟身边的这些日子，也总算是学会算计一次人。

“我这良苦用心没人能懂，我真的是好寂寞。”

“砰”的一声，刚合上的门一下被人从外踹开，霍准吓得差点儿蹦起来，回头就见门口杵着个人，脸阴沉着，一身的杀气。

“褚大侠？你怎么回来得这么快？侯爷也回来了？”

“还没有。”褚乘风说，“侯爷怕郡主睡得不好，叫我提前回来用炭火将被子烤暖和些。”

霍准沉默了下，欲言又止地张张嘴：“你……”

“不要说出去。”

褚乘风自觉倒霉得没有道理，容潋一醒来，就和兰襟抱怨说之前在南疆城他威胁她的事情。还说从前长安城里翠芳楼里的花魁，也一直被一位巡防营统领针对，结果那统领喜欢她，最后不顾他人眼光将她娶了。

之后兰襟看褚乘风的眼神就犀利了很多，再之后，他就被派来烤被子了。

“我当时就应该杀了她！”褚乘风走路带风一样往楼上烤被子去了。

一个时辰后，整个客栈的侍卫都知道“褚大侠急着赶回来为郡主烤被子”这件事儿了。

褚乘风：“……霍准，我要杀了你！”

第十二章 心的开始

兰襟带兵杀了柔然国主领狼，将柔然精锐全灭的消息，长安城中第一个知道的人是苏唯安。

在一个和寻常无甚差别的白日，苏唯安正值休沐日，经人介绍在春风化雨楼雅间见一位姑娘。他虽在朝上蹉跎几年，但细看还是一表人才，姑娘娇笑连连，气氛融洽非常。就在这时，窗户被推开，从上面倒吊下来一个人，风一吹，头发被吹开，露出一张干瘪瘆人的脸，他一笑，声音凄厉："苏大人。"

"啊——鬼啊！！"姑娘被吓得尖叫，捂着耳朵就冲了出去。

苏唯安一脸生无可恋，上次告诉巫影别大半夜吓人，他就改在白天吓人了，可真是听话呢！

"有什么事进来说吧！"

巫影翻窗进来，落地一点儿声音也没有。苏唯安刚才光顾着陪姑娘说话，一桌子菜也没怎么动，现下成婚是够呛了，不如填饱肚子实在。他夹起一块藕粉糕往嘴里送，巫影开口说："侯爷灭了柔然，让我告诉苏大人。"

"咯咯咯……"苏唯安差点儿被自己噎死，缓过劲儿才道，"恳求你，下次不要在我吃东西的时候说话。”次数再多一点儿，他这条性命就真的玩完了。

苏唯安呼了口气，问：“此事应该先禀兵部才对，侯爷让你来找我，可是又有什么事儿？”

“南疆城主已经派人到了兵部，至于为何要来告诉苏大人，侯爷说这是顺便，主要是想让我给苏大人带个话。”

“什么话？”

“‘日后若是出事儿，还请苏大人记住，你与本侯并无什么关系，也未曾为我做过什么事儿。’”

这话分明是意有所指，只是前言不搭后语，苏唯安一时也弄不清是何意思。

他问：“除了这句还有别的吗？”

“还有一句。”巫影继续道，“‘以苏大人的脑子，一时不明白本侯的话也是应该的，苏大人大可当这是个谜语，平时无事可做的时候可以猜猜谜底是什么。’”

苏唯安心道，他还不如不问。

巫影和平时一样，来得快去得也快，并未在长安城多做停留。苏唯安对兰襟的话百思不得其解，索性也不去想了。

正月底，兰襟一行人启程回长安。焦诩作为城主，自然要来送行。她眼中就像看不见霍准一样，只与兰襟和容潋道别。

“陛下已经下旨，命兵部派人来料理战后事宜，我也会与兵部官员一起，将南境隐患逐一消除。侯爷与郡主，一路多保重。”她说完一揖手，转身头也不回地走了。

霍准摸了摸鼻子，准备进马车。有人拦住了他，将一封信塞进他的手中，说道：“我家城主给的。”那人说完就跑着追上焦诩，霍准等马车行起才拆开信去看。

她的字不像寻常女子那样清秀，因是他教的，自带一股恣意风骨。

看着信，他仿佛看见她叉着腰站在自己面前，手指戳着他，恶狠狠地道："你不要以为我和从前一样那么好糊弄，我不会就这么算了的！等南境之事全部了了，我一定会想办法上长安去折腾你，你这辈子也别想再甩开我！"

可他不再是那个潇洒无羁的公子哥儿，她也不再是那个身上毫无负担的少女。岁月匆匆，不会允许他们回头。

霍准捏紧了信，无奈地叹了口气，闭上眼靠在马车上睡去。从南疆到长安，和来时是一样的风景，可心境完全不同，风景也就都变了一副模样。

兰襟背上的伤还没有好全，容潋怕颠簸开伤口就没让他骑马，两人共坐一辆马车。她这些日子消瘦了不少，下巴越发尖尖惹人怜。兰襟捏了捏，道："回去之后要多吃些，不知道的还以为我虐待你。"

容潋拍开他的手，问："你为何要杀了录天？"

录天被杀的那日容潋经历太多，已经无暇去想别的，之后又是一连串的战事，她整个人疲惫到极点，昏昏沉沉地睡了许久，这时候才想起来问这件事。录天虽然是想活命才说那些话，可也不是全无道理。

庆安王府被封，陛下认定庆安王有私通柔然的嫌疑，如果没有铁证证实私通柔然绝无可能，庆安王府轻易是没有办法洗脱掉这罪名的。

录天无疑是最好的人证，他一死，领狼亦死，她想不到还有什么其他的人可以做证。

兰襟刚捏过她下巴的手指指尖搓了搓，一股子甜腻的香在狭窄的马车里散开，他回答道："录天擅毒，如果把他从南疆押到长安，一路上他定会想方设法下毒逃走，我可不想有命从燕支离开，却没命回长安。"

听他说起没命从燕支离开的事，容潋知道他是在暗讽自己，她手照着他伤口处狠狠一拍。兰襟面色没有丝毫改变，说道："好些日子没有好好和你待在一处过，原来你也这般心急，想着我的伤口扯开，你就可以找借口扒了我的衣裳为我换药了。"

容潋脸一红，眉头蹙着，反驳道："我才没有！"

"怎么没有，你这双眼都在对着我说话，叫我离你近一些，再近一些。”他就势压向她，唇在她鼻尖顿住，向下压，轻轻地啄了她一口。

“郡主为何不说，我是别有所图呢？”兰襟道，“毕竟庆安王府被封是我做下的，我杀了录天，借你的手再除领狼，这世上就再也没有人能证明庆安王父子是被领狼所杀，绝没有私通柔然的嫌疑。我将证据都毁灭了，就再没有人可以威胁到我了。”

容潋眼睛一眨不眨，反问他：“我为何要这么说？”

兰襟喉咙里低低地“嗯”了一声，慵懒沙哑。容潋的手臂撑在身下，将上半身拱起，贴上他的唇道：“倘若是在来南疆之前，我一定会这么想，可现下我不会这么想。”

“你要是想没人威胁到你，在南疆将我一道杀了岂不是更干脆？在慎远坊，你可能还有所顾忌，南疆，天高皇帝远，又是战乱之地，你有一千种方法可以将我无声无息地了结，日后连个为庆安王府申辩的人都不会有，那多省事儿。”

“兰襟，你是在试探我。”

容潋一口咬住他的唇，下了狠劲儿，血的腥味在唇齿间蔓延。明明是她在作恶，结果咬得自己的眼睛沁出了泪。她真的恨，太恨了。

眼前的这个人将自己的所有都紧紧包裹着，她一层一层地撕开，也只能看清他真实面目的一角。她不知道撕到最后，这个人到底会是个什么样的存在。从前她不愿意去想，现在也不想再去想。

她之前的打算早就在这段时间都化为了泡影，一切早就变得不一样了。

容潋松开了嘴，复又贴上去，温温柔柔，将他唇上的血珠吮净，说道：“你不必再试探，你想听我便告诉你。”

“父兄得以在地下瞑目，这是你帮我。王府倒了，这是你害我。如果细算起来，你帮我多过害我。我是一个固执的人，曾经固执地恨你，如今不恨了，也就不会再纠结于过去，也不想再纠结于你对我到底是帮还是害。”

“兰襟，我心里有你。”

“我喜欢你。”

兰襟有些恍然，现在只想将她揉进骨血里，想将这些年的情思一股脑地都告诉她。

他本以为那句“兰襟，我舍不得你”已经是这世上最动听的话，没想到还会等到她说“我心里有你”“我喜欢你”。

容潋颤巍巍地，在等他的靠近。可当兰襟的唇贴上她的脸颊，只是虚停了停便离开，像在竭力克制着什么。

容潋睁着茫然的眼睛，手臂直接环住他的肩。兰襟喘了喘粗气，喉头一滚，吐出两个字：“嘴疼。”

她脸抵在他肩头，忍不住笑出声来。

车队在齐州停下，兰襟又带容潋去了威远县。

天还未大亮，视线很模糊，容潋伏在兰襟的背上，他背起她像背着羽毛一样。容潋还记得他背上有伤，让他放自己下来。

兰襟却很执意，他这个人固执起来谁都拗不过。容潋深知这一点，也不再做无用功，只是尽量避开他的伤口。一路上她没有说话，兰襟就也安静地陪着。

在上次来时的同一地点，兰襟停下了脚步。望断山今日看起来格外庞大，目之所及仿佛都是由它延伸出来的山脉。其实则不然，它只是用雾瘴来做了伪装。望断山若是放在人堆里，定然是个惯会狐假虎威的势利小人。

容潋从他的背上下来，手拢在衣袖间，眺望远方。

太阳在云端探出头，红光将地上的寒意和灰暗驱散，容潋得以看清那处林子。许是由于自己心境的改变，也可能是因为身边人身份的转变，她并没有上一次到这儿时那么悲伤。

想起上一次，容潋唇边浮现笑意。

兰襟看到，不禁问道：“你在笑什么？”

“我啊，笑自己有些蠢，你之前已经说得那么明显，我却完全没有往这上面想。”

他说，他有心系之人，不会轻易和她父兄一样贸然豁出性命去打仗。也不是蠢，只是那时她一心想的，都是怎么和他作对。

“我一直想问你，你既然曾经是镇南大将军，为何不在军中，反而进了朝堂？”

容潋是听过镇南大将军威名的，她父王也曾在言语中称赞镇南大将军是不可多得的良才，她完全没办法相信曾一度浸润在黑暗中，让长安城官员闻风丧胆的兰襟，居然就是镇南大将军。

兰襟看着她，问：“你真想知道？”

“自然。”

“你以为，你父兄是因何而死？”

容潋一怔，声音放得很轻：“因为他们是大越的盾，也是大越的剑。有人不想让他们保护大越，也不想让他们为大越拼尽全力。”

“自古以来，武将莫不是如此。”兰襟往前几步，弯下腰，捡了一截掉在地上的枯枝，“可剑和盾，都没有多少自己的思想。他们听从调配，在战时光耀门楣，在闲时便是他人的棋子。我不想成为棋子，便要做能执子的人，比起沙场，我更喜欢在朝堂上搅动风云。若是我想，这截树枝，也是我的刀。”

“咔嚓。”枯枝应声而断，他孑然站在这里，残云凉风都只能是他的点缀，这世上，也就只这一个兰襟。

容潋过了良久才道：“那我要恭喜侯爷了，此番回到长安之后，侯爷就更有资本翻云覆雨了。”

兰襟没把她的这句恭维调侃放在心上，问道：“那你呢？你回到长安又有何打算？”

容潋的手掌贴在他的心口，答道：“我原本的打算，是在此行找到你的错漏，即使发现不了你害王府的证据，也能让你身陷囹圄，到时候我再想办法逼你认罪，还王府一个清白。后来……我发现自己没有想象中的那么坚定。我觉得对不起父兄，对不起王府，我想着逃开这一切，在我看不见的地方让你被困，也算是我尽力了。”

“再然后，我又走向你。其实路上我还在想，录天已死，我该怎么样才能想别的办法洗刷王府通敌的罪名，还不会将你卷进去。我想了很久，也没想到。可站在这里的一刹那，我突然就想通了。”

她望着密林，眼底泛着泪光，缓缓道：“父王和兄长，他们拼尽全力维持性命，只为了多陪我。他们想看的，不会是我被困在过去的种种里无法自拔，他们那么疼我，只会想让我平安快乐地度过余生。所以我也不想那么多，我只想随心而行。”

容潋转回脸，手撤下去，将额头抵在他心口。她的泪很温柔，也很炙热，这是为自己的新生而流，也是为他而流。

“今后你在哪儿，我就跟着去哪儿。”

其实论起固执，兰襟自认还不是她的对手。为了翻案，她能在慎远坊那样的地方蛰伏那么久，也能和他斗智斗勇几乎不落下风。她就像一块石头，坚硬无比，只有有心的人，才会发现她内里藏着晶莹剔透的美玉，藏着瑰丽之心。

一旦她愿意转变，就是彻头彻尾，不会避忌。他等这一日不知道等了有多久。他的指尖有些凉，捏在她白嫩的耳垂上，无意识地搓了搓。

“是啊，你曾经说过若是昔年认识镇南大将军，定会求着庆安王让镇南大将军娶了你。你如今，也算是心愿得偿了，‘夫唱妇随’了。”

容潋的耳朵滚烫发红，张嘴隔着衣衫一口咬住他胸前，又伸手揉了揉，往他怀里钻，说：“以你六安侯的身份，和灭柔然的功绩，你的夫人定当也是有头有脸的人。到时候陛下恩旨一下，多少长安佳丽等着侯爷选，侯爷怎么还会愿意和我这个有罪之人‘夫唱妇随’。”

她话里带刺，兜兜转转又回到了一开始和他相处的样子。随意没有拘谨，只是少了那时的满心算计。

“到时候不愿意的未必是我。”他轻轻说出这一句，伴着一阵急来的风而走，容潋没有听清楚。

兰襟的手扣在她肩头，望着远处山，山上林，和林间游走的英士之魂，在心里说，我会倾我所有，叫她一世无忧。

昔年开疆拓土是为她。

后来宦海沉浮也是为她。

日后放弃所有，也只为她。

和来时的匆匆不同，回去时兰襟刻意吩咐慢慢走，一行人到长安已经是半个月之后。一停下，霍准就立刻跑到一边去吐了。兰襟下了马车，瞧见城门口容境带着一队文臣武将等着迎他。

他撩开车帘，将正欲下车的容潋按了回去，说道："我去应付一下，你先回侯府歇息，有事找南宫意他们。"容潋点点头坐了回去，这一路她坐得疲乏无力，立刻又合上了眼。

兰襟将车帘放下，嘱咐了几句，才徐步走到容境那边，双手一揖道："下官见过太子殿下。"

容境说："不必多礼，父皇叫我在此迎六安侯归来，兰侯此行辛苦了。"

"下官是尽自己之责，何谈辛苦？倒是殿下，不仅要忙于政事，还要心系千里之外的战事，如此殚精竭虑才是辛苦。"

容境眸光一滞，复又轻笑道："六安侯不必如此客气，父皇念你一路奔波，着你先回府中休息，之后再到宫中复命。晚上宫中开夜宴，为侯爷接风洗尘。"

兰襟对着皇宫方向跪下，喊道："臣多谢陛下。"他起身，又是一揖道："那下官就先告辞了。"

兰襟擦着容境的肩膀而过时，脚步停了停，他目光放平，直视前方："殿下的殚精竭虑只为自己便可。"话只到这一句便止，他迈开脚步走远。

容境视线里兰襟刚经过的官道，宽敞、明亮，像自己未来应该走的路。

"各位大人都先回去吧，等夜里接风宴时我再与诸位大人好好喝上一番。"

"是，太子殿下，臣等告退。"

容境坐上马车回到太子府，忠国公已经等了好一会儿了。他的视线落在另一处，说道："小钟大人也在。"

钟骞自南疆回来之后，整个人消瘦了一圈，更加沉默寡言，他行了礼："见过太子殿下。"

容境坐下，自有婢女过来上茶。一道窈窕身影进来，身上的香气盖过了茶香，容境一抬眼，瞧见一张娇美脸庞，盈盈眼眸带着怯懦娇羞。这女子细声细语道："殿下请喝茶。"

方云梦来太子府已一月有余，容境待她宽和，方云梦整日只在自己的住处待着，这倒是第一次出来给他奉茶。容境多看了几眼，忠国公轻咳一声，他才端起茶盏喝了一口，说："下去候着吧！"

"是。"方云梦转身，经过钟骞时敛下眼，将托盘端好，出了门。

钟骞看着她的背影若有所思，直到忠国公唤他几声才回神。

"骞儿，你先出去吧！"

钟骞道："是，父亲。"

他走后，忠国公才道："自南疆回来，他就自知和容潋此生再无可能，我想是时候叫他做身为忠国公儿子该做的事。日后骞儿还要太子殿下多多提携。"

容境道："这是自然。你今日前来可有什么事儿？"

"兰襟如今回朝，可谓是朝野轰动。他在去南疆前已经恢复了一品侯的爵位，如今再加战功，我想之前裁撤的天机司也很快会重新建立，他兰襟又将大权在握。从前他为殿下做事，殿下尚勉强节制他。可这次他再掌权，就不是殿下的人了，到那时他就是殿下的大麻烦。"

"这话忠国公说过多次，明里暗里，忠国公也花过许多力气，可并未有什么结果。"容境将茶杯放下，手斜撑着额头，冷冷道，"有些时候，我不由得在想，国公爷是在为我着想，还是为自己着想。"

忠国公惊得霍地站起，声若洪钟地说："臣自然是为了殿下。"

"可我倒是仔细盘算过，兰襟若是会成为麻烦，只能是他保别人与我争这太子之位。可我的这几个兄弟中，没有任何一个人与兰襟有关系。如今整个皇室，和他有些关系的，只容潋一个人。容潋是外枝，又是女子，也决计不可能心生此念。既然如此，又何来为敌之说？"

忠国公很纳闷容境的态度变化如此之大，上一次他派人在兰襟往南疆的路上进行刺杀，容境虽斥责他擅自行动，却也将他的话听了进去。这次容境又突然变了说辞，不知是何缘故？

忠国公的拳头攥紧又松开，声音低沉地道：“可兰襟千方百计再入朝，必定是有所图。他虽然之前和其他皇子并无关系，可他一旦站稳脚跟，再挑选皇子扶持也不是不可能。太子殿下不要忘了，慎远坊库房是被兰襟焚毁的。他在烧毁之前留下什么也未可知，殿下要为长远考虑，不能掉以轻心才是。”

提及“慎远坊库房”几个字，容境的眸色陡然暗沉下去，声音也变得尖厉起来：“钟良，你这可是在威胁我？”

“臣不敢，臣只是给殿下提个醒。你我如今才是一条船上的人，臣只为殿下着想，忠心耿耿，殿下不必怀疑臣的居心，要为以后计才是。”

容境额角隐隐发涨，他竭力压制自己的怒气，声音紧绷道：“国公有何打算？”

对峙的局势被破，忠国公走近些，说道：“早下手，免得后患无穷。”

……

钟骞在太子府内略走了走，他不常来，自从知道父亲和太子交好后，这些年也就只来过五六次，还都是年节时父亲带着他来拜见太子。容境不喜奢靡，这太子府环境清雅。钟骞路过一处凉亭，看到方云梦正坐在里面泡茶，见他来，她站起来福身行了礼：“小钟大人。”

“你还记得我？”

“小钟大人往慎远坊跑得勤，我想不记住都难。”方云梦盯着他的眼有流光一闪，伸手倒了一杯茶，淡淡地笑着说，“小钟大人来帮我尝尝这茶如何。”

钟骞提步上前，拿起茶杯吹了吹，抿了一口，茶香清冽，沁人心脾。他赞叹道：“好茶。”他与方云梦只是打过照面，不过慎远坊除了容潋只有这么一个女子，钟骞记得很深。

“姑娘怎么会到太子府来？”

“我对琴艺略通一二，太子殿下喜欢听琴，便把我带回了太子府。

我是戴罪之身，出慎远坊也是借了别人的身份，这事并没有多少人知晓，希望小钟大人不要和他人提起，我不想给太子殿下惹麻烦。”

她说得坦诚，没有丝毫隐瞒，钟骞点头道：“这是自然。”

“我听太子殿下提起，如今容潋已经从南疆回来了。我真的很想她，可我现在不适合抛头露面，所以我想请小钟大人帮我带句话，若有机会，我想私下与她见上一面。”

听见那个名字，钟骞的下颌一瞬间绷得紧紧的，抿紧的唇隐隐有些发颤，他半晌才道：“本官刚回到刑部，诸事繁杂，可能没机会见到她。姑娘还是另找他人帮着传话吧！”

方云梦仔细看他的表情，已然明白些什么。

她举着茶杯，在鼻尖轻嗅，说：“人与人的关系，就和这泡茶一样，要时时刻刻小心控制着，不然一不小心茶味就会冲淡，和白水无异。有些女儿家的话，也就只有我知道，小钟大人，其实容潋对你，并不是她表现出来的那样拒之千里之外，她只是怕连累你。”

“毕竟庆安王府倒了之后，她便是戴罪之身，谁和她走得近就容易被波及。若是小钟大人因为这个和容潋生分，那真的是辜负她一片心意了。”

钟骞眼眸暗了暗，有些怀疑地道：“她真是这么说的？”

方云梦笑了笑，说：“自然是真的，小钟大人刚好可以借着给我传话的由头去找容潋，她一定也会高兴的。”

钟骞捏紧手中的茶杯，仰头将里面的茶水一饮而尽。

“多谢姑娘指点，本官就先告辞了。”

方云梦福了福身，目送他走远。

他的背影极是眼熟，和她梦中见到的隐隐重合在一起，是梦是真已然分辨不清。不过在梦中时，她一定不知道，想要和他说话，要靠容潋。

亭中三面垂下毡帘，还点着银炭，只有一丝丝凉风进来，前面是容境种的满院梅花，倒是个偷得浮生半日闲的好去处。容境在一刻钟之后到了凉亭，方云梦素手斟上一杯茶递给他，轻声问：“殿下可是累到了？”

“和钟良说话颇费心神。”容境摇了摇头，将茶送到口中。

茶香淡淡，独有一股清甜。

“奴婢在里面放了些烘干的梅花。”方云梦说着，绕到他后面，手轻轻地揉捏着他的太阳穴。容境闻着她身上的味道心下安静，长长地舒了口气，浑身软下来，稍稍往后靠到她身上。

方云梦问：“要不要奴婢弹首曲子给您听？”

“不必，就这样让我靠一靠即可。”

容家人的相貌都极是出挑，一个容潋，曾在长安和慎远坊不知勾走多少人的心神，作为她堂兄的容境，长相也是极其出众。他俊朗不凡，眉宇之间是天生的贵气。

方云梦低着头看着他出神，他勾了勾唇说：“再这么看，我就脸红了。”她揉捏的动作一停，慌忙别开眼去。

容境没有睁开眼，却像是已然猜到她是什么反应，笑得更畅快了。

方云梦听见他的笑声，一时不知道容境到底是个什么样的人。因琢心的举荐，容境叫人到慎远坊给她换了身份将她带了出来。

方云梦知道从前容潋为了能出慎远坊费了多少心神也不成，还是后来兰襟带她离开的。可在太子这里，带一个犯人出慎远坊，倒比吃饭睡觉还容易。或者说，只要太子想要的，都不必他多言，自有人千方百计给他开方便之门。

她以长史远亲的身份入太子府已经近两个月，容境待她倒是不差，吃穿用度皆给了最好的，住也是单独一间偏殿，她平时不出去，容境就寻不少好玩的东西送到偏殿给她解闷儿。

容境偶尔累极就到偏殿去，让她弹一首曲子安眠片刻，醒来喝杯茶，叫她说说从前在雁城方府的事情。他事事安排得妥帖，可仍让她觉得疏离。可有时他又亲近她，就和现在一样，这样忽近忽远的样子，叫方云梦摸不准他的心思。

“云梦。”容境睁开眼，他眸底有阴云翻滚，看得令人发怵。

方云梦的樱唇轻抿，问道：“殿下有何事？”

“我有时在想，在钟良眼里，我到底是什么人？是他忠于的人，是他畏惧的人，还是能让他玩弄的人，或者旁的什么人？”

这是容境第一次和她提及朝堂上之事，方云梦知道有些事情她不能涉及，便摇摇头：“奴婢也不知道。”

容境嘴角扬起松弛的笑，重新合上眼。他怎么会不知道钟良是何意，他是东宫太子，那个人曾对他说，他要做的，就是看透所有人的心思，但不能让人窥探到他的底线。然后选对自己有利的顺其发展，对自己有害的毫不犹豫地铲除。无伤大雅的，就放任不管。

钟良忠于他，畏惧他，但也玩弄他，利用他。

君臣之间，一旦牵连的羁绊被撞破，就会心生隔阂。他隐隐地有些不想再忍耐下去，可如今他身边没有人能替代钟良的位置，站到他身侧。

容境想着，拍了拍方云梦的手，示意她停下。方云梦站到一侧，容境看见石桌上翻过来的茶杯，问：“方才有别人来过？”

“忠国公的儿子小钟大人到这儿走了走，奴婢请他进来喝了杯茶。”方云梦说着，敛下眼皮，又道，“小钟大人瞧着很是憔悴，之前总去慎远坊探望容溦，是以认得他，如今看来像是变了一个人。”

钟骞……容溦……

容境心思一转，手中已有可替换的棋子。

“夜里我要入宫出席晚宴，身边倒是缺个贴心服侍的人，你待会儿和我一道去。”

方云梦有些担心：“奴婢的身份……”

容境却不以为意：“去便是了。”

“是。”

容溦在六安侯府中醒来时，已经是黄昏时分。府中已经提前打点好，她到时便直接住进了兰襟的主卧，对兰襟的霸道，她如今已经习以为常。

“郡主醒啦？”帷帐被挂起，一个俏生生的小丫鬟笑吟吟地看着她道，“奴婢叫小曼，是专门来伺候郡主的。”

容溦看向站在远处的南宫意，后者轻咳了一声，说道：“郡主也知道，我对女儿家的事情还不及随月生熟练，之前在南疆是没有旁的知根知底的人，只能由我硬着头皮伺候一下郡主。如今回来了，侯爷对我不满意，便安排了小曼过来。”

容溦没说话，南宫意猜她应该是想问兰襟，便先一步道：“苏大人来府上，侯爷正在见他。”

“苏大人？户部尚书苏唯安苏大人？”

“正是。”

容溦揉了揉发胀的额角，起身下了床。小曼捧着一套衣裳过来，绯红色的撒花裙，裙摆上绣着深秋的红枫叶，料子是苏绣的贡品，这个时节可谓是千金难得。这样一套衣裳，没有个把月是做不出来的。

容溦柳眉皱了皱，心下疑惑：“大晚上的穿成这样做什么？”

“晚上宫中夜宴，侯爷要带郡主一起去。”

“带我去？”容溦眉心皱得更紧，此次夜宴是为庆贺兰襟率军大破柔然之功，是大喜之宴。她的身份敏感，怎么想也不该出现在这场宴席中。

南宫意道：“侯爷吩咐说，此次郡主随着他东奔西走，在柔然之战中也出了力，理应出席，让郡主不要多心。”

容溦点点头，既然兰襟如此说，必定是有他的想法。如今，她信他。

容溦生得本就是倾城之貌，这一身华服加身，更是明艳逼人。小曼将她满头墨发梳成桃心髻，鬓边掏出两缕头发编成辫子，用细小珍珠压住发尾，往后别到发髻上。

“郡主可是奴婢见过的最美的女子了。”小曼不住口地赞，将一支枫叶形状的发簪插上。

容溦抚摸着簪子顶端，想起在慎远坊的日子。在万青山的枫树林里，她曾处心积虑地接近兰襟。

有一段时间，她觉得那段回忆她这辈子再也不想记住，可后来时不时怀念。如今看来，怀念的不只是她一个人。

苏唯安是偷偷来六安侯府的，他被巫影自后门引进来时，看着府中的一切有些心惊肉跳。

其实兰襟刚离开长安去南疆城，玄武帝就下旨，让户部将从前在六安侯府中查抄的一应东西尽数归还，并且摆放位置都不能差。好在苏唯安之前留了个心眼儿，六安侯府的东西一件不少，全堆在户部的库房里，否则还不知道该怎么办。

苏唯安亲自过来看着手底下人搬东西，依稀记得去年查抄六安侯府时，兰襟曾说过那句话："查抄的这些东西不要让人随便动，我最烦别人碰我的东西。"

那时他就猜兰襟应该会有办法回来，如今看来，他猜得可真是精准无比。苏唯安也深深感叹，还好自己站对了队。面对兰襟，苏唯安还是一如既往的拘谨，回答得一板一眼。

兰襟偶尔懒懒地应上一句，其余时间都在微笑着听他说。他那笑容，让苏唯安脊背生寒。他一停下说话，就能感觉得到周遭的凝滞气氛，是以苏唯安不得不一刻不停地说。从兰襟走后长安城的局势，到朝上重要官位的人员调动，再到市井小巷哪里又多了一家不错的吃食小店……

苏唯安说了足足有一个时辰，兰襟才起身，淡淡地道："一别几月，苏大人这张嘴是越发能说会道了，听你说话挺有意思的，下次本侯无聊的时候你再过来。"

苏唯安差点儿背过气去，敢情兰襟就是听个新鲜？眼看兰襟面无表情地往外走，他急忙将碗里的茶都喝了解解渴，随后跟了上去。

刚走出去，兰襟就停了脚步。苏唯安的视线循着他望的方向看过去，只见廊下缓缓走来一道倩影。眼前女子身上的红衣映着朝霞，脸上的娇艳胜过繁花，苏唯安有一瞬间看呆了，随后急忙挪开眼，他可不想惹麻烦上身。

"苏大人。"

"侯爷有何吩咐？"苏唯安一阵心惊肉跳，还以为兰襟脑后也长了眼睛，看见了他刚才的失态举动。可兰襟所说，与此毫无关系。

“苏大人要记住，你不是六安侯的人，不是天机司掌司的人，你只是我兰襟的人。”他只说了这一句，没头没尾的，说完便叫巫影送苏唯安出去。

苏唯安有些莫名其妙，看了看瞧得久了真诚到有些傻的巫影的脸，放弃了让他解惑的念头。反正他不懂的事情，又何止一两件，多这一句话，也不算要紧。

夜幕驱走天上红光，拉开黑帘，将天地罩上。长安此夜，家家户户门前悬着灯笼，将六安侯府到皇宫的一路点亮。

马车里，兰襟一如既往地寻到机会就要贴近她，狭窄的一隅根本困不住他这头凶兽，容潋后背紧贴着车壁，柔软处被他紧压着，两人亲密到不留半分的缝隙。

“我从前还想将府邸挪一挪，以方便随时入宫，如今看来，离皇宫稍远，也不是全无好处。”

兰襟今夜格外不要脸，容潋的手颤颤地压住他作乱的手，粉腮上都挂上了细汗，说：“你，你弄疼我了。”

“我倒是忘了，我的郡主身上可是碰一下就要红的。”他的薄唇在她肌肤上游走，随后抬头，咬了一口她的红唇才放过她，伸手想要将她敞开的衣领整好。

容潋红着脸拍开他的手，侧过身去自己整理，询问道：“待会儿要进宫，你怎么能这么放肆？”

兰襟笑道：“我怕待会儿出了宫，想放肆也是不能的了。”容潋转过身，兰襟歪着头对上她打量的视线。她方才的娇羞尽褪，如今眼眸清明，还是那个明艳端庄的庆安郡主。

“兰襟，你是不是有什么事情瞒着我？”

自回到长安，兰襟就有些不对劲儿。他们刚回长安，她又是第一次到侯府，以兰襟待她处处不放心的性子，怎么也不会初到长安就让她自己回侯府，在她睡时也不陪在身边。再加上在马车上，他动作间隐隐透出来的狠意……

这都只是她的感觉，并没有什么依据。可情人之间，有些事不需要依据。

“侯爷，到了。”马车停下，帘外就是皇宫，那里存着无数人的野心，也埋着无数人的枯骨。

兰襟弯唇一笑，并不回答她，像是故意惹她生气。容潋又气又无奈，想着柔然的事情已了，也没有什么别的大事。别的那些小事，她如今也不在乎了。

她的一双美眸盯着他，有些恨地道：“你若是再瞒着我做什么事情，当心我收拾你！”

“郡主英武，本侯真是怕。”兰襟撩开车帘下了马车。

朱红门，镏金钉，天上月，月边星。这倒真是个适合找归宿的好日子。

第十三章 我是你的

这一场宫宴，长安城中四品以上的官员，包括皇亲国戚尽数携眷出席，排场更胜于除夕夜宴。对于大越而言，这是可以让史官在史册上大书特书之事，兰襟也是可以大书特书之人。一战成名后，离开军营入朝为官，以罪臣身份出使，灭柔然，使南地安宁。这样传奇的经历，叫人心生敬仰，也叫人忌惮不已。

兰襟甫一出现在长清殿中，殿中立时安静下来。为的是这个名声大噪的六安侯，也为他身后的人。

“这不是从前的庆安郡主吗？她怎么跟着六安侯一起来了？”

“据传言说六安侯对庆安郡主很不一般，连这次去南疆也指名要庆安郡主同去，他才愿往。”

“原来如此……”

三三两两的朝臣交头接耳，容潋已然锻炼出来，不会在乎这些人的眼光。倒是余光一扫，她看见了容境身侧立着的婢女，那张脸很熟悉，分明就是方云梦。

方云梦也看见了她，遥遥地对她点了点头。她的出现，对容潋来说，是意外也是惊喜。

在南疆的那段时间，她时常惦记方云梦。但那时她自身难保，也不好带方云梦出慎远坊，本来她想着这次回长安之后，就设法把方云梦赎出慎远坊，却不想她已经出来了，而且，还和太子站在了一起。

无论如何，能出来就是好的。

“臣兰襟，奉陛下之命前往南境为使臣，如今还朝归来，幸不辱上命。”兰襟跪在地上，双手将使节符呈上，总管徐逢接过呈给玄武帝。

玄武帝接过，放在手心，随后一握，笑道：“好啊，好！”他起身，从龙椅上走下来，扶着兰襟站起来。

“爱卿真是让朕惊喜，真不愧是昔日令南境诸国都闻风丧胆的镇南大将军！真不愧是我大越的战神！来，朕敬你一杯！”

玄武帝手一扬，徐逢以御杯斟上两杯酒，兰襟接过一杯，双手执着，朗声道：“陛下过誉了，此次南境之事能如此圆满，臣之功不过一二。”

玄武帝起了好奇，问道：“哦？那其余八九分是何人之功？”

兰襟回道：“柔然狡猾，本来臣是没有把握拿下的，正在这时，钟骞大人到了营中。”

“钟骞”二字一落地，殿中所有人的眼都往忠国公身侧看，自打进殿就没瞧过他的容潋也随之看过去。

忠国公道：“侯爷莫要在陛下面前开这样的玩笑，我这小儿不擅兵法，怎么能占八九分之功？”

“钟大人在南境时，跟在他身边的侍卫曾向臣放了一箭，正是这一箭叫柔然以为我大越主帅性命不保，继而放松警惕，给了臣灭了柔然的机会。”

此言一出，满殿哗然。

忠国公的脸色登时变了，声音变得冷厉起来：“六安侯这是何意？可是在说小儿有心害你？”

与他相比，兰襟倒是显得不慌不忙，云淡风轻地道：“怎么会？钟大人得忠国公悉心调教，怎么会是那等阴险狡诈之徒？”

兰襟信步走过去，在忠国公面前站定，视线扫向钟骞。他与在南境时相比，倒是沉稳了不少。

"本侯明明是和钟大人说好的，给柔然制造我被刺杀奄奄一息的假象，引他们上钩。怎么，钟大人没有和国公爷说？"

忠国公脸色一阵红一阵白，他算是看明白了，兰襟根本就是在耍他！他恨得牙根痒痒，也只能顺着兰襟的话说："我与侯爷开个玩笑而已，小儿一回来便和我说起，还说担心侯爷真的受伤，日夜不安。"

"钟大人不安，也不只是单单担心我的身体吧！大抵还有些别的原因，不然也不能不打一声招呼就直接从南疆回到长安。若本侯记得不错，钟大人是陛下下旨调到南疆的，这么突然地回长安，可是陛下的旨意？"

忠国公宽袖里的手攥得紧紧的，不承想兰襟兜兜转转居然是在这儿等着他。他的人在刺杀兰襟后，连夜带着钟骞一道回了长安，这调令自然是他后请皇帝下的。细究起来，这分明是他越矩行事。

殿中一时一片死寂，谁也没想到这一场接风宴刚开场便是如此精彩。容漖倒是并不觉得意外，以兰襟的性子，他恨不得当场要了钟家父子的命。她意外的，是钟骞的反应。

他从忠国公身后走出来，沉默着站到大殿中央，撩开衣摆直直地跪在地上，道："侯爷虽然与臣说好了，要演戏迷惑柔然，但下官心中仍是有些忐忑。在长安时，下官就听闻侯爷心狠手辣，是睚眦必报的角色。我的人伤到了侯爷，侯爷可能大怒之下忘了之前的约定，对下官下手。下官不过是寻常人，怕死怕受伤，一时贪生就从南疆回来了。"

钟骞说着，朝玄武帝磕了个头，伏在地上继续说："此事父亲并不知情，都是臣的错，还请陛下降罪。"

这一番话入情入理，不仅将自己的过错讲得情有可原，还暗讽了兰襟的张狂无礼。在场的朝臣，很多在兰襟手下受过罪，就算玄武帝要治罪，这些朝臣振臂一呼，钟骞也不会受太重的责罚。

别说容漖，就连他的亲爹忠国公都有些不敢相信，这居然是自己那个懦弱无能的儿子。一旁的容境将一切看在眼里，暗道自己也算是有眼光。

满殿人各怀鬼胎，并不言语。

玄武帝摆了摆手，道：“罢了，也不是什么大事。”他看向兰襟道：“瞧瞧你这性子，光名字就能震得京中小儿啼哭，也不怪钟骞惧怕。来，饮尽此杯！”

兰襟这才抬手，仰头将杯中酒喝光。

钟骞谢恩站起，退到忠国公身侧。

玄武帝的视线扫过容潋，容潋行了一礼，安静地立着。

“回来了？”

“是，陛下。”

玄武帝一看见她，就想起自己的兄长。庆安王与他虽然不是一母同胞，却是兄弟几个里最得他倚重的。玄武帝心里泛起一阵苦涩，不忍再多看，只说了这一句便没再说下去。

这宴是为兰襟而设，陛下敬完酒，之后就是群臣。这种场合兰襟没法推辞，众人也有机会与他言语几句，来拉拉关系。

容潋坐到一旁，斜对面便是太子座位，太子旁边则是忠国公和钟骞父子。

容潋有心与方云梦说说话，但一想方家并没有赦令，太子将她带出慎远坊就是私自放出来的，并无多少人知晓。自己一个戴罪的郡主，又是被兰襟带来的，多少双眼睛在暗暗地盯着她，若是她与方云梦亲近，很可能会害了方云梦。

方云梦小幅度地摇了摇头，容潋报以一笑，内心松了口气。好在是她最好的朋友，云梦也定会知道她心中所想。

容潋舟车劳顿，并没什么胃口，在六安侯府里只喝了些汤。这席上的珍馐是御厨的手艺，看着就让人有食欲。有兰襟在，她也不用管别人，自顾自地提筷就吃。

一道清蒸鲈鱼，蒸鱼用的水是荷叶上收起来的露珠，独有一股沁人心脾的香气。她多吃了两口，手往远伸去够那碗熬得发白的鱼汤，还没碰到，便被横着伸出来的一只骨节分明的手端起，直接放到她手边。

容潋抬头，正对上钟骞一张脸。他趁着忠国公与太子说话时走了过来，目光有些躲闪，小声说："方姑娘叫我帮她传个话，她想私下和你见见。"

"多谢钟大人，我会想办法安排的。"

见钟骞说完也没有走的意思，容潋问："钟大人可还有别的事？"

"南疆的事……"钟骞顿了顿，深吸一口气道，"我事先并不知情，你要相信我。"

容潋没碰那碗汤，而是夹起了一片煎得焦香的鹿肉，说："我知道你不知情，也知道你回长安是被绑走的。"

"那你……"那你怎么还这么冷眼看我？甚至比从前还要生分，仿佛不想与我认识。他心里如此这般想着，只是说不出口。

自南境回来，他本来已经不再存什么奢望，打算彻底放弃。可方云梦的一席话，又给了他希望。方云梦说容潋是不想连累他才故意疏远，可如今她已经没什么可连累他的，她眼中的冷漠也没有消散一分一毫，甚至比从前更甚。

钟骞的眼睛盯着她，似乎势要在今夜问个明白。

鹿肉做得极好，外面用蜂蜜刷过，入口就是一股甜香。容潋细嚼慢咽，品出滋味后才又去看钟骞。

他想说的她都能猜到，人本就是这样无解的存在，有好胜心、好奇心。说到底，钟骞在她眼里太过透明，她自己活着已经很艰难，自是不想再费心去对他。就这样慢慢地敷衍，慢慢地淡忘，慢慢地，那个少年，就只活在她的记忆里。

可她最不想做的，就是回忆过去。那太累，又太无用。

"钟骞，不必再为我费心，多往前看看吧。"容潋开口，语气里满是轻描淡写，更是决绝无情。

钟骞的手捏得死紧，眼睫不断地抖动。她一句话，就将他的所有期盼都抹杀了。他有多后悔，有多不甘，就有多委屈，多怨恨。

"钟大人这是在和本侯的侍女聊何事如此投机？"兰襟饮了酒，说话没有平日里那么冷冽，尾音轻拖着，倒是有几分酒脱肆意。

他没什么避讳地坐到容潋身边，碰了碰容潋手边的鱼汤碗边缘，说："都凉了还摆在这儿做什么？不许喝了。"

容潋少见地没和他争辩，唇边还挂着笑，柔声说："你说不喝就不喝吧。"

兰襟掐了掐太阳穴，自鼻腔里哼了一声，说道："我头有些疼，帮我按按。"

钟骞再也待不下去，抬手作了个揖便离开殿中。

方云梦一直看着这边的动静，见钟骞走了，太子正和忠国公说话没有注意她，便也悄悄地退了下去。

"人都走了，你还要演？"容潋见兰襟将脑袋歪到她身边，一副真的醉酒要让她揉按的模样，不由得失笑，"我从前怎么不知道侯爷这么爱吃醋？"

"吃醋？"兰襟坐直身子，冷声道，"本侯怎么会做吃醋这么幼稚的事？"

"当时在慎远坊，郑元在册子上记录男子与我往来的举动，并不是侯爷授意的？是我冤枉了侯爷？"

兰襟端着酒杯的手一滞，容潋自顾自继续道："仔细想想也是，虽然郑元是侯爷的人，但侯爷这么大义凛然，成熟稳重，怎么可能做出那么幼稚的事来。想来，是我天姿国色，有人在长安时也惦记着在慎远坊中的我，才买通了郑元做这样的事。我想来想去，总来往慎远坊，还有这份深情厚谊的，也只有钟骞了。"

兰襟将酒杯凑到唇边，抿了一口。

容潋见他还是不动声色地在装，长叹一声道："也罢，今日在宴上相遇便是缘分。方才我与钟骞没聊够着实对不住他，但现下想通也不晚，我正好出去寻他……"

"不许去！"容潋还没起身，兰襟就已经在桌案下抓住她的手。

容潋笑吟吟地看他，目光里带了挑衅。明知她是故意如此的，可对方是他讨厌至极的钟骞，兰襟还是一如既往地往套里钻。

“是我叫郑元记的。”兰襟无奈地低头道，“你也说了，你自己天姿国色，别人多看你一眼，我都想把他眼睛挖出来。”

“那若是我看别人呢？”

兰襟捏了捏她的手背，随口说：“你心中只有我，看别人也无妨。”容潋的脸腾地一下发热了，他在这样的场合，突然这么一本正经地说情话，真是让她招架不住。

见她垂首不言的娇羞模样，兰襟又说了一句：“你心中只有我，那我不在你身边也无妨。”

容潋一颗心怦怦乱跳，思绪也乱作一团，没再去分辨他话里的深意。

兰襟笑了笑，放开了她的手，起身拿起桌案上的酒，走到大殿中央：“今夜承蒙陛下爱重，臣不胜感激。”

玄武帝坐回上首，朗笑着扬手道：“爱卿言重，你乃有功之臣，这些不过是为慰劳你的辛苦罢了！”

兰襟将酒杯高举，说：“其实南境能平，还有一人功不可没。”

玄武帝好奇，问道：“何人？”

兰襟手斜着，将酒洒到地上。这是敬亡者的手法，能得六安侯如此敬重的亡者……容潋心头一紧，猛地抬头去看兰襟。他撩开衣摆，跪在地上。

他总是直面她的所有，容潋甚少真正注意过兰襟的背影。他不像是常年处在黑暗中的人那样弓背含胸，怕人注视，他的脊背挺拔，身形坚毅，是只有在军中的人方才有的。原来有些事情在很早之前就提醒过她，只是她自己没有在意。

“爱卿所祭何人？”

“已故庆安王。”

此言一出，满座皆惊。顿时一股凉意从脚底往上蹿，容潋手搓着掌心，才勉强带来些温热。

玄武帝今夜实在高兴，也并未多在意，说道："庆安王已故多年，又谈何能平南境？爱卿怕是喝醉了，朕这便叫人送你回府。"

兰襟伸手，将空杯子递到一旁，候在一边的内侍立刻上前接过，退到一边。兰襟抬手一揖，道："臣并未喝醉，只是想借着今日朝中重臣皆在的机会，将南疆之事向陛下详陈。"

玄武帝眉心微动，手指摩挲着龙椅凸出的雕花纹路，"哦"了一声，说："爱卿究竟有何话要说？"

兰襟侧过脸，目光在容潋身上流连。

她其实见惯了他昔日的冷漠，也见惯了他后来的情深，可这一刻他眼神里的炙热，仍是让她心内翻涌。容潋喉咙里像是被塞了一团棉花，张嘴也发不出声来。

她见兰襟一敛眉，随后转回头去不再看她，干脆又决绝，像是就要这一眼之后，和她再无瓜葛。

兰襟重重地跪在地上，声音清朗，在大殿之上回荡："庆安王曾率军在南境与柔然大战，虽不至于将柔然重创，却令柔然对庆安王心有忌惮。南境中留着庆安王旧部，在此次对柔然之战中起了大作用，这亦是庆安王为大越江山社稷留的一步棋。之前有说庆安王与柔然私通，确实是无稽之谈。还请陛下，在今夜为庆安王府正名。"

忠国公冷笑道："若我没记错，之前说庆安王与柔然私通的，可是你掌辖的天机司。当初说庆安王有罪的是你，今日为他说话的亦是你，六安侯，你以为自己真有不世功勋，就可以在圣上面前，在众朝臣面前如此为所欲为吗？"

玄武帝的视线在殿中掠过，这里站着的每一个人，都在观望这一场可能会改变大越朝堂格局的正名大事。事关柔然，又关庆安王，一个不小心，就会落得争议不休。

玄武帝挑眉，注视着兰襟道："这只是你的推测，你可有什么证据，能证明庆安王无辜？"

"臣有。"他如行刑的刽子手，高高地举起铡刀，顿在半空中。殿中人的呼吸都屏住了，紧张得掌心冒汗，仿佛下一刻，这刀便要落在自己头上。

容潋眼睛一眨不眨地盯着兰襟，她的手抠着自己的脖子，抠得白嫩的肌肤上全是红痕。可她说不出话，她不知道该说什么。

录天一死，这世上应该再无证据才对，除非……

兰襟抬眸，声音很是决绝："臣的证据，便是臣自己。去年年初，天机司查出庆安王与柔然往来的画，是臣亲笔所画。说庆安王与柔然私通，是臣授意陷害。始作俑者，是臣，庆安王及王府一干人等，皆是受害者。"

"臣认罪，还请陛下明察。"

容潋面无表情，只在他尾音方落的那一刻骤然流下了眼泪。兰襟这一刀，砍的不是别人，而是他自己，还有笼在天空中的黑雾。

黑雾尽散，应该是月光皎皎，星子璀璨。可容潋什么都看不见，什么都没了。

这次的宴会，谁也没想到会发生这么多意外。兰襟意气风发地回到长安城，众人都断定他即将重组天机司，加官晋爵，在大越朝堂比昔日风光更胜几倍。

可一夜过后，拔掉柔然隐患，令南境平安的六安侯，却成了陷害庆安王，害庆安王府分崩离析的罪魁祸首。这真相来得过于突然，打了所有人一个措手不及，也包括玄武帝。

此事牵涉过广，南境如今又仍在安抚平定中，若此时将兰襟杀了，怕南境军心不稳，再生什么麻烦。可如果不重罚他，庆安王和世子的在天之灵又怎能安息？长安城中众人的悠悠之口，又怎能堵住？

玄武帝头痛欲裂，只得下令先把兰襟关押起来，六安侯府所有人禁足，再令大理寺详查。

容潋身份特殊，在这个时候不宜再住在六安侯府中，玄武帝将她留下，让她暂住在罗太妃宫中。

罗太妃虽和王府没有血缘关系，但到底是长辈。容潋一到，罗太妃便拉着她，不住地说："这些日子你受苦了。"

容瀲强挤出一抹笑，道：“多谢太妃关怀，瀲瀲不觉得苦。”

罗太妃领着她到偏殿，她已经年老，步伐缓慢，声音也弱，说：“以前你父兄在时，你是被捧在掌心的郡主。可后来从慎远坊到南疆，这一路奔波，怎么可能不苦？”

“父兄都去了，瀲瀲还能活下来，就已经是幸事。”

罗太妃拍了拍她的手背，说：“瀲瀲长大了，稳重了，你父兄也可以放心了。”

容瀲许久不和长辈接触，一时不知道该说什么，见罗太妃脸带倦意，便扶着她回寝宫就寝。等罗太妃歇下，她才回到偏殿住处。罗太妃不喜奢靡，这偏殿没什么多余的摆设，远离那些金银器具，便少了一些深宫里的牢笼感，反倒叫人安心。

容瀲的手摸过窗边高几上放着的石头摆件，石头本来凉凉的，被她摸了一会儿便热起来。这世上的事物本都冰冷，因有人才变得温暖。

容瀲知道玄武帝让她留在宫中的用意，兰襟的手下都以他为重，尤其是六合，每个人都不是省油的灯，行事也不择手段。一旦容瀲离开皇宫，他们为了兰襟能活下去，必定会找上她，叫她开口为兰襟做假证。

事关庆安王府，她不一定会妥协，僵持之下，很可能她会出事，这并不是玄武帝乐意见到的结果。

容瀲收回手，躺到榻上去。她想起这些时日兰襟的反常，想起在入宫时兰襟说的那句话：“我怕待会儿出了宫，想放肆也是不能的了。”她甚至想起更早的时候，他在南疆杀录天。

怕是从一开始，兰襟就有了这样的打算。他打算自己认罪，来换庆安王府沉冤昭雪。

其实事情确实是兰襟做的，他如今认罪，按理应该赞他一句迷途知返，可情意上，容瀲又恨他一意孤行。她早就不是在慎远坊心心念念靠近他的那个容瀲了。

罗太妃的宫宇宁静，容瀲闭上眼，连自己的心跳声和呼吸声都听得格外真切。她侧身，将整个身体埋在锦被中，过了一会儿闷出了一身热汗。

月影西斜，明日大概是个好天气。

翌日一早，罗太妃派人叫容溦起来一同用早膳，宫女在帐外叫了几声，容溦却没什么反应，宫女伸手一摸，才发现容溦额头滚烫。

罗太妃立刻找人去请太医，太医说容溦只是风寒入体，喝了一服药后她便醒了过来，只是仍烧着，脸通红，声音也哑哑的："太妃娘娘……"

"可怜的溦溦，怎么病成这样。"

"溦溦昨夜梦到父兄了。"容溦歪着头，清泪顺着眼眶往下流，可怜得不行。

罗太妃叹了口气，越发心疼，毕竟昨儿个才出了那么大的事，怎么能不难受。

"等你病好了去看看他们。"

容溦摇摇头，闷着声音哀求说："太妃娘娘，溦溦想去王府看一看……就远远看一看便好。我回长安城以后，还没有到王府去看看。父兄一定是生我的气了，才会在梦里找上我。"

"这……"罗太妃有些为难，皇帝把人交到她这儿时，嘱咐过要让容溦好生在她宫中休养。容溦本来就病着，若是出宫再出了什么事可如何是好。

容溦吸了吸鼻子，手握住罗太妃的手，放在自己的脸颊上轻轻地蹭着。

罗太妃的亲生孩子早早夭折，之后再无所出，容溦这般模样像是她的小孙女在撒娇，罗太妃的心一下子便软了。她爱怜地摸了摸容溦的头，说："待会儿你拿着我宫里的腰牌，再叫贴心的护卫护送你过去看一眼，早去早回，你身体可不能多折腾。"

容溦重重地点头："多谢老太妃。"

"来，快喝点儿粥。"

罗太妃笑眯眯的，亲手一口一口地喂容溦喝粥，临走前，将宫中的腰牌留下。

容潋扮成给罗太妃采办物件的宫女，顺利地坐马车出了宫，车前车后都有侍卫跟着，往王府去，应该不会出什么岔子。容潋头有些晕，裹着毯子歪靠在马车上昏昏欲睡。

马车走了一会儿，突然“咣当”一声停下了，容潋差一点儿被颠到地上。外面护卫“唰唰唰”地拔刀，大喝着：“什么人？”

容潋揉了揉撞得发酸的手臂，再次合上了眼。外面的声音又闷又重，没一会儿，一阵疾风将车帘吹起，“铮”的一声，长剑顺势刺入，在她身前一寸处停下。

“带我去见他。”

剑身晃了晃，并未收起。容潋睁开眼，视线对上褚乘风的眼睛，淡淡地笑着道：“你找上我，不就是为了救兰襟？”

“你早就猜到了？”

容潋没多说什么，她低低地咳了几声，手撑着车壁往下走。褚乘风的剑急忙收回，剑柄探出来，容潋看了他一眼，手搭上去下了车。

这是往王府拐的一条岔路，在王府被查封之后，两边的店铺几乎关得差不多了，很是冷清。护卫横七竖八地躺了一地，随月生和南宫意站在一旁。

南宫意说：“郡主放心，并未伤及他们的性命。”容潋点点头，遂放心下来。

他们另备了一辆马车，容潋没问什么，直接上了车。南宫意叫人把侍卫扛走先看管起来，之后才跟着进来，随月生和褚乘风在外赶车。

“大理寺虽然守卫重重，但有二哥也不难进去。只是侯爷意志坚决，不肯跟我们一起离开。”南宫意顿了顿，又说，“如今只有郡主的话侯爷或许会听。”

容潋烧得脑子有些乱，分辨了一会儿才记起自己想问什么，说道：“你们如此带他走，以后过的也是逃亡生活，你们怎么不胁迫我做个假证为你们侯爷开脱罪名？”

“侯爷说，此事是他所为，就算郡主做假证他也会反口。我们知道侯爷说话向来言出必行，到时候郡主便是欺君，侯爷罪加一等。与其这般，不如我们直接带侯爷出来。有我们护着侯爷，这天下之大，侯爷自然有容身之处。”

容潋笑了笑，由衷赞道：“天机司六合，真不负其名。”竟不知道兰襟到底是如何调教，才能教出这样的六个人。

马车在大理寺后门处停下，乔方挖通密道过墙，陆北风和他一起将守卫打晕，巫影则去夺典狱官的钥匙。几个人配合默契，换上守卫的衣服，在密道口处等着他们。

陆北风浓眉皱紧，说：“大理寺衙门来人提审侯爷，乔方在里面，等提审一结束就来找我们。”

几人等了有一刻钟时间，乔方便出来寻他们。

“结束了。”他上次在南境烧伤，脸上留了疤痕，狰狞可怖，容潋多看了两眼，想着太医院的刘太医擅治烧伤，可能有除疤的办法，以后可找他给乔方看看。

一行人已有万全安排，陆北风和巫影还在外面守着，容潋跟着其余四人进去。牢内阴暗潮湿，这冬日里更是刺骨难忍，环境恶劣更甚于慎远坊。

兰襟是重犯，被单独关押在最里侧的牢房中。远远地，容潋便闻到了一股血腥味，她得了风寒，嗅觉已经是不太灵敏，可这样都能闻得到，可想而知里面的人伤得有多重。

四人顿时变了脸色，南宫意开门的手都有些抖。一进去，血腥味更浓重。兰襟就靠在墙上，脸色发白，连唇上都是一丁点儿血色也没有。他的目光精准地落在容潋身上，脸上仍在笑，笑得云淡风轻，好似没有知觉。

容潋走过来，离得近了，兰襟脸上的笑意骤然褪去，说：“你病了？”

容潋没回答，蹲在他面前，静静地看他这张脸，视线顺着下移，发现他身后发黄的墙壁已经被血色染红。她抬眼，扬手便给了他一巴掌。六合几人立刻拥上前来，又让兰襟一个眼神逼退。

“你们都出去吧！”

“可是侯爷——”随月生还要再争辩，被南宫意拖了出去。褚乘风看了他们二人一眼，也跟着出去守着。

容潋病着力气很轻，那一巴掌落在兰襟脸上轻飘飘的。兰襟捏住她的手腕，顺势去摸她的额头，果然烫手。

“病了怎么还出来？”

“你管不着。”容潋红着眼看他，脸上是他多时不曾看见的倔强，她说道，“我就算病死，也和你兰襟没有半分关系。”

兰襟松开手，懒懒地靠了回去，墙上的红色便又浓了一分，他却丝毫不知一般，淡淡地说：“既然如此，郡主又何必来看我这和你没关系的人？”

容潋的眼睛盯着他的后背，那后面不知道伤成了什么样子，才会流这么多的血。这天虽然不容易感染，可毕竟寒冷，血凝住，衣裳粘连伤口，之后再上药就会极疼。

她将牙齿咬紧，撑着起身蹲到他身边，推了推他的肩头，说：“让我看看你的伤。”

“郡主既然说和我没有半分关系，又何必来关心我伤得如何？”

容潋恨极了他这张嘴，抓住她一点儿话头就紧咬着不放。她偏头，狠狠地往他唇上咬去，咬得嘴里都是腥味才松开。他嘴唇被咬破，抬手一抹，指上沾了血迹。

“郡主可真是心狠。”

“你再多说一句，我还有更心狠的！”容潋深深地喘了几口气，再一推他道，“起来。”

兰襟这回倒是乖乖地听话让开位置，他身后的衣衫已经被血染透。容潋的手指有些颤抖，去脱他的衣服。

“郡主这般心急？”

容潋没理他，执拗地去看他的伤，也不知道是什么东西刺的，整个后背都是伤口，可这样小的伤日后痊愈丁点儿疤痕都不会留。兰襟若是有命能出去，说有人用刑都不会有人信。

“南宫！”

外面南宫意听见声音立刻进来。

容澂望向她：“你身上有没有带金疮药？”

六合行走皆在黑暗中，这些药都是平日常备的。南宫意从怀中摸出一个紫金小瓶，送到容澂手中，悄声说了一句：“时间不多了。”

容澂点点头，南宫意又退了出去。

金疮药的药效强劲，敷到伤口上会带来针扎般的疼，可兰襟没什么反应，反倒是容澂揪着一颗心，艰难上完药时，她浑身都是热汗。

“大理寺不会有人这么大胆，敢在这个时候就对你用私刑，是谁……是钟良？”

兰襟转过来，唇边噙着一抹笑：“郡主真是聪慧，钟良一心想要我的性命，怎么会放过这么好的机会？不过他也不敢那么明目张胆，所以我就告诉了他这个好方法，我疼死在牢中最好，就算死不了也会受尽疼痛。从前在天机司里，我就是用这样的手段逼供的。”

“你——”容澂气急，一口气冲到肺腑里，咳得眼里直泛泪花。兰襟见她难受，也不舍得再去气她，伸手将她按在怀里，轻轻地拍着她的背帮她顺气。

“你亲眼见到我受罪，日后我死了你也会永远记住我。”兰襟低头，气息拂在她耳畔，低低地道，“我要你永远也忘不了我。”

这世上怎么会有兰襟这样的人？容澂要被他气死了，偏头就往他胸前咬，可他身上远没有他的唇柔软，这一下咬下去，她脸颊都酸了也没有将他如何。容澂缓缓地松开嘴，脸却埋在他怀里没再出来。

“六合要我劝你跟他们逃出去，我知道你不会答应。你这样的人，怎么会甘心在山高水远的地方隐姓埋名地活，我来，就是送你走最后一程的。”

兰襟笑容不变，这世上懂他的人，只怀中美人一个。

容澂在他的心口处蹭了蹭，抬起头，被高烧烧得泛红的眼直盯着他说：“可我忘不了你这不公平，我也要你，永永远远，眼里心里，只有我一个人。”

兰襟同她对视良久，笑意又加深，抹去她额上沁出的细汗，声音饱含柔情：“好，只有你一个。”

从过去到如今，一直只有你。

容溦亦是笑了笑，手撑着墙壁站起来。牢里只有小小的一扇天窗，正午时才会溜进一缕阳光。这么多年，她才是他的光。

容溦从大理寺天牢出来，与从昏迷中醒来的侍卫们会合回到宫中。她叮嘱过众人，只说此行顺利，并没有遇到什么危险。侍卫们见她没事，又不想惹祸上身，就都听从了她的话。

兰襟自然是没有跟六合离开，六合见容溦出马事情都没有转机，霎时心灰意冷。容溦知道，若是兰襟真的死了，六合无人能制住，到时候一切和兰襟为敌的、在此事中对兰襟落井下石的，都将是他们报复的对象。

她这一上午都是强撑着，经历得太多，脑子越发昏沉，回到偏殿住处后直接倒在榻上，昏睡了一日两夜。罗太妃着人小心伺候着，等容溦醒来烧退了，罗太妃这才松了口气。

短短两三日光景，容溦整个人瘦下去了一圈，罗太妃叫人炖了滋补汤，一日三顿喂她喝。

“让太妃担心了。”

“皇帝也很担心你，刚刚又叫人送了东西过来。”罗太妃道，“我可是和皇帝做了保证，一定让你在我宫中好好的，你可不能让我食言啊！”

参汤炖得恰到火候，一小瓷碗喝下去胃里暖融融的，容溦漱过口，笑道：“太妃放心，溦溦一定好生保养自己。”

这话说完不过一日，容溦便趁着罗太妃去和贵太妃几位小聚，出了她宫中。

此时已是午后时分，这个时辰陛下该在御书房批折子。容溦知道路径，走得很快，到门前叫侍卫去找总管徐逢。

从前庆安王与徐逢有些交情，徐逢一听说容溦来了，急忙出去迎："哎哟，我的郡主，你病着怎么还出来了？这后面怎么也没个人跟着？"

"徐公公，我想见陛下。"

"这……"徐逢敛了敛眼皮，低声说，"不瞒郡主，陛下这几日都在为庆安王府之事发愁。"

"我来，就是为陛下分忧的，还请徐公公帮我。"

徐逢琢磨了一下，应了下来："郡主且等一等，老奴立刻去回禀陛下。"

"劳烦徐公公。"

徐逢在玄武帝身边多年，最是了解他，不过一会儿便有人来引容潋进去面圣。

御书房的炭火生得极旺，容潋进门脱了狐裘，低头快步走到屋中，跪在地上行礼。

"罢了，你大病初愈，不必多礼。"玄武帝给徐逢使了个眼色，徐逢搬了张凳子给容潋。

"多谢陛下。"容潋谢过恩，却没有坐。

玄武帝将手头的折子合上，问："你来找朕，可是为了庆安王府一事？"

"陛下圣明。"

玄武帝手指点了点折子，道："这些折子都是为了此事，朝中大半的官员都来上奏，让朕严惩兰襟，以安庆安王在天之灵，以慰庆安郡主这一年来所受的苦。容潋，他们可都是在为你鸣不平呢。"

容潋说："我也知道陛下正为此事忧心，若是真的严惩了兰襟，我父兄确可瞑目，庆安王府也能一雪冤屈。可南境之事还未彻底平息，燕文和雀南二国皆是兰襟联系拉拢，一旦兰襟出事，好不容易稳定下来的局势很可能立刻翻转，这也并不是陛下所乐见的。"

玄武帝欣慰地点了点头："能有如此见识，不愧是庆安王府的血脉。"他站起来，负着手缓步走到容潋身前，叹了一口气说："其实昔日天机司查庆安王府时，朕便有疑虑，庆安王是什么样的人，朕再清楚不过，说他有私通柔然的嫌疑，朕怎么会信？只是当时局势不明，柔然虎视眈眈，燕支和雀南作壁上观，朕不能让大越有一丝一毫的动乱，因此，查抄庆安王府是最坏的选择，也是最好的选择。朕希望你能明白朕的苦心。”

容溦知道这里面的权衡之道，若是父兄在，必定也会赞同陛下的举措。

庆安王一生，是为大越鞠躬尽瘁的一生。

她说：“我亦知道陛下为此事周旋的辛苦，因此特来为陛下解忧。”

玄武帝蹙眉：“哦？如何解忧？”

容溦跪在地上，双手交叠，目视前方道：“臣女以庆安王唯一的血脉的身份，保兰襟一命。如此可安南境，又可堵朝中大臣悠悠之口。还望陛下恩准。”

第十四章 危险关系

大越明德二十二年三月初一，玄武帝下旨，以构陷已故庆安王的罪名惩处六安侯兰襟。因其平南境有大功，主动坦陈罪行及时悔过，又有庆安王留下的唯一血脉庆安郡主出言求情，玄武帝留其性命，废黜侯爵贬为庶人，亲往庆安王陵寝前祭拜叩罪。

虽然身为当局者的容潋出面保兰襟堵住了不少人的口，但和兰襟第一次被废时如出一辙，仍有朝臣不服处置上奏，被玄武帝尽数驳回。一时间，兰襟从大落到大起，再到大落，没有人猜到这一次他回长安会是这样的结果。

与这道圣旨一道下发的，还有玄武帝为庆安王正名翻案的旨意。庆安王府重新修葺，容潋恢复郡主身份，另赐了封号“永安”，既有庆安王府的一个“安”字，又代表了玄武帝对她的期许——经此大难，永生平安。

玄武帝的意思，是让容潋在王府没修葺完前，仍住在罗太妃宫中，但容潋另有自己的打算。

“王府重建，不只是修葺房屋，也是重聚府中人。臣女想住在宫外，尽力将过去的王府众人召回来。”

玄武帝应允，说："只是你郡主之身总不能住到驿馆客栈，朕着人给你找座院子，再派些侍卫守着。"

"臣女另有一个打算。"容潋福了福身，说，"臣女想暂住在六安侯府中。"

"为何？"

"兰襟侯爵位被废，之后从大理寺放出来后侯府还要查封。他从前害我王府，让我无家可归。如今我占他府邸，也不叫他出府，只住在下人的柴房里，也算是出了口气。臣女想，如此朝中那些还对处置结果愤愤不平的大臣也能舒心了。"

玄武帝失笑，手指点点她："你啊，倒是个坏丫头。不过这也不失为一个法子，有兰襟在，朕不必担心你在宫外的安全。即使他不是六安侯，也没几个人敢惹他。"

此事自此也定了下来，容潋左思右想，再没有什么其他不妥之处，这才彻底放下心来。

她故意将自己捂出风寒，之后这些日子便是殚精竭虑地去周旋，离开皇宫坐上马车回六安侯府。她撩开车帘去看街道两旁的行人。来来往往，走走停停，出行如是，人生亦如是。

马上要来的春天会将这个冬日所发生的所有事情掩藏，那落满雪的墙头，会有新生的草芽迎风摇曳。这一年多来，她没有一刻像现在这样心境平和。

容潋想，这个春天，一定会很好。

容潋没再管别的直接回了六安侯府，她需要时间来歇歇，之后才能应对王府重建可能带来的各种事情。去大理寺接人的任务，自然落在了六合身上。

六合自那日容潋回宫之后，就一直守在大理寺暗处，这下圣旨刚到大理寺，他们恨不得立刻就冲进去接人，只不过有人更快一步，抢在了他们前面。

"哗啦"一声，牢门锁被狱卒打开，兰襟一抬头，对上了苏唯安的眼：“苏大人？”

苏唯安摸了摸鼻子，走了进来，说：“侯爷……”

“我如今已经不是侯爷了。”

这对话似曾相识，这次苏唯安不想再经历上一次的那种惊心动魄，仍这么叫着：“侯爷，下官是来接侯爷出大理寺的。”

兰襟轻笑道：“是户部没有什么事可做，才让苏大人这一部尚书跑到大牢来特意接我这个庶人出牢房？”

苏唯安轻咳一声，上前一步道：“其实下官来，是有事情与侯爷商量。外面人多眼杂，眼下这天牢之内倒是清静。”他说着，自袖中取出一封信，递给兰襟：“这信送到下官这儿已经有三日，下官一直拿不定主意，还要侯爷定夺才是。”

兰襟接过信，却并没有拆开，他问：“是辽王寄来的？”

“正是。”

辽王容齐自打去年腊月到扬州查知府方文案强行征讨百姓的地卖给乡绅一案，至今仍没有回长安，就连年都是在扬州过的，只府中王妃进宫参加夜宴。

方文案在扬州城为官近十年，以这种手段敛财也不是一日两日了，早在辽王到来之前，就做好了万全之策。容齐到了扬州三月有余，只查到一些鸡毛蒜皮的小事。他急得无计可施，可玄武帝有过旨意，让容齐仔细查，慢慢查，容齐也只能在扬州干耗着。

容齐虽性子在皇子中算沉稳，可总这样干等也不是个办法。他此行写信给苏唯安，是想让他以户部尚书的名义向陛下上奏，想办法让扬州城府衙出一大笔银子，最好是掏空方文案的家底也凑不齐那样。如果扬州府衙拿不出来，就问罪扬州上下一干官员。

到时候他们内乱，容齐就有机会乱中取胜，兴许能找到此案的线索。

“辽王殿下为查案想这样的办法虽大胆，但也算是尽心尽力。下官不懂，为何辽王会来找下官，他直接递折子给陛下，由陛下下旨，这事情并不难办，何必又在下官这里多绕个圈子？”

兰襟将信递还给他，不答反问："苏大人想帮他？"

"下官不敢擅自决定，全凭侯爷做主。"

"如今我这等境况，苏大人还听我的？"

苏唯安叹了口气，他浸润朝堂已有数年，不再是当年初出茅庐时一无所有的书生。他敛眉时，眉宇之间还有折不断压不碎的风骨。

此刻这阴暗的天牢，仿佛独辟出来的一方天地。

苏唯安拢着袖子，站得笔直，说道："不瞒侯爷说，一开始与侯爷为伍，我确实是被强迫的。我立志要在大越朝堂上大有作为，成为社稷的股肱之臣。而侯爷之前的所作所为，说是为祸朝堂，弄权自重并不为过，与我所行之道大相径庭。"

"侯爷料事如神，行事缜密，有几次都让我心里又唾弃又钦佩。直到侯爷以使臣身份到南境将柔然这个大越隐患铲除之后，下官对侯爷就再无成见。侯爷忠心耿耿，为边境民生计，为江山社稷计，亦是大越的股肱之臣。侯爷本能加官晋爵，毕生荣耀，却突然抛弃所有，承认构陷庆安王府。下官虽不知侯爷的目的，但也能看出来，侯爷并非贪恋权位之人。"

"侯爷曾说，我苏唯安是兰襟的人，不是六安侯的人。下官认命，也信命，下官愿追随侯爷，只求大越国泰民安，别无所求。"

苏唯安说到最后，声音已带哽咽。

士为君子者甘愿投身报效，只是苏唯安从未想过这个人会是兰襟。毕竟他和君子的差距，大过天地。

兰襟淡漠的眼中也总算是带了几分情绪，他抬手，按住苏唯安的肩膀。苏唯安有些受宠若惊，心想若是兰襟也说些什么煽情的话，他该怎么接下去。

毕竟，这画面他从前想都不敢想。

谁知道兰襟就是兰襟，他只捏了捏便放开了手，说了句："弱得像猴一样，我手下可没这么弱的人，等陆北风和巫影他们回来之后，多跟着他们练练。"

苏唯安怔了怔才发觉不对，问道："六合不在长安城？"

“今日过去便不在了。”兰襟瞥了一眼外面，地上有淡淡的影子闪动，他眼眸深了深，道，“你回去回信，然后让六合的人去送。”

“侯爷要答应他？”

“和聪明人往来，就是各取所需。”兰襟掸了掸袖口，道，“行了，你回去吧，我自己走着回府便好。”

苏唯安还愣着，兰襟已经迈出脚步走了出去。

只是走了几步他又折身回来，伸出手，问：“你身上有银子吗？”

苏唯安愣住了：“什么？”

这个时节的长安城春寒料峭，并不比冬日暖和多少。街道两旁是卖热食的小摊，有各类汤面和云吞，有新蒸出来的包子，走过便有温暖的香气冲进鼻腔里。

兰襟从大理寺出来前擦去了浑身的脏污，换了干净的衣服，此刻走在这街巷里便是个俊朗的年轻人，没有几个人会想到这是曾在长安城翻云覆雨的六安侯兰襟。

兰襟颇为悠闲地在城中闲逛，从城西市集的杂耍皮影戏到南街的茶坊点心铺通通没有放过，日近黄昏时才又绕回了大理寺的那一条路上，要了一碗汤面。面十分筋道，汤头鲜美，一口下去胃便暖起来了。

街道上马蹄声响起，在面摊旁边停下。兰襟将最后一口吃完，视线里出现一双粉色的绣鞋，他抬起头，对上容溦一张脸。她抿着唇，眼睛水灵灵的，衬得整个人格外明媚。

“你怎么这个时候还不回去？”

兰襟放下筷子，说：“回哪里？侯府已经不是我的家了，我如今庶人一个，哪有地方可回？”

容溦听得生气，她回侯府躺下，虽知道不会有什么差池，但兰襟一刻不回来，她便一刻也睡不着。她在府中左等右等也没等到人，便亲自去了大理寺，守卫说兰襟人早就走了，还是一个人走的。

容溦差人在城中转了许久也没找到人，她正如热锅上的蚂蚁一样着急，一撩开车帘就见兰襟正惬意地在吃着面，气得她五脏六腑都要烧起来。

容潋手拽着他的手腕，拉一下，拉不动。兰襟看她，颇有些无赖地笑道："郡主大庭广众下便要抢人？"

"是，我就抢了又如何？你跟不跟我走？"

兰襟好整以暇地看着她，并不说话。他那双眼惯常平静无波，从前她总分辨不出其中的情绪，现在却能看出许多意思。如今他是无权无势的庶人，她是备受重视的王府郡主，他们的关系一夕之间便掉了个个儿。

他没了府邸，没了可去的地方，他有的只是她。就像在慎远坊，在南疆……如今的她，也只有他。

这是他们新的开始，容潋恍恍惚惚想着，兰襟在外面晃这么久，大概就是在等她来寻他。

郡主不该去寻一个有罪的庶人，可姑娘会不顾一切地去寻心爱的人。容潋的手指一根根地松开，从他的手腕往下滑，五指插进他的指间。

"兰襟，我们回家。"

兰襟跟着容潋再回到侯府的第三日，霍准启程回南疆城，做城主府中的一个书记小官。

临出发前，他才把这个消息告诉容潋，想在临走之前和她见上一面。容潋欣然答应，约在春风化雨楼。

霍准先到一步，等了一会儿容潋才到。他起身迎上去，笑脸在看到亦步亦趋地跟在容潋身后的人时立刻僵住。

"侯爷怎么也会来？"

"我如今在郡主府中做小厮，自然是郡主到哪儿我到哪儿。"看容潋坐下，兰襟立在旁边，很认真地说，"不过是讨生活罢了。"

霍准嘴角狠狠一抽。

容潋失笑，摇了摇头，亲自斟了酒，说道："此去南疆城一路多保重。"

“郡主放心。”霍准扭头向外，仿佛能看到那座屹立在南境的边城，说道，“我对南疆城比对长安城还熟悉，不会有事的。”

霍准将杯中酒一饮而尽，起身告辞。

经过兰襟身侧，他脚步顿了顿，低声道：“还请侯爷不要忘了答应我的事。”

兰襟说过，事成之后，可帮焦诩脱身。

兰襟微微点了下头，霍准大步离开。

这一去南疆城，为的是柔然灭后南境几国后续的统辖制衡，为的是长远的和平，也是为了焦诩。少年爱自由，可这尘世的枷锁就放在那里，早晚都要戴上，之后一夜长大。

他们身体里的热血会沸腾，然后用这热血去浇灌属于他们的锦绣年华。

兰襟装模作样玩郡主与小厮的游戏，这几日也不像从前和她同食同住，当真和小厮一样住在下人房，吃大锅饭。容瀫也不管他，等霍准一走，她就自顾自地喝酒。

反正，一个小厮，也没资格管她这个郡主。

春风化雨楼的酒酿得纯度高，几杯下去，她脸颊已经有些泛红。她滚烫的脸被冰凉的手触着，随之轻轻地蹭了蹭。

兰襟笑道：“这初春第一枝桃花开了。”

他坐到方才霍准坐的位置，容瀫又抿了一口酒，抬起眼皮看了他一眼，说道：“我觉得你有事瞒着我。”

“哦？何以见得？”

容瀫用手捂了捂脸，使劲儿地摇头，耳上的玉坠随着她的动作摇摆。她说道：“我不知道，我只觉得像你这样的人，不可能是贪图安逸的人。也不可能，是我在身边你却住得远远的人。”

真的是有些醉意了，她才会说这样的话，也不知道在心里憋了多少日子了。

“看来没我抱着你睡，你不习惯。”兰襟挑眉问，“你是想问我有什么打算？”

容溆眼神发愣，复又用力地摇摇头，说：“你不想告诉我的，我也不想知道。你不说就不说，但是你不能骗我。”她是被他骗怕了。

“骗你，你又能如何？”

容溆像是被问住了，愣了半晌才开口道：“我也不知道，我也不能如何，杀你我下不了手，过去下不了，现在更下不了……可能，会把你锁在王府里。但六合的人很容易就能把你接走，所以这样也不行。嗯，我大概会虐待自己。”

她抬起头，笑眯眯的，眼睛弯成月牙，又道：“我知道你喜欢我，心疼我，看我受伤你更难过。”

兰襟也被逗笑了，说：“倒是聪明了不少。”

“客官——”雅间的门被推开，店小二笑眯眯地进来，对兰襟点头哈腰道，“客官，还要添点儿什么菜？”

“还缺一壶酒，你们这里还有什么好点儿的酒？”

“哟，这位客官可真是问着了，小店的酒那可是长安城一绝，去岁酿的竹叶青、红梅赏，都刚刚从窖里取出来。”

兰襟忙道：“一样来一壶。”

“好嘞，客官稍候。”

小二出去，容溆已经直接拿着酒壶往嘴里灌。

兰襟实在有些看不下去，伸手攥住她纤细的腕子，皱着眉把酒壶扯下来，低声呵斥道：“行了。”

“你一个小厮，有什么资格管本郡主，我偏要喝。”容溆伸手去抢酒壶，兰襟仗着手臂长，她怎么也抢不到，反而整个人扑进他怀里。

“啪”的一声，酒壶摔到地上碎成几片。容溆的下巴抵在他颈窝处，手无意识地抠着他的衣襟，声音温柔：“我是故意喝多的，就看你会不会管我。兰襟，我怎么变成这样了呢？”

兰襟伸手拍着她的背，视线落在门口。那里有几道人影停顿，然后走开，背上好似挂着什么东西。

“变成什么样了？”兰襟看了看地上的酒壶碎片，膝盖往桌上一顶，“啪”的一声又一个盘子落了地。

“整天只知道情啊爱啊的，我最近觉得我脑子都转不动了，否则怎么会一直被你牵着鼻子走？”容潋叹了口气，话锋突然一转道，“你说是不是有人要杀你？”

门口的黑影再次出现又消失，兰襟发出一声哼笑，揉了揉她的耳珠，问：“怎么这么说？”

“你穿成这个样子和我一起出来，小二居然直接问你而没有问我要点儿什么，摆明了就是知道你身份不简单。”容潋直起腰身，揉了揉酸肿的额角，说道，“你不和我一起住，也是想引想要杀你的人出来吧，又是上次去南疆城路上的那伙人？”

兰襟赞赏地看着容潋，说：“是与不是都不要紧，我只要确定他们不是侯府的人就好。”

小二叩了叩门进来，拿着两壶酒，带着满脸歉意道：“不要意思这位客官，今儿小店那两样酒都卖光了，小的现到窖里取的，二位慢用。”

兰襟颔首，说：“下去吧！”

“是，有事客官招呼小的。”

容潋的手摸到酒壶把儿，揭开盖子，霎时一股浓浓的竹叶清香扑鼻而来，另一壶则是梅花幽香袭人，能以梅花制成这么清冽的酒着实是费事。这酒真是好酒，喝了能让人忘却烦忧，感觉如坠云端的好酒。

她甩了甩脑袋，感觉清醒了许多，问：“六合是去扬州了？”

“我是说他们去扬州了。”

容潋眨了眨眼，反手将酒壶一推，清脆的“啪啪”声里她将脑袋抵在他怀中，闷声说：“回去煮青梅汤给我喝。”

“嗯。”兰襟理着她柔顺的墨发，像哄孩子一样轻拍着她。

“嗖——”一支带着火的利箭自窗口射进来。

“轰——”火势骤起。

……

忠国公府中，钟良一直在书房等消息。自兰襟在宫中夜宴上承认构陷庆安王府后，他一直在等机会。

兰襟这个人，只要不死，就会有无穷无尽的祸患。就算他人在慎远坊都能想办法回来，更何况如今是自由身。只要兰襟在这世上一日，钟良便一日不能安心。

他与兰襟对峙一直处在下风，却也算吃一堑长一智，钟良的眼线无意中发现了兰襟手下六合之一巫影的行迹，发现他往城南的万芹巷去了。而那里，住着一位六部重臣——户部尚书苏唯安。

苏唯安居然和兰襟一直有往来。这实在是出乎钟良的意料，在众人的眼里，苏唯安对兰襟明明是又恨又怕，恨不得有多远离多远，谁又能想到苏唯安是兰襟的人呢？

苏唯安平时没什么爱好，也从不做什么出格的事儿，就是一个酸腐的读书人，错处极难拿捏。钟良便让人守在苏唯安家附近，一旦他有什么动静，立刻回报。

而三日前，一直守着苏唯安的探子回报，苏唯安避开所有人偷偷地往大理寺天牢去了，而那天刚好是释放兰襟的日子。

钟良着人拿着腰牌混进天牢守卫中，别的听不真切，“六合今日过后便不在”的信息倒是清清楚楚。

上一次的刺杀便是因为六合的突然出现而功败垂成，那六个人各有所长，着实不好对付。如今他们不在长安城，眼下就是错过绝不会再有第二次的绝佳机会。

钟良立刻让罗息部署，命令：“这一次，务必万无一失！”

“属下明白，绝不辜负国公爷的期望。”

六安侯府因为兰襟被贬黜由禁军把守，罗息三日都没有找到下手的机会，直到兰襟跟着容潋到春风化雨楼去见霍准。机会就在眼前，若仔细谋划，铲除掉兰襟也不难。

罗息从忠国公府中离开，前往春风化雨楼，还未出府，便被一人拦住。

“方才在书房你与父亲的谈话我都听见了。”罗息的手悄然扶在腰间的佩剑上，钟骞像是毫无察觉一样，神情很冷静，又很认真，“我有办法能让你一击即中。”

“哦？”罗息的手放开，问，“公子有什么办法？”

“春风化雨楼以酒闻名长安城，永安郡主给霍准送行一定会喝酒，到时候买通楼里的小二在酒中下药便可成事。”

罗息眼底闪过一丝轻蔑之色，他对钟骞一揖道：“属下还有要事，就不与公子玩笑了。”

“你觉得我是在和你说笑？”

罗息驻足，并未说破。那兰襟是何等狡猾的人，怎么可能那么轻易地就喝下毒酒？到时候打草惊蛇，不仅成不了事，还会被他抓住把柄。

钟骞所说，简直就是稚子之言。

钟骞走上前，又道：“春风化雨楼的竹叶青和红梅赏都是佳酿，你在药粉中掺上梅花汁液就能掩盖大半的气味，只不过就算这样兰襟还是能分辨出来。永安郡主喝时他必定会上前去争，酒坛酒壶碎在地上，可以此为行事信号，提前将门窗封紧，以火攻之。六合的人不在，就没人能救得了兰襟。”

罗息这才来了兴致，认真思考钟骞所说的，慢慢地说：“只是这样……永安郡主也难逃生天，公子会舍得吗？”

“自夜宴之上，我就已经死了心。”钟骞嘴角挂起凉薄的笑，表情阴冷，与罗息记忆中的那个执拗少年相差甚远，他接着道，“风花雪月不是我如今所求，帮父亲铲除大患，助我钟家更上一层才是我如今所想。”

“公子有此心志，也不枉国公爷对公子的期许。”罗息虽如此说，但在出府之后又翻墙进来，暗自摸回了书房，将钟骞所言告知钟良。

书房里有一尊一人多高的双耳白瓷瓶，里面斜斜插着几枝红梅。

钟良立在红梅前良久，方点头道：“此计可行，但春风化雨楼的人务必要稳住。如今时节，晚梅只有太子府有，前日我去太子府中得他亲赐的梅花也正好能派得上用场，真是天助我也。”

“这次公子能这么尽心为国公爷着想，国公爷也可放心了。”

钟良捻了捻须，冷哼一声道：“我早就说过，待他仕途得意，位列三台之时，要什么样的女人没有，何必执着于容潋那丫头，他就是不听。若是他能早些醒悟，我何须操那么多心。”

话虽如此说，但钟良还是喜上眉梢。

罗息这一去已经有三个时辰，至今毫无消息。前去春风化雨楼探查的人已经去了三拨，也都是一去不回。钟良看着窗外红霞漫天，心中忐忑难安。就算罗息失手，他也一定会尽快撤离，没道理到这个时候还杳无音信。

钟良坐不住了，他猛地推开门，喝道：“来啊，备马！”

“国公爷这是要往哪里去？”门口站着一列守卫，身上穿着银甲，颈侧绣着蟒形的徽章，是太子府的亲卫。

钟良冷眼一扫，这院中自己的守卫竟不知什么时候尽数被换掉了。

“私闯一品国公府，换掉我身边护卫，你们想做什么？谁给你们的权力，谁给你们的胆子？！”钟良的质问一声比一声慑人。

太子府亲卫平时也慑于忠国公威势，今日倒是不同。统领不退反进，说：“我等是奉太子殿下之命，在此保护忠国公，在殿下口谕未到之前，忠国公不许离开府中半步！国公爷，这是太子殿下的命令，你也敢违抗？”

“胡说八道！太子殿下怎会如此对我？”钟良负手而立，仰天大笑，“你以为我会信了你这宵小之辈的鬼话？”

“统领！”院门外一名亲卫下马小跑过来，凑到统领耳边低语。统领笑道：“是不是鬼话，国公爷待会儿就知道了。太子殿下有令，叫您到太子府一叙，国公爷，请吧！”

来人执着太子府的令牌，钟良心知此去不会平安。他往书房中一望，想到自己还有王牌未曾亮出，悬着的心一下落了地。

太子府亲卫要来押他，被钟良使蛮力挣开，他傲视前方，迈开大步，冷冷道：“我自己会走。”

"统领，这……"

"罢了，人押到要紧。"

书房中只剩一枝的红梅花瓣也开始枯萎，不适合存在的季节，强留已是妄想。它只得一时片刻的绚烂，终究会被这春日的桃花取代，成为冬日被遗忘的过去。

春风化雨楼起火，在长安城算是大事。

巡防营的人立刻赶到，驱散楼中的客人，将火扑灭，将伤亡降至最低。饶是如此，还是有人在这场火灾中丧生，便是春风化雨楼的老板和小二，因浓烟吸入肺中窒息而亡。

大理寺来调查之后，草草结案，将此案定性为意外。

六安侯府中，容溆醒来时已经是第三日上午，她这场酒醉得有些过，醒来脑袋还乱哄哄的不清醒，嘴里嘟囔着："下次不能再这么喝了，真是难受。"

"郡主醒了？"小曼眉开眼笑，伺候她起身漱口后，奉上一碗温热的青梅汤。

"大夫说郡主今日就能醒，这是侯爷晨起时熬的，一直放在火上温着。"

容溆想起醉倒前同兰襟说想喝青梅汤，心说这他倒是还记得。

"算他有心。"容溆小声嘀咕，将一碗汤喝了大半，感觉整个人神清气爽，擦了擦嘴问，"他人呢？"

"侯爷方才出门，说他要去大理寺见个故人。"

"故人？"

"郡主这两日昏迷怕是不知道，本来大理寺已经结案，说春风化雨楼起火是意外，结案卷宗往宫中送的路上被太子殿下截了下来。太子殿下仿佛是抓到了关键的人证，能证明郡主和侯爷遇刺是忠国公派人所为。陛下下旨，将大理寺卿以包庇罪撤职，忠国公暂时关押，查明之后再做定夺。"小曼盛了一碗米粥，放到容溆手边，继续说，"这些也是侯爷叫奴婢告诉郡主的，侯爷说郡主一定很想知道。"

“太子……忠国公……”容潋揉了揉额头，派人刺杀是钟良所为并不难猜，可钟良是太子唯一的臂膀，他为何这么急着想把这条臂膀铲除，难道是还有什么后手？

兰襟对大理寺有钟良的人一事也是猜测，他故意和苏唯安谈及此事，就是看看会不会有人趁机行动。

六合全部出长安城后，其实只巫影一人往扬州城去了，其余人则尽数折返，潜藏在兰襟身边。

那日起火，乔方将地道挖通到春风化雨楼楼下，破开窗子救二人出去。无论对方想要使什么样的手段，六合都会拼尽全力，护兰襟与容潋周全。

容潋知道兰襟厌恶钟良，甚至是钟骞，可她不知兰襟与钟良之间究竟有什么过节，也不好去想其中太子所扮演的角色。越想越头疼，容潋索性放下汤匙，说：“我要往大理寺走一趟。”

“侯爷说如果您想去，要穿好狐裘披风，还要让外面的人陪着去。”

“外面的人？什么外面的人？”

小曼小跑着去开门，容潋一望，六合除巫影外五个人皆在，挤挤挨挨地堵在门口。随月生笑嘻嘻地搂住旁边南宫意的肩膀，说：“当然是我们几个了。”

南宫意伸手去拉随月生的手臂，随月生灵活地躲过，啧啧道：“想扭断我的胳膊呀，你这狠心的人。”

“她其实最想扭断你的脖子，那样就一了百了了。”褚乘风抱着剑往外看，说道，“走吧，马车已经备好了。”

容潋施施然一笑，不知从什么时候开始，她居然也和这群人以一种诡异又平衡的状态融合到了一起。自父兄走后，她谁都不信。认识兰襟之后，她有了很多可以相信的人。

钟良一事还没有个定论，大理寺的人不敢怠慢这位国公爷，只将他关押到天牢旁边的一间仓房里，没有真的下狱，仍是好吃好喝地供着。

钟良是吃过苦，在死人堆里爬过的人，这地方对他而言并不算什么。他靠墙坐着，似乎想到什么，一阵阵发笑。

“骞儿啊骞儿，想不到，为父竟是被你摆了一道。”他抬起头，一双鹰隼一般的眼紧盯着旁边立着的钟骞。

钟骞撩开衣摆，跪到地上，磕了三个头，诚恳地说：“孩儿不孝，可这是唯一能保住父亲性命的办法。”

钟良舒展双腿，歪到墙角，说：“你的办法就是替代为父，做太子的身边人？”

“殿下对父亲的所作所为已经厌倦，但从前不得不为父亲善后。南疆城之事，牵涉太广，兰襟虽有错漏，但仍是有大功于社稷，父亲一旦对兰襟下手，陛下绝不会那么轻易揭过。只有阻止您如此做，才能保住您的性命。”

钟骞直起上半身，与钟良刚好平视。父子两个在这一间仓房里眼神交汇，钟良盘腿坐着，手臂撑着膝头，说：“这都是太子殿下同你说的吧？”

“是。”钟骞答道，“但也不全是，孩儿也有眼睛也有心，也知世事，这些都是我自愿做的。”

“哈哈哈哈……”钟良大笑着，声音苍凉。

外面守着的护卫进来，在钟骞身边低声道：“有人过来了，钟大人跟小的先离开吧！”

钟骞给钟良磕了三个头方才起身离开，他走了没一会儿便有人又进了这间仓房。自门缝筛进来的阳光被他挡住了大半，钟良眯了眯眼，扬起下巴，道：“你也是来看我笑话的？”

“哪里。”兰襟掸了掸袖口，淡淡地道，“我已经是一介庶人，无权无势，您如今爵位还在，仍是我大越的一品国公，我哪里有资格看您的笑话？我不过是好奇，一直没见过国公爷下大狱，来看个热闹罢了。”

兰襟说话能噎得人吐血，钟良这大半日都保持着冷静清醒，现下差点儿被兰襟这一句气得跳起来。瞧他铁青着脸，兰襟微微一笑，搬了个干净的凳子坐到门前。

“你我也曾同僚一场，今日我来，是跟你叙旧的。”兰襟自卸下六安侯身份后，整个人莫名柔和下来，手揣在宽袖中，竟带了几分儒雅。

但钟良知道眼前这个兰襟就是个魔鬼，无论什么时候都不会改变他的秉性，冷冷道：“我与你，并无什么旧可叙。”

门板轻微地动了动，是他等的人到了。兰襟用手心贴住门闩往后一推，道：“此次去南境，我倒是与国公爷的旧相识叙过旧。”

钟良沉下脸，目光紧逼兰襟，说道：“有什么话就直说，拐弯抹角可不是你六安侯的风格。”

“我在南境时知道此事，当时就想知道个彻底，此次是来向国公爷请教的，自然是要礼敬有加，说话也得有个起承转合才是。”兰襟站起身，立在门边。

门外的容潋已经克制不住地颤抖，看到兰襟站起来的影子意识到他就在身边，她才稍稍平稳住思绪。

仓房中钟良亦是站起身，浑身戾气迸发。兰襟的目光很平静，犹如一摊死水，只是没人知道水中住着怎样的妖物。

“忠国公叫人跟着钟骞到南境对我下手，不就是担心我会知道这件事？这事太大，纵有万分之一的可能被我知道，也容易坏事。可我仍是知道了，不过领狼和录天都已死，其实当年之事已经没有什么人证存在，就算我知道，也不能如何，不是吗？”

钟良身上的戾气逐渐消退，所有的当事人都死了，此事确实已经没什么翻盘的可能。

“柔然国主领狼想要除去庆安王这个大患，这也刚好是我想要的结果，庆安王只要在大越朝堂一日，我就永远只是他的副将。我钟良，从不屈居于人下。在此事上我也并没有做什么，只是给了领狼一份威远县的地形图，和庆安王的进军路线，剩下的事情都是领狼的人所为。”

钟良盯着兰襟，缓步走向他，兰襟顾忌门外的容潋，先发制人，在钟良出手前扼住他的喉咙，猛地发力往后面墙上推。钟良高大的身躯撞到墙上，脸色涨成青紫色，那岁月留下的沟壑越发显得狰狞。

“国公爷可是忘了，我兰襟，曾是大越镇南大将军，也是浴血沙场之人。兵行诡道，将行天道。你逆天之行，如今报应可不就来了？”

“你——”

兰襟的脸往前近一寸，声音低缓：“不过自进朝堂以来，我就甚少说什么真话。我若是当真知道也不能如何，国公爷人也不会在这儿了。所有人证都死了不要紧，国公爷还活着，那就可以留给我慢慢地杀，你逃得过一次，逃得过两次，逃不过十次百次……”

“我今日，就是为告慰庆安王在天之灵而来的。我大越，不能让一个战功赫赫的王爷死不瞑目。”

“你——你——”钟良咬紧牙，手掌运力往兰襟肩上拍去。兰襟没躲，生生地受了这一掌，肩膀顿时犹如裂开一般疼。他看着右肩，缓缓地抬头，苍白的脸上绽开一抹诡谲的笑。

钟良也是大风大浪里走过的，甚少会有一刻像现下这般叫他心慌意乱。兰襟桎梏着他的手一松，转过身，一步一步地朝着门外走去。

钟良手撑着墙壁，稳住身形，嘴边挤出一丝讥讽的笑，道：“我不会输，我永远都不会输，无论如何太子都会保我，而你呢，妄想靠那个只剩下一个孤女的庆安王府？还是那六个整日打地洞偷偷摸摸做事的手下？”

“兰襟，你早就输了，从你到慎远坊的那一刻，你就是个输！”

兰襟立在门口处，说道：“我已经赢到了自己想要的，剩下的是输是赢对我而言也没什么，我并不放在心上。”

你所在意的，你所珍视的，在我眼里从来都不值一提。

你所拼命争取的，费尽心力掩盖的，我只要轻轻一动，皆可搅乱。

你的赢也是输，输更是输。

我的输是赢，赢更是赢。

这就是你与我之间的差距。

……

兰襟跨步出去，去寻他赢来的最大珍宝。

大理寺外停着的马车上，容溆懒懒地歪着，眼神放空。她并没有和在南境见到领狼时一样激动，南宫意他们甚至做好了若是容溆想要破门而入或者做出什么其他激烈的举动，几个人冒着生命危险也要绑了她带上马车的准备。

可谁知容溆听完大概，便一言不发，沉沉稳稳地上了车。

兰襟进到马车里，坐在她旁边。容溆像个没有灵魂的木偶人，被无形的手一拨，身体就往兰襟的肩上靠。

“嘶……”兰襟痛吟出声。

容溆的瞳仁渐渐恢复神采，直起腰身，手轻轻地去碰他的肩骨，问道：“你受伤了？”

“钟良不愧是在军中多年的老将，冷不丁地出手我一时没防备，挨了他一下，不知道有没有伤到骨头。”

“我瞧瞧。”容溆的手一层层解开他的衣裳，兰襟右肩着实是承受了很大的力道，整个肩头都肿了起来。她蹙着眉用手指去细细地摸，她的柔荑细白又小巧，是一双真的贵女之手。

“你可知道，在倾慕你的男人身上乱摸会有什么后果？”他的嗓音有些哑。

容溆坚定地继续摸着，说：“又不是第一次摸，嗯，没伤到骨头，回去上了药很快便会好了。”

兰襟一下按住她要离开的手，顺着那裸露的地方往下探，越往下越炙热，比他肩头肿起来的伤处还要热。容溆仿佛被烫到，手用力地缩回去，他却仍坚定地按着。

“又不是第一次摸，郡主怕什么？嗯？”

容溆窘迫，一巴掌往他右肩上拍，兰襟吃痛松开她，容溆生气地道：“你这样的，从前在秦楼楚馆也有不少女人吧？”

兰襟鼻尖嗅了嗅，笑道：“你可闻到酸味了？”

“不曾闻到。”

“你与钟骞有青梅竹马之情，可我在你之前从未将任何一个人放在心里过。”兰襟将衣襟拉高，系上腰带，点点头，“这般看来，似乎是我亏了。”

这句话将容潋原本空空的心里填得又满又沉，如果不是兰襟在，她今日面对钟良不知道会做出什么事。

或者是因为这一路上有兰襟，她才会褪去昨日的冲动青涩。在这一点上，兰襟倒是她的良师，可她不想只做他的门徒。

“兰襟，你是从何时起喜欢我的？”

“或者说……你是何时认识我的？”

第十五章 我心所向

在入军营之前，兰襟过过一段其实并不算太苦的生活。他自小就是无父无母的孤儿，对于这世上的情感都嗤之以鼻。对他而言，只要能活下去，只要能让自己活得好，他不在乎什么方法。

兰襟偷过东西，也做过匪徒，习武有成便接打手的活。他出手狠辣，招招都将人往死处逼，尚是少年的兰襟，活活就是嗜血的魔鬼。他无拘无束，在这世上游走，他只想活下去，却并不在意哪一日死。

那一年他十五岁，有一次接了一个活，去绑个教书先生。雇主的心上人与教书先生结下百年之好，雇主心中有怨恨，想让心上人回头。

兰襟清楚地记得那夜月亮很圆，他坐在书院外的那棵梨树上，抬头看天，月亮那么近，那么大，仿佛触手可及。书院的门敞开着，教书先生坐在窗下，有一个留堂的小孩子挺直脊背拿着笔写字。

“习字如做人，要行得正，每一步都要落得稳，要心中有坚持，才能走得长远。”

小孩子的手臂已经发颤，懵懂地点点头：“是，先生。”

离约好的时间只差半个时辰，兰襟翻身从树上往下一跃，无声无息地绕到教书先生的身后，手执利刃抵上他的咽喉。

教书先生浑身僵住，一动也不敢动。兰襟本就话不多，更不愿与他多费唇舌，收了刀手比着就要往他后颈上拍，教书先生急急地开口：“等一下——”

教书先生笨拙地往前几步，冲到那小孩子的身边，双手捂住了他的眼睛。

“我……先把小聪送回去，我就跟你走。”教书先生身体羸弱，虽是被吓到，可眼神依旧坚持。

有能力才有底气坚持，其余手无缚鸡之力的人就只会跪地求饶，兰襟是第一次碰上这样的人，他觉得有些稀奇和难以置信，回过神时已经答应了下来。

小聪就住在两条街开外，教书先生抱着他走在路上，一边走还一边结结巴巴地说：“你这次来应该只是来找我的麻烦的吧，和我夫人无关对吧，也和我的学生没什么关系对吧……”

兰襟淡淡地“嗯”了一声。教书先生满头冷汗，面上却笑着，显得无比滑稽，说道：“那就好，那就好。”

“你要没命了，还能笑得出来？”

教书先生将小聪往上抱了抱，擦了擦汗，说：“人活一世，最多不过百年，我做了我想做的事情，遗憾也没有太多。知道我在这样的境遇下，还会把小聪先送回去，夫人一定会原谅我先她一步走的。”

兰襟眼睛一眯，讥笑道：“你不过一介布衣，穷酸教书先生，说得仿佛自己做过什么不得了的事情。”

“我行君子之道，教书育人，将我所学倾囊相授。纵不能桃李满天下，也能有人将我所思所想记住、流传，这就不枉我来这世上一遭。”教书先生在一间小院子前停下，让兰襟站远些，才将一直掩在小聪眼睛前的手拿下去，敲开小聪家中的门放他下去。

“去吧！日后要好好听爹娘的话，好好读书，长大考取功名。”

“是，先生。”小聪像模像样地一揖手，蹦蹦跳跳地走远。

教书先生这才转过身，走到兰襟跟前，深呼一口气道：“走吧！”

兰襟未动，只是凝目看着他道：“我有些问题，你若是能替我解惑，我就放了你。”教书先生喉头滚了滚，屏息等着他。

“若想不白活这一世，能做什么？”

这问题问得太空太大，教书先生也不知该答些什么。可他看出兰襟并没有定要杀他的意愿，便说了个绝不会出错的答案：“文人求功名，武人求功勋。”兰襟算是半个武人，求功勋，不过就是投军。

那时大越天下之大，投军者皆往庆安军而去。兰襟得到了一个答案，真的放了教书先生，说道：“你早些搬个地方去生活吧！”作为答疑解惑的报酬，兰襟给了教书先生一条长远的生路。

一个月后，兰襟进了庆安军，在楚河的驻军营中做了一个小兵。军中无仗可打，营中像他这样的小兵整日只是操练，这对兰襟来说是枯燥又乏味，还比不上从前。他就在军中消磨了快三个月，想趁着守卫交接时离开这里，找遍天涯海角也要找到那个教书先生，再将他绑了交给从前的雇主宰割。

夜深时，营外突然有了异动，又闷又沉的战鼓声在夜色中响起，有人高喊：“有人袭营！”

“是楚河边的流寇趁机袭扰，想抢东西过冬！”号兵在营中四下通知，帐中的小兵皆迅速起来，整好盔甲就往外冲。

“我们帐子里一个都不能少，等打赢了咱们去林子里打兔子吃！”

“好！”

兰襟在一旁静默不语，旁边有人拉住他的胳膊，是挨着他睡的林封。

“兄弟，小心点儿！”林封说着，也冲到外面。兰襟早就冷下的血，一瞬间热了起来。他从前只黑白两色的世界里，一切仿佛都鲜活了起来。

兰襟第一次有了自己是在这世上为人的意识，不是魔，也不是鬼。

他提着刀杀进了人群，用毕生存活的技能，在这一片战场上厮杀。楚河边上的庆安军人数不多，对方又是有备而来，仗打得艰难，兰襟看着身边一个又一个弟兄倒下，热血滚烫，近乎杀红了眼。

附近的援兵赶到的时候，庆安军驻军只剩不过百人，每个人身上都是鲜血淋淋。兰襟扔了卷刃的刀，一个一个地去找林封，最后在尸体中找到了他。兰襟埋了林封，就在这楚河边上。他的英魂，永远守护着这一片他洒下热血的疆土。

做完这些，他因精力耗费过大，整个人昏厥过去。

庆安王得知楚河驻军的惨烈鏖战，连夜从长安城赶了过来。

兰襟昏迷了三日才醒来，他打仗的时候不觉得，现下浑身酸疼才知道自己挨了好几刀。

“你身上全是伤，别乱动呀。”榻边立着一个小女孩，约莫十来岁的模样，穿着一身红底绣白梅的披风，生得娇俏可爱，眉眼可见日后的倾城之貌。她手里捧着一碗粥，坐到榻边，声音娇柔，“营中受伤的将士太多，父王太忙照顾不过来，我是来帮他照顾你的。”

父王，来庆安军的自然是庆安王，这女孩就是庆安王的女儿，郡主容潋。她喂一口兰襟就吃一口，容潋自小便是庆安王的掌上明珠，不懂怎么照顾人，她喂的粥只一小半进了兰襟的嘴里，剩下的洒得到处都是。

容潋懊恼地皱起小眉头，她虽然生得娇俏，可也若隐若现能看出出身将门的那股英气和与众不同。她拿着帕子往他脸上擦着，又不小心撞到他伤口，样子很是笨拙。

兰襟无奈地叹了口气，撑着坐起来接过碗，说：“我自己来吧。”

“你能动的呀？”

“嗯。”他是刀山火海走过的人，并不怕这身上的伤，只是动作不如以往那般灵敏了。他慢慢地一勺一勺喝着粥，容潋就坐在他旁边打量着他。等他喝完她接过碗放在一边，单膝跪到榻上，那双白嫩的手捧起他满是伤痕的脸，仔仔细细地去擦他脸上的脏污。

“我还是第一次看见人伤成这样，疼不疼？”

兰襟抿住唇没有说话，那双眼半垂着，盯在她衣摆那朵绣得栩栩如生的梅花上。

“父王说，每个为我大越尽心的将士都是英雄。英雄我们打个商量，我照顾你，以后你多替我父王分忧好不好？”她眼睛亮晶晶的，说道，“这样他就能多在王府陪陪我了。”

这么明目张胆想让他这个嗜血之徒吃亏的，眼前这人还是第一个。

“郡主，世子在找您呢。”

“我这就来！”容潋从床上蹦下去，走到门前扭头看着他道，“你不说我就当你答应了，不能反悔。”

她蹦着跳着走远，临近冬日，自外有寒风袭来。这个时节还没有梅花开放，可兰襟分明从寒风中闻到了一股淡淡的梅花香气。

“嗯，我不反悔。”他对着清风开口，将这有些稚气的许诺留在了楚河边上。

庆安军驻军皆负重伤，留在原地休养，因人数不多后来整编入附近的晋城军中。兰襟便自晋城军参将而起，短短三年间声名鹊起，成为晋西南威名赫赫的少年将军。

元庆十五年，南境柔然国联合了当时尚存的月以、长顺两国作乱，威远县又有前朝叛军集结作乱，立时便是祸起萧墙。

威远县附近有庆安军驻扎，玄武帝便下令由庆安王容见谌与世子容勍率庆安军镇压，并起用兰襟为镇南大将军率兵前往南境击退柔然等三国。那一战打了三个月，兰襟先破月以、长顺两国，困住柔然两个月，柔然饿殍遍野，再也无力支撑最终投降认输。

兰襟知晓，柔然不灭，迟早仍是大越的大患，眼下一鼓作气，将其歼灭，才是长久之计。

南境的八百里加急奏报送到长安城，朝廷上下对兰襟想要继续攻打柔然的想法齐齐反对，理由不外乎是此次兰襟围困柔然之法已经将国库损耗殆尽，也让大越元气大伤。若是再继续下去，大越百姓怨声载道，民心不稳，不利于大越的长治久安。

针对此事，朝堂上下只有一人赞成兰襟的想法。

“柔然人彪悍尚武，实力雄厚，南境那些有异心的小国皆以柔然马首是瞻。今日是月以和长顺，明日就会是其他小国。等柔然喘过气来，必定还会卷土重来。届时，大越民生涂凋敝，颠沛流离，人都没了，又何谈长治久安？”

彼时还是淮王的四皇子容境在大殿之上开口，字字振聋发聩。可最后玄武帝还是听了多数朝臣的意见，下密旨给兰襟，叫他即刻班师回朝。那道密旨，和威远县的消息几乎是同一时间到了南境。

庆安王和世子在威远县以身试险，为破叛军中了密林瘴毒，军医对此也无计可施。天下名医皆在宫中，为保庆安王和世子的性命，由护卫护送二人立刻启程返回长安。兰襟将密旨收好，着人立刻整肃大军，启程回长安城。

他先所有人一步，只带几个亲兵骑快马赶回长安城，瞒着所有人偷偷地去了庆安王府。

容潋坐在王府后花园的秋千上，眼泪如断了线的珠子一般往下掉。她仍和记忆中一样，却似乎又有些不一样。她褪了稚气，添了妩媚，春花秋月都比不上她半分好。

记忆里她爱笑，天真又乖巧，眼下浑身却被忧愁萦绕，伤心到不能自已。

兰襟已经知道庆安王与世子无药可医，命不久矣。王妃早亡，庆安王与世子是容潋在这世上最后的亲人，他们即将都离开她，这大千世界，就只留她一个弱女子独力撑起这王府。

恰好这也是一个圆月夜，兰襟抬起头，看着天上的月亮。它仍是皎洁无瑕，大得仿佛触手可及。可他知道，他伸出手也碰不到月亮的边缘。他的月亮从来都不存在于天边，只存在于人间。

兰襟就藏在树上，静静地陪着底下哭泣的娇人，看下人来寻她，她抹掉眼泪，挤出一丝笑容走远。这个时候，她不能倒下。只有这一方小花园，这一架秋千，能将她所有的脆弱和无助掩藏起来。

她日日这个时辰在这里哭泣，也日日时不时地往远处看，仿佛在等什么人来。兰襟就日日在这里陪着，等她被下人叫走后，才翻身跃下去，扶着秋千架，轻轻地往前摇晃，仿佛她仍坐在上边。

驰骋沙场让他发觉自己并不是妖魔，不是野兽，也是个寻常的人。

而对容溆的关注，让他知道自己也有血有肉，也会有心疼，也会有牵挂。

这几年，他几次九死一生时，想的都是她。想她如今是什么样子，想她还记不记得和自己的约定。这么想着，再难的时候仿佛都能撑过去了。

“我不反悔。”兰襟轻声开口，对着清风和朗月说，“我会替你父王分忧。”

他离开人世，最忧的便是你。

我会好好照顾你，让你一世安稳，不再流离。

马车在侯府门口停下，容溆将脸埋进自己的双手之中，不想让兰襟看见自己满脸是泪的窘迫样子。

从兰襟口中得知和自己记忆中完全相悖的真相，她来不及震惊便掉了泪。大抵是因为在那段艰难的岁月里，她最难熬的时候不是父兄亡故后，不是与人虚与委蛇才勉强撑起王府，也不是王府猝然遭难她被贬去慎远坊，而是她独自一个人数着时辰，与她至亲之人死别。

她曾寄希望于钟骞，每日在他们曾一起玩的秋千旁等着他来寻，可是她始终没有等到他。原来啊，原来她不是一个人。原来那段时光里，有人一直守着她，从天黑守到天光大放。

“你再哭一会儿，六合的人大概会冲进来看我是不是欺负了你。”兰襟声音清冷地说，“如今在他们眼里，你可是比我重要得多。”

容溆的哭声一滞，兰襟趁机将她满是泪痕的脸扒拉出来，像多年前她给自己擦着脸上的脏污一样，仔仔细细地将她的泪擦干。

“我自军营中入朝堂，择了淮王为主。之后的所作所为，倒也不算是辜负我曾对你许下的诺言。”

容溆刚干了的眼底又水雾弥漫，兰襟眉头一蹙，呻吟出声。

容溆想起他身上的伤，立时将眼泪收住，慌忙撩开车帘，喊道：

“陆北风，扛你们家侯爷进府里。”

陆北风从前面的马车中跳出，像只猛虎一样跑过来。容潋下了马车，指挥着其他人去找大夫，去让厨房炖将养身体的汤。六合被她指使得团团转，也乐在其中，完全没有之前的抗拒。

在容潋让兰襟安然无恙地走出大理寺后，六合对她的看法便彻底改观。

兰襟将这变化看在眼里，也知容潋为他尽力地在与他身边的人融洽相处。他有些想笑，可胸腔一鼓动就隐隐地牵带着浑身的伤，这些都是拜钟良所赐。能让容潋分心不那么难受，也算是他唯一的用处了，但也仅此而已了。

大越明德二十二年三月十七，扬州知府方文案在扬州贪腐案调查中自缢身亡，死前一日，他交给辽王容齐一封信。

三月二十三，六百里加急密折从扬州城带进长安，送入宫中。

玄武帝召太子容境进宫，直到夜幕降临他才返回太子府。

“殿下，可是发生了什么事？”见容境脸色不好，方云梦问道。

容境摇摇头，说：“无妨，本就是意料之中的事，只是没想到查出来得这么快。”

方云梦不敢多问，容境想起什么又道：“孤已经派人去南境附近接你两个哥哥，回长安着实难了些，不过到雁城那一带倒是无碍。如此他们也算是回到故土，日后你也不必担心了。”

方云梦惊得怔住，旋即绽开笑颜，这是夙愿得偿的喜悦，自父兄遭难以来，她脸上甚少有这样灿烂的笑容，可见开心之极。

“多谢太子殿下大恩。”

容境眸中精光一闪，不过是转瞬即逝，他伸手扶伏跪在地上的方云梦起来，说：“不必如此，你帮我说动了钟骞，我应该谢你才是。我知道琢心想办法让你到我身边，就是为了你那两个哥哥，为了方家的血脉。这不算什么大事，我怎会不成全你？”

方云梦泪凝于睫，容境淡笑，抬手轻轻替她抹去，又说：“我回府之前，已经让人去叫了钟骞来，有些话不方便当面与他说，还要你多费心。”

方云梦乖顺地点点头，轻声说：“奴婢愿意为太子殿下分忧，有什么话殿下但说无妨。”

“钟良如今已经保不住，若是钟骞愿意大义灭亲，便能保住钟家和他自己。”

方云梦听了不由得愕然，片刻后仍是应了下来，说：“是。”

天黑透时，钟骞才到了太子府，方云梦仍在上次的亭子中等他。看他从廊下穿行而来，灯笼火光在他衣袂间闪动，让她恍然感觉置身一场梦。他逐渐走近，眼眉的轮廓被照得纤毫毕现，方云梦回过神来，轻轻一笑。

这不是梦，梦里的那个他，从来都没有一张清清楚楚的脸。

“钟大人，我们又见面了。”

“太子殿下呢？”

“殿下有事不在府中，叫奴婢在这儿等着钟大人。”

钟骞比上次在宫中夜宴上见到时更消瘦了些，整张脸棱角分明，比从前多了几分决然。他上前一步来到方云梦面前，一把攥住她手腕，说：“别以为我不知道上一次在宫中你叫住我说的那些话是太子的意思，我顺着你说的做，不过是因为我确实想保住我父亲，保住钟家，不代表你还可以继续诱我入局，让我再听你什么。今日我有要事要亲见太子殿下，他在哪儿？”

最后一句声音忽然扬起，方云梦觉得手腕又麻又痛，眼角含着清泪。钟骞喉头滚了滚，终是想起君子之礼，随即放开了她，说：“我不该如此待姑娘，可我实在着急，等之后见过殿下再向姑娘赔罪。”

方云梦摸着发红的手腕，摇了摇头，说：“我本就是罪臣之女，即使在太子殿下身边，也不过是卑贱的婢女，钟大人怎么待奴婢都是应当的。”

钟骞咬紧牙关，沉默了一会儿说道：“……我不是这个意思。”

“不过太子殿下交代了话要奴婢和钟大人说，钟大人若是不听，奴婢大概就没有命再见钟大人了。”

“太子让你说的，可是涉及扬州一案？”

方云梦哑然，没料到钟骞居然知道。

扬州一案，辽王容齐去查了三个多月都没有查到什么有用的线索，直到半个月前，户部尚书苏唯安和兵部尚书路之遥联合上书，说为保南境稳固，南疆城的兵马粮草皆要充盈替换，国库内银钱不多，可从富庶府衙镇县中筹银调到南疆城，之后三年的税银减半。

扬州城自然也在其列，而且征银数额庞大，旨意虽然一直没下，但消息早就在扬州城沸沸扬扬地传开了。三月十六那一晚，一封密函从方文案府上送到容齐手中。

这密函上面记着扬州一案贪污银两的大致去向。容齐第二天一早派人去找方文案时，他已经吊死在家中房梁之上。容齐看过密函，知道事情已经到了他不能控制的地步，连夜叫人将密函送到宫中。

扬州一案，主使之人正是忠国公钟良，贪污银两大半进了他的囊中，但去向不明。方文案只不过是为他办事，手中并没有多少银子。因为陛下可能从扬州城调银子运往南疆，方文案便提前找各乡绅筹银以解燃眉之急。

可这些商人狡诈，拿钱的时候一个赛一个手脚麻利，等到出钱的时候便百般不愿意，甚至扬言要将方文案和他们的交易说出去。

上有忠国公被关进大理寺，生死不明，自救都难，更救不了他；下有乡绅要挟，府衙中无银可调，等圣旨一下，他完不成任务便是渎职之罪。

方文案所有的路都仿佛被堵死了，他满心绝望之际，只能供认罪行自尽，以保住自己妻儿老小的性命。

容境看过密函，知道钟良难保，但钟骞是他好不容易拉到身边的，他不想轻易放弃，于是才会想出大义灭亲的办法保住钟骞。可这一盘棋，不是只有他一个人执子在下。

钟骞在来太子府之前，又去了一次大理寺见了钟良。钟良所说种种，都令钟骞瞠目。

容境亲自见了钟骞，两个人在书房中密谈，叫所有人的守卫都退到院外去。方云梦掩住书房的门之后，趁着无人绕了一圈，藏在了窗外的树荫下。

书房内，钟骞将钟良的亲笔信交给容境，说："父亲说这封信务必要亲自交到殿下手中。"

容境快速扫着信，眉头皱紧，越锁越深，问："他还说什么了？"

"父亲说，'一荣俱荣，一损俱损。这个道理，殿下应该是知道的。'"

"'六王之乱是我一手炮制，那个莽夫被我煽动造反，这是我送给淮王坐上太子位的礼物。当时为确保剿灭六王顺利，殿下曾藏了什么在慎远坊的库房中殿下心中有数。虽说慎远坊的库房已经被烧毁，但我一早就清点过那里的东西并登记造册。如果这册子被陛下看到，那殿下就是犯上作乱，多年经营毁于一旦，这不是殿下乐见的结果。"

"啪——"容境将信攥成团，一下拍到桌案上。他是在争斗中站上高位之人，气度早就历练出来，甚少有这般动怒的时候，而今怒气隐隐地牵着他许久未犯的头疼病。

"好一个忠国公，好一个钟良，居然在这儿等着我！"

他霍地站起来，往钟骞身边去的几步之间，脑中快速地想着应对之法。

钟良捏着他的把柄，一旦抖出，他便是万劫不复。可要救钟良，又谈何容易？扬州案有方文案死前的绝笔书信，行刺兰襟的人又被他的亲兵扣押，这都是证据确凿怎么也改变不了的事情。

更何况，他根本没想过救钟良。钟良在他身边，往后只会有越来越多的麻烦。

条条路条条不通，容境还没遇到过这样棘手之事。这时候他居然在想，若是兰襟还在他身边，大抵能想到可行之法……容境闭了闭眼，再睁开，看向钟骞，问："钟大人可有何看法？"

钟骞没有一刻觉得自己的肩膀这么沉重，仿佛上面压了千斤重担，让他难以挪动一步。

他想做尽忠尽孝尽情之人，为了尽忠，他自己参加科举入仕，在刑部兢兢业业从不参与党争，不以忠国公之子身份胡作非为；为了尽情，他曾为容瀲上下奔走，更奔波千里到南疆；为了尽孝保住忠国公府，保住父亲性命，他做了从前不甘做的事，站到了太子这边……

可他做了这么多，到头来，他的忠、孝全部丢了。

倘若他让容境保住钟良，必定要做假证，找替死鬼，这是欺君，是为不忠；倘若他让容境弃了钟良不顾，便是不孝。

钟骞心中左右为难，脊骨似被抽走，闭上了眼，说道：“下官还能有何想法……”

书房里的白瓷瓶中，红梅换成了几枝春日桃花，有一朵花已经枯萎。容境微微用力，扯着这朵花的小花枝向外拉，整枝桃花便一起跟着摇晃，白色的花瓣纷纷往下落，这朵枯花却仍在。

倘若他方才选择伸手将枯花直接揪下，其他的花瓣便不会被波及。

“是时候去见一见他了。”

夜色悄悄，有人忧愁便有人欢喜。

六安侯府内，下人皆住在后院。单独辟出来的一间耳房前，门轻轻地被推开，有人蹑手蹑脚地溜进去，小心地掩住门，脱了鞋袜便往榻上拱。

一只手扣住作乱之人的肩膀，兰襟借着月光眯眼看她，问：“郡主何时做了半夜上人床上的采花贼了？”

容瀲不管不顾就往他怀里挤，兰襟到底舍不得这份温柔，往里面挪了挪，这床又小又窄，容瀲整个人都贴到他身上才堪堪躺下。春日衣衫比冬日单薄许多，她方才动作间衣襟微微敞开，女子特有的甜香直往他鼻腔里钻。更不要提那紧贴在他胸前的两团绵软，她整个人又妖又娇媚，扬着脸看他，似是要把他的魂魄都吸走。

兰襟倒是没想到，一旦动了心的容瀲居然这么胆大包天。

“一直住在下人房里，我猜这里可能藏着什么珍宝，我今夜是来寻宝的。”

兰襟笑了笑，说：“郡主不必再找，这整个府中能称得上是珍宝的，只在眼前。”

容潋虽有备而来，但还是被他这一句说得满面通红。

这人胆子大是大，动不动就脸红这一点还是没变。

兰襟心里如此想着，伸手去捏她脸上最红的那一块，说：“如此，都省了胭脂了。”

容潋按住他的手背，轻轻地摩挲着，说道：“兰襟，其实这几天我想了很多事。”

“原来郡主是来和我谈心的。”

容潋不理会他的调侃，自顾自地说：“其实有些我还想不太通，不过从结果看，庆安王府重建，陛下因曾贬我到慎远坊而对我心生怜惜，日后庆安王府的日子会比从前好过。你算来算去，除了为我父兄，大抵要的就是这个结果吧。”

“不止。”

“嗯？”

兰襟勾着她的小指，声音放得很轻：“曾经为了撑起庆安王府，你明着暗着卷进不少势力里。我若是不让你离开长安城及时抽身，你可能真的就陷下去了。我将那些伸向你的带着毒芽的树枝全部斩断，以后我做你的树，做你的依靠。”

他不轻易说这么黏腻的情话，可一旦说出，就如此动人。

容潋撑着上半身压向他，唇贴上他的，小声地说：“可你这被贬的‘树’现下若是想让我名正言顺地‘靠’怕是也不容易，我倒是有个好主意。”

“今夜我们就拜天地，我若是怀了你的孩子，有我父兄的关系，陛下为顾念着庆安王府的血脉也不会多责怪，大抵会再设法起用你，之后再赐婚。”

兰襟一瞬间沉默了，微凉的唇扫过她的脸颊向下，躲开她的靠近。

他眼神有些冷意，说道："你知道你在说些什么吗？"

"自然是知道。"

"你这样行事，别人该如何看你？"

容潋睁着一双明亮的眼，道："我不在乎。"

"可我在乎。"

"我知道你在乎，所以自宫中夜宴之后从来不和我同寝。可是兰襟……"容潋抱住他的腰身，柔声说道，"如果不抓住你，我总怕你和我父兄一样会离开我。和你相比，那些流言蜚语又与我有何关系？"

她一声比一声深情，这场景兰襟等了多年，想了多年。可想的那些，远没有真实的这么甘甜，这么圆满。

热血如潮，在身上每一处奔走，却找不到平息之法。他的呼吸不可避免地粗重起来，眼神幽幽直盯着她，方才唇上的凉意变成滚烫，落在她白皙的颈边，轻吻细咬。

容潋双手颤颤地环住他的脖子，微微启口，轻轻地叫着。

兰襟喃喃："潋潋，我爱你。别怕。"

别怕，这世上之事皆不用怕。

有我爱着你。

……

奔腾的海浪终得平息，流散的人也找到栖身之所。

月圆满，人圆满。世人给她无限苦，只他予她一份甜。

翌日，小曼来伺候容潋时是红着脸来的，容潋倒是没什么太害羞的感觉，她平日里那些窘迫害羞都给了兰襟一个人，况且昨夜事毕兰襟已经将她照顾得很妥帖。除了睡到日上三竿，腰腿有些酸痛，她也没别的什么感觉。

她睡得迷迷糊糊时兰襟出了门，这回她没有问他去哪儿，去做什么，反正她信他。

可她也不只是想信他。

"对了郡主，方才有人送了拜帖和信来。"

小曼将帖子递给容溆，说："护卫说那人神神秘秘的，将拜帖递上就走了。"拜帖上的字很秀气，就和它的主人一样。

方云梦如今在太子府中，出入不方便，找上她肯定也是情急之下的选择。信上说，方云梦得知两个哥哥在南境附近，怕他们被之后可能出现的霍乱波及，想要容溆帮忙将她两个哥哥迁到别处流放。

信上还说，之前太子应允此事，但是因为最近事忙迟迟没有办，她实在担心哥哥的安危，只好来找她。

容溆收拾了一下便出了门，方云梦约她午时在城南的逐云楼相见详谈。

这青天白日的，在天子脚下，又是去见方云梦，她也没有带什么人。况且有六合的人暗中跟着，也不会有什么事。

逐云楼地方不大，容溆一进去就看见坐在大堂角落里的方云梦。她穿着一身素色的衣衫，为着不引人注意头发只挽了发髻，并未戴任何首饰，清雅秀丽，最是贴合她的装束。

容溆坐到她对面，方云梦客气地笑了笑，说："我点了逐月楼最好吃的梅花酥和汤茶，以前在慎远坊总是你帮我弄吃的，这次我先替你打算着。"

提起慎远坊，容溆会心一笑。那时候在慎远坊苦熬着的时候，谁也不会想到，往后大家皆会怀念那段过往岁月。

梅花酥是用梅花酱做的，表皮酥脆，咬开一股沁人心脾的梅花香便钻进唇齿里，再尝一口甜甜的汤茶，着实是好吃。容溆抬头，见方云梦对着她笑着，眼泪却直往下掉。

"怎么了？"

方云梦摇头："没什么，只是看见你，想到我们同病相怜，我心里难过。你父兄过世，你终得报仇，我两个哥哥死在南境，我却不知找谁报仇。"

容溆神情一滞，问道："你两个哥哥……不在了？"

"是啊，昨天我在太子书房外听到一些事情，我到太子身边，为他分忧，其实是想让我两个哥哥能好好活下去。不过太子并未太上心，我便想进他书房里找一找我日后的筹码。筹码没找到，却找到了从南境来的信，我才知我两个哥哥在刚流放出去时便死了。太子一早就知道，却一直瞒着我。”

“我活到今日，只是为了这个，可如今我活着的意义都没了。”方云梦抬手，一点一点地抹去脸上的泪。她看着容潋，弯起嘴角，说道，“在慎远坊，一直是你护着我，帮着我。不知道如今，你能不能再帮帮我，让我有一个活下去的信念。”

她的笑浮在脸上，并未交付于真心。容潋只觉眼前一阵阵眩晕，问：“你……你给我吃了什么？”

容潋强撑着将桌案上的杯碗全部扫到地上，“噼里啪啦”响成一片。门窗被猛地破开，守在外面的随月生和南宫意闯了进来。

随即，只见一把匕首握在方云梦的手中，锋利的刀刃抵在容潋的咽喉处。

逐月楼里为数不多的客人急哄哄地逃走，随月生和南宫意顿住步子，怕累及容潋的性命，不敢轻举妄动。

容潋脑中纷乱，艰难地开口：“云梦……你到底要做什么？”

“很快你就知道了。”方云梦抬起头，一双眼中情绪不明，冷冷地道，“若是想要容潋活命，就去把钟骞找过来。”

随月生与南宫意对视一眼，他往后撤，转身出了逐月楼。

六合其他人在侯府中，随月生先赶回府，再去寻钟骞。褚乘风和乔方赶到逐月楼支援南宫意，与此同时，陆北风也前往校场找兰襟。

希望一切还来得及。

第十六章 当与子归

春风拂新柳，春日吻桃花。

长安城各处皆是如此浪漫之景，只有校场依旧如往日一般，士兵操练，马蹄飞扬，肃穆得和外面情景格格不入。校场后连着一大片广阔的平地，再往前，就是万青山和慎远坊。

两匹马并驾齐驱，从草地蓝天相接处而来，马背上一蓝一红两人几乎同时取出背后的弓箭，弯弓搭箭，射向前方的靶子。“嗖嗖”两箭一前一后地中靶，一支稳中靶心，一支略微偏了一些。

“隔了几年，我的身手还是不及你。”容境从马背上翻身下来，看着直中靶心的箭，说，“还记得你当初来找我时，也是这样在马背上射了一箭。你说天下之局如这靶子，有你在，我便能直中靶心，赢到最后。”

那时兰襟是刚从沙场退下的镇南大将军，如今却是无官无爵的庶人。可容境一早就知道，兰襟之能，不是这些可衡量的。他就算只是一身布衣，照样能翻手为云覆手为雨。

兰襟亦是下马，席地而坐，抓过酒囊往嘴里灌酒。

容境坐在他旁边，抢过酒囊喝了一大口，长叹一声，说：“真是痛快，自做了太子，我还从来没有过这么轻松的时候。”

“殿下一心想做太子，夙愿得偿，怎不见畅快之意？”

“我所愿，是大越一统边境，再无他国祸乱；我所愿，是吏治清明，朝臣皆为民想；我所愿，是大越国库充盈，百姓安居乐业。我的这些愿望，如今无一实现，何来畅快一说。”容境仰着头，眯着眼看着高高触不到的天，说，“所有人都以为，争夺太子之位，是我野心勃勃。可辽王兄仁懦，南英王顽劣，无论他们谁做太子，将来即位都难以整顿大越朝堂积弊。明德十五年……明德十五年，若是朝臣能有人坚持赞同我的想法，将柔然拿下来，怎么还会有这一两年的战乱？与其像之前我所说无人支持，不如以后让所有人只听我一人之言。”

这些话压在心里太久太久，无人可说，如今说出来，容境只觉得轻松。

兰襟摇晃着酒囊，听容境继续说：“钟良的事你应该知晓，我本想以钟骞牵制他，没想到他倒是留了一手。”

明德二十年，六王在钟良的挑唆下谋反，伙同禁军准备逼宫。彼时钟良掌巡防营，他让容境将城外驻军掌控在手，若是一旦六王作乱，巡防营不敌，就尽快调城外军队进来剿灭逆贼。

城外军队的兵器盔甲皆是之前的规制，为保万一，容境私调了兵部所存兵器和盔甲运送出城。

后来这些东西都没用上，兵部府库账面上把这些缺失的东西抹平，按下没有提，容境也没办法再送回去。私调兵器盔甲罪同谋逆，且若是将此事捅出去，陛下便会知道是钟良为了扶淮王上位陷害六王。

慎远坊离城外军队驻扎营地不远，又比较隐蔽少有人去，几经考量，他们便将那些东西秘密运到了慎远坊的库房。这些事容境都是私下办的，可没想到钟良一直盯着，还将其一一记录在册。

慎远坊的账目在掌司王遂之手中，倘若钟良狗急跳墙，将自己记的册子拿出来，和慎远坊的账目对比，每一样都对得上便能证明他所说为真，到时候容境便无言可辨。

“枯萎的花必须要摘除，这样才不会连累到同枝的其他花朵盛放。”容境站起，立在兰襟身前，双手交握长长一揖，“从前诸事皆成过往，你我主从情谊已断，再无瓜葛。今日，我再拜将军为卿，日后，拜将军为相，将军所求，将军所愿，我无一不允，无一不遵。我容境许诺，永不背弃，还望将军不计前嫌，助我渡此难关。”

自坐上太子位，除了陛下，容境再未对人弯过腰。今日他以此相待兰襟，堪称推心置腹。兰襟想到容境找上他是为了钟良一事，却没料到容境会如此行事。

这一刻，他突然想起楚河边的那一场战事，彼时热血沸腾。这种感觉许久不曾有了。

“不瞒殿下，我入朝堂并不为功名权位，只为了能护我心上之人。我今日来赴太子之约帮太子渡过难关，也是想以此来换太子许诺，日后即位赐我心上之人一府荣宠。除此之外，我并不想再耗费心力，下半辈子，我只想守着容潋。”

容境闭了闭眼，内心无不失望。到底是他曾让兰襟失望，留不住也是理所当然的。

风声逐渐静默，兰襟站起来，伸手将容境扶起，他退后两步，行了个大礼，说道：“不过殿下以赤诚相待，我亦不敢辜负，日后臣会尽心竭力辅佐殿下，让殿下夙愿得偿，名垂青史。”

热血难凉，他曾开疆拓土，宦海沉浮，是为容潋的本心。

如今，权当是为了他们的以后。为了让大越天下太平，百姓安居乐业，为了让他们的后代子孙以自己为荣。为了让她，不后悔选择了他。

容境大喜过望，道：“好，好！兰卿不必多礼，快起来。”

“侯爷！”自营门方向传来陆北风的一声吼。

守卫拦着他不让他进，陆北风就硬闯，他一个人身上挂了三个守卫，气急了一下将他们甩出去，抢了匹马闯了进来。见到兰襟，他从马上一跃而下，单膝跪在地上说道：“郡主在逐月楼被方云梦挟持了！”

容境有些诧异：“方云梦？”

兰襟脸色十分阴沉，一言不发上了马，狠夹马肚打着马往城内疾驰。

方、云、梦……你若是敢动容潋一下，我必要将你千刀万剐！

逐月楼的对峙，因先后赶到的钟骞和兰襟而变得更加紧张。迷药让容潋整个人萎靡，在方云梦手中任她摆布。看容潋暂时无恙，兰襟悬了一路的心才总算稍稍安稳。

方云梦握着匕首的手已经有些颤抖，额上也沁出了汗，她看了看兰襟，视线又落在了钟骞身上。

“我知道，你们两个都喜欢容潋。我是容潋的好朋友，自然要替她着想，不想她被人骗。你们两个可以商量一下，谁用命来换容潋的命，谁带她走。”

“我来换她！”钟骞急急地开口，唇色泛白，表情紧张，“若不是我父亲，她也不会受那么多苦。我做什么都做不成，可这条命，若是换她的，也算是替我父亲偿还一二了。”

方云梦无意识地笑了笑，轻声说：“即使她根本不喜欢你，你还是要来换她的命吗？”

“是我做错了事，她不肯原谅我也不是她的错。”钟骞笑了出来，笑得苦涩至极，“我的忠、孝全部难全，我不想这仅有的情也被我抛却。”

方云梦紧盯着钟骞，水雾弥漫的眼前他的脸模糊了起来。兰襟敛下眼皮，手向后探去。

“可是我呢？”

“可我们一起走过山水，看过流星飞逝，捉过萤火虫……”

“你折了一枝桃花送我，还在南山种了一棵梨树，说等梨子熟了的时候带我去摘，你爬树最是厉害……”

“还有……”

方云梦低声呓语不断，手也失了准头，匕首在容潋的肌肤上留下划痕。

钟骞心急，往前一步道："我已经答应换容潋了，你放了她。"他猛然间靠近，方云梦眼泪骤然滑落，他的脸也再一次清晰。

她心猛地一揪，匕首直直地指向他："你不要过来！"

正在此时，一支箭挽起，弓拉满，弹出"铮铮"两声。

箭"嗖"的一声刺中方云梦拿刀的手腕，匕首落在地上。一旁一直在等机会的随月生一脚踹向方云梦肩头，将昏昏沉沉的容潋接过去。兰襟扔下弓箭，冲到了容潋身边，紧紧地抱住她。

他是百步穿杨的神箭手，可在方才连弓都不敢拉开。还好，还好……老天爷并未和他开玩笑。他僵硬的身体总算得以放松，她在他怀里，她的气息融进他的身体里。

方云梦强忍着肩上的疼痛，伸手够到地上的匕首，举着又往容潋的方向扑。钟骞的手猛地握住匕首，掌心鲜红的血将匕首染红。方云梦的动作猛地顿住，钟骞的手包住她握着匕首的手，用力夺过来，反手刺进她的胸口。

她用力地去抓他的手，眼泪再一次汹涌而出。他的脸也变得模糊，模糊成她梦中的那个人。

"钟骞……梨子结果了，你什么时候给我摘？"她身体发软，不断往下滑，手还死死扣着钟骞的手不放，嘴里喃喃着，"钟骞，再给我折一枝桃花吧……"

钟骞听不懂她的话，只觉得她仿佛已经魔怔了，用力地拽着自己的手，说："我从来没给你折过桃花，也没答应给你摘梨子，在太子府之前，我从不认识你。你认错人了。"

认错人了……错了……

"哈哈哈哈，错了……是错了……这一切都错了……"她松开手，倒在血泊里，这一次是再没什么能留住她了。

钟骞，你什么都不知道，真好。马上就有人来折桃花给我了，他会永永远远，只给我一人折花。

大越明德二十二年四月初一，慎远坊掌司王遂之、副掌司郑元入长安进宫面圣，将慎远坊库房未烧毁之前的账本呈上。账本与钟良所交的册子，以及兰襟所呈上的册子对比核实后，玄武帝下旨，赐死钟良，并查封忠国公府，其余人等不予追究。

庆安王父子的陵寝在先帝皇陵旁边，就算后来王府出事也没有挪动。容潋跪在墓前，磕了三个头。害他们性命的仇人已经得到应有的报应，庆安王府也重新建起，她终于有勇气来见父兄了。

“钟良不会想到，他最后的保命王牌，会成为自己的催命符。”容潋叹了口气，说道，“世上之事，真是难以预测。”

钟良有一本册子，可他不知道，兰襟也有一本。兰襟在烧毁库房之前，曾记下了慎远坊库房中的存物。

钟良从扬州城贪污的银钱并非不知去向，其实它们都藏在慎远坊专门用来放皇帝赏赐的库房中。都是同样的东西，不会有人起疑，这里对他而言，是最安全的地方

钟良曾是武将，知道有军队在握并不能高枕无忧，还要有钱有权，能买通上下关系，能让人跪伏在他脚下。他妄想着未来的无上权力，为自己铺着后路，可也挖了坟墓。

兰襟所呈的册子里记的钟良贪污金银数目和扬州城一案报上来的相差无几。又有郑元和王遂之佐证烧毁的库房里根本就没有盔甲武器相关的残物，只此一点，便证明钟良所说不实。

“钟良曾找过儿臣，说如果儿臣不救他，他有办法让儿臣的太子之位坐不稳。儿臣虽曾经和钟良走得近，可也知他罪无可赦，请父皇明断！”

此言一出，钟良为了活命陷害太子已经是昭然若揭。

玄武帝早有考量，不希望事态扩大影响大局，便下旨赐死钟良。

“世上之事，其实都有迹可循。”兰襟撩起衣摆，跪在她身边说道，“陛下的这几个儿子，只有太子可堪大用，这一点我看得出，陛下又怎么可能看不出？太子如果没有大的错漏，陛下都会想办法保住他。册子其实只是给陛下一个理由，将太子保下来而已。从一开始，钟良就是必死无疑，只是他人蠢，看不到这一点。”

兰襟挺直脊背，恭恭敬敬地磕头道：“以后我会照顾好容溦。”

他许下诺言，会用一生践行。

两人站起来，徐步往皇陵外走。容溦眨眨眼，说：“我父王倒是好说话，只是我兄长要求很高。你如今无权无钱，空有一副好皮囊，兄长可能舍不得把他的妹妹交给你。”

容溦只是一句调侃，不想兰襟倒是上了心，说道：“钱我倒是不缺，这权……太子殿下已经向陛下禀明重新起用我，不日天机司大概也要重建了。到时候我又是六安侯，想来也能符合兄长的要求。”

“那我得叫修葺王府的人动作快些，赶在你官复原职前搬出去将侯府腾给你。”

“反正之后还要再搬进来，又何必麻烦？”兰襟牵住她的手，在她耳畔暧昧低语：“今夜，你还来找我？嗯？”

容溦耳根子发烫，想了想，居然低低应了一声。兰襟失笑，亲了亲她红透的脸颊。

“世上之事，其实都有迹可循。”他又说了一遍这话，只是添了一句，“譬如我爱着你。”

容溦看着他的温柔眉眼，蓦然间想起在慎远坊第一次仔细看到他时的样子。那时她只觉得这人清冷淡漠，却不想他有一颗比谁都炽热的心，因她而生，因她而动。

世事纷乱，她是光，他越靠近就越觉得温暖，热血就越滚烫。

日落后，是明月夜。

明月千里，当与子同归去。

番外一 红豆相思

钟骞第一次见到容瀲，是在庆安王打了一场胜仗，凯旋回长安后的庆功宴上。

庆安王容见谌，是大越朝堂上下人人敬畏的存在，也是小小的钟骞眼里，“英雄”二字的化身。因为父亲钟良是跟随庆安王的副将，钟骞总能见到庆安王。

“骞儿日后，也要做和王爷一样的英雄。”

庆安王摸着他的头顶，笑得很是慈爱，说道：“骞儿小小年纪就能有如此志气，以后前途不可限量。好，本王就等着你长大，等着你做个小英雄，光明磊落，顶天立地。”

母亲听说了这件事，笑着道了一句：“英雄难过美人关。”那时钟骞不解这是什么意思，直到他遇到了容瀲。

容瀲是女儿家，养在深闺中，要不是正经宴会上，她也不会出来。小小的姑娘穿着粉色的衣裳，娇娇俏俏，将美丽的水仙花都比了下去。她被庆安王带着，大大方方地和来客见礼。

等到钟骞面前时，钟良笑言：“郡主才这么小的年纪就如此知书达理，秀外慧中，末将很是羡慕王爷能有如此女儿，我瞧着郡主和骞儿年纪相仿，日后倒是个玩伴。”

钟良这话有深意，庆安王并未接口，而是拍拍容溦，说道：“溦儿，这是父王的副将钟将军，这个是钟将军的儿子。”

“钟将军的儿子，那就是小钟哥哥了。”容溦歪着头，对他一笑，“小钟哥哥，府里花园中有父王新扎的秋千，你要跟我一起去玩吗？”

少年愣住了。

在少女灿若骄阳的一笑里，他有些失魂落魄。

后来那秋千也没荡成，因为容溦叫他出去，只不过是给自己一个逃离宴会的借口。那时钟骞才知道，这位庆安郡主并不是寻常的深闺小女子，她非常厌恶众人虚情假意地凑在一起，心怀鬼胎地称兄道弟，互问安好。

她出身王府世家，却有一颗炽热的心。那热度感染了对父亲有诸多不满的钟骞，所以当她提出让他保守这个秘密时，钟骞毫不犹豫地答应了下来。

这不仅是她的秘密，也是自己的秘密。

十岁那年，他们拥有了一个共同的秘密。

从那之后，钟良就总让钟骞到庆安王府去，和容溦做伴。

容溦对这个肯为她保密，还会为了她编蹩脚的谎言的小钟哥哥也很亲昵，他们曾一起背着府中的下人钻出狗洞上街上去玩，也曾偷出王府里的藏酒，在晚上猫在花园中学着大人模样对酒当歌。

容溦及笄后，钟良让他去得更勤了。父亲的心思，钟骞一清二楚。

军中前有庆安王南征北战，战功赫赫，后又有镇南大将军横空出世，年少前途无量。钟良虽然跟着庆安王打仗封了个侯爵，但对野心勃勃的父亲而言，这还远远不够。

他想让钟骞娶了容溦，这样庆安王就不仅仅是他的将军，也是他的亲家，更有助于他日后在朝中平步青云。

钟骞心里很排斥父亲这般作为，若是换成其他人，他怎么也不肯违背自己的初心去做这种事情。

可对方是容潋，是他念了多少年，眼睁睁看着她长成自己最爱模样的容潋。

若是容潋，他愿意抛却那些所谓的原则，所谓的初心。有了容潋，他还在乎那些做什么？

他在自己的蚌中发现了一颗珍珠，是他呵护的砂砾所化，那么这颗珍珠就应该是他的，他自私这么一次，不做光明磊落的英雄又何妨？想通了这一点之后的那一夜，钟骞拿着一坛酒，坐在高高的墙上，以石子打破容潋房中的窗纸，将她叫了出来。

“庆祝你及笄。”也庆祝我，未来会有你。

十七岁那年，钟骞喝了最烈的酒，拥有了最绮丽的梦。

梦之所以是梦，是因为它会给人以希望，让你的期待像是水泡一样，无限地胀大，最后“噗”的一下化为乌有。

大越明德十五年，庆安王和世子容勍从威远县回来之后，因中瘴气先后毒发身亡，整个王府的担子都落在了容潋一人身上。

钟骞听到消息要去王府找容潋，却被钟良拦住：“你这个时候去找她也是无济于事，还会让她想起伤心事，倒不如让她冷静冷静你再去。”钟骞犹豫了片刻，终究还是听了钟良的话没有去。

他不知道在那样一个个仿佛看不到天亮的夜里，容潋睁着眼看着花园里的秋千，多么期待那个无时无刻不在的少年突然出现，陪她度过那孤独难熬的夜。

可天亮又天黑，天黑又天亮，她始终没有等来那个少年。

苦难和绝望让人迅速成长，等钟骞终于脱身出现在容潋家中，他惊讶地发现容潋仿佛变了一个人，父兄下葬时她不哭不闹，之后担起王府的担子到处碰壁也不说苦不说累。

那个从前只想着去哪里玩，被父兄捧在掌中的明珠，在这场祸事后，穿上华服，掩住一身的伤痕累累，不再爱笑，时不时眉眼深沉地看着他。仿佛透过他的那双眼，她能看到其他什么东西。

“父亲说，你一个姑娘家撑着一个王府终究太累了，要不要……

我来帮你？”

钟骞刚在科举中中了探花，那一日他耳根红透，和她说着话。容潋翻着下面呈上来的账单，又用那种目光看他良久，说道：“我不觉得累，也不需要帮忙，多谢你的好意了，小钟大人。”

容潋的称呼从“小钟哥哥”换成了“小钟大人”。

钟骞觉得自己做错了什么，他也一直在用自己的方式做着什么去弥补什么，可他不知道容潋在想什么，他不敢问，怕问了伤了她的心，绝了他的念头。可他明显觉得，在他的努力下，他们的距离越来越远。

容潋就像是深山里的迷雾，是他再也看不到，抓不到的。

十九岁那年，钟骞懵懵懂懂地丢了他心爱的姑娘。

后来的那一场大祸，如火一般灼热烫人，迅速席卷整个庆安王府。

刑部在庆安王生前卧房床里的暗格中找到柔然国的山水画，彼时边境一直安静的柔然国突然有异动，局势敏感，忠国公钟良联合几个朝臣上书要求严惩庆安王府。

庆安王府最终被查封，容潋也被贬去了慎远坊。

那夜朝后，钟骞跪在钟良的书房外，腰背挺直，固执又坚持，谁来劝都不肯起。

晨光熹微时，钟良出来见他。钟骞嘴唇苍白干裂，手用力地抓住他的衣摆，哀求道：“父亲，你救救庆安王府，你救救容潋。慎远坊那种地方，她怎么能受得了？”

钟良叹了口气，说道：“这件事怎么可能像你想象中的那么简单，为父和庆安王府是何等的交情，可庆安王府涉嫌私通柔然，为父是大越的臣子，是曾在沙场上效力的将军，就算是我的旧交，我也不能徇私，否则怎么对得起葬身于南疆城的，我大越的无数英魂。”

“既然父亲不愿意救她，那我就陪她一起去慎远坊。”

“为了一个容潋，你居然什么都不想要了？不要大好的仕途，也不要你的父亲母亲了？”钟良握住他的肩膀，将他一下提了起来，实在是恨铁不成钢，怒道，“我怎么生了你这么个没有英雄气概只知道儿女情长的儿子！”

钟骞没说话，只是那双眼不错一下地看着他。钟良了解这个儿子，他认定的事情，就不会轻易改变。

“你若是想救容潋，就要从根源处查起。是谁陷害了庆安王府，查到这些，找到罪魁祸首，你才能真正地救她。否则你这么冒冒失失地求情，只会让陛下对庆安王府更加厌恶。”钟良换了个语气，循循善诱道，“骞儿，要稳住气，为父也会帮你的。”

钟骞抓住最后一丝希望，将自己蓬勃而出的爱意掩藏，眼睁睁地看着容潋去慎远坊，看一座王府坍塌殆尽。他进了刑部，他很努力，努力想要让一切恢复原样。

他想，只要他查清一切，容潋知道他并不是真正的旁观者后一定会原谅他的。到时候他救容潋出慎远坊，他们还是曾经的亲密的朋友，他们还有很长的路要一起走。

当户部尚书苏唯安找刑部的人一起去慎远坊查库房失火案时，钟骞求尚书大人让他去，他迫不及待地想看到容潋，想一解相思之情。

他见到了容潋，她还是和记忆里那样耀眼得仿佛一颗明珠，可她的视线不再为他停留。

她的身边出现了兰襟，作为男人，他一眼就看出了兰襟对容潋的心思。他那么明目张胆，不藏着掖着，当着所有人的面，对容潋道：“要了你，还要脸做什么？”

那一刻，钟骞的脸一瞬间变得苍白。他看着容潋，期盼她出言否认，可她垂着头，终究默认。

“轰”的一声，他感觉整个世界急速远离，周遭的所有都变得模糊不清，他垂着头，杯中酒映出他的眼。他红着眼眶，隐忍着泪。

他知道兰襟有多么可憎可怕，他怀揣着最后一丝希望，像小时候那样，拿一颗石子破开容潋房中的窗纸。

而容潋站在窗边，对他说：“大晚上打破人家窗户，钟大人还是小孩子吗？”他多希望自己还是小孩子，多希望他们还是年少时。她的身边，只有他一个人。

钟骞忍不住出言提醒她不要和兰襟那种人搅和在一起，忍不住将自己私下调查庆安王府之事告诉她，企图让她最后再信他一次，再等他一回。

可她只是说："我啊，早就不信空口无凭的诺言了，那都是空的，是虚的，只有眼前的才是真的。"

其实那时，钟骞犹未死心。他不信兰襟是真的对她好，他坚信兰襟留容潋在身边，带她出慎远坊，都是有目的的。他就一次次地想尽办法追上容潋的脚步，再一次次地看兰襟为了容潋舍下所有。

那一晚，在柔然，兰襟浑身是伤，跪在地上，容潋抱着他，哭得撕心裂肺。

兰襟却笑了，笑得心满意足："能让你为我哭，我这伤也没白受。其实你不知道，我是故意的，我就是故意想让你为我哭。"

兰襟那么强势地闯进容潋的生命里，抓住每时每刻的机会偷窃容潋的心。

而钟骞，优柔寡断，用自认对她好的方式，结果每次都让她伤心。

容潋需要的，不过是个在困境中陪伴她的人，在她已经无比孤独的这世上，一言一行，一颦一笑，都只为她的人。

纵使兰襟做过错事，可也让自己在容潋心里逐渐清晰。而钟骞，慢慢在容潋心里模糊掉，最后消失不见了。

原来，从他在容潋父兄过世后没有去陪她的那一夜开始，容潋就一直往前走，不会再为了他回头了。

她从来不是砂砾，她生来就是珍珠。她不是因他而化，她只是静静地等，等一个愿意用尽一生的每刻时间不停打磨她，让她变得圆润光滑的那个人出现。

那个人，不是他。

二十五岁那年，钟骞在忠孝之间摇摆，最后连自己的本心也丢了。他没做成顶天立地的英雄，也没有了她。他此后每年都藏着一串红豆，却没有送给她。

红豆寄相思，他无情可寄，无人可思。

番外二 云中织梦

方云梦年幼时，照顾她的阿嬷总和她说：“小姐长大了，定要嫁给合心意的郎君，才不负这一生。”

作为雁城望族，方家出过皇妃、出过王妃，给方家带来无限荣耀。方云梦一生下来，就注定要背负起方家嫡女的职责，嫁给一个对方家最有用的夫君，就像嫁给当朝六王爷的长姐那样。

小小的方云梦对阿嬷的话并不是很懂，她像每一个方家的小姐那样学琴棋书画，学礼仪规矩，也学看人眼色，学装模作样。

“我们家囡囡，一定会再给方家带来更多荣耀。”方云梦的父亲方毅对她寄予厚望，待她及笄后，便让六王妃在长安城内替她寻觅合适夫婿人选。方家在雁城虽有威望，但手中没有实权。方毅想让自己两个儿子入朝为官，便要走好每一步路。

“如今淮王颇得圣心，身边既有曾征战沙场的忠国公，又有天机司掌司，令朝中官员闻风丧胆的六安侯兰襟，离太子之位仅一步之遥。其他几位皇子日后在朝中难免会被淮王打压，不是良配。依我看，忠国公家公子钟骞倒很合适。忠国公身有战功，之前与庆安王交好，如今又是淮王的臂膀。他日淮王登基，忠国公辅佐有功，钟骞作为他唯一的儿子，可谓是前途无量。”

六王妃来信提及钟骞，这是方云梦第一次听说这个人。

方毅很是满意：“我之前上京时曾见过这位小钟大人，可谓是一表人才，长安城不知多少姑娘芳心暗许。”

钟骞，钟骞，钟骞……

方云梦在梦中见到一个少年的背影，他骑着马在草原上奔跑，英姿勃发，声音清朗。

“云梦，我等你来找我。”这是一个情窦初开的少女对未来的幻想，也是她想走出当时生活的唯一希望。

她受够了被父亲母亲推来推去，见许多虚伪至极的人，被对方用审视的目光打量，仿佛她是一件待价而沽的货物。年老丧妻的边城藩王，家中妻妾成群的王侯……和他们比，钟骞是她人生最好的归宿。

方毅和六王妃的书信频频，过了这个年，怕是就会和忠国公府上提及此事。除夕家宴上，方云梦一如往昔，乖巧又听话。她安安静静地坐在一旁，为父亲斟酒，为母亲夹菜。

过了这个年，她也许就可以逃出这个牢笼了。

火红的灯笼映着月亮，这么多年，方云梦好像是第一次绽开一抹真心的笑容。不用伪装，只因她心欢喜。

突如其来的一场雪，将佳节的红火热闹蒙上一层白色。

长安城宫墙之内突生哗变，六王伙同禁军首领郑宽，在宫中夜宴上欲谋逆夺权。淮王容境亲自带兵将其羁押，救玄武帝于危急之中。

六王爷的谋逆罪确凿无疑，被押着跪在大殿之上时还在狂笑着说：“与其被皇兄你一直压着苟延残喘地活一辈子，不如我奋力一搏，是成是败，臣弟根本就不在乎，哈哈哈哈……”

他性子孤傲，不允许别人的手了结他自己。六王爷狂笑着撞开前面的护卫，拔出护卫身上佩刀一刀割破自己的喉咙，血溅金殿。消息传到王府中，六王妃不愿受辱，当即自尽。

不过是一夜之间，方家就从满门荣耀的望族，变为阶下囚。六王谋逆，祸及家人。方府一门所有家财充公，仆人被变卖，方家族人尽皆流放。

方毅筹谋多年，一朝付诸东流，他急火攻心一病不起，没有熬到府衙的人来查封方府。

方云梦想，他没见到也好。父亲那样骄傲的人，亲眼看着毕生家业被一点一点拿走，比杀了他还要让他难受。或许是大节下玄武帝心软，他另下旨，让方云梦不必流放千里，而是到长安城郊慎远坊内为奴。

方云梦在一个夜里启程，没有和两个兄长告别，日后道路崎岖，他们都各自难保，倒不如不去告别，就当大家仍在这个方府便好。

慎远坊离长安城咫尺之遥，她常常望着长安城的方向发呆，想象着那里的繁华景象，那里的红墙绿瓦，还有在那里的明亮少年。

只是发呆往往没有多大一会儿就会被打断，屋子的门猛地被踹开。月影下，地上的人影仿佛野兽，张牙舞爪地炫耀着自己的能力。

“哟，趴在窗边是在等谁？是在等哥哥我吗？”领头的人狞笑着抬手勾起她的下巴，望进她怯生生的一双眼。慎远坊中专门关押犯了错的皇亲贵胄、朝中重臣及其子弟。这些人是玩惯了的纨绔子弟，有的到慎远坊也不安分，好不容易等到她这个娇俏的姑娘进来，因惧怕慎远坊律令不敢真的做什么，却时常逗弄逗弄聊以解闷。

方云梦再是不满，也不过是个手无缚鸡之力的女子，她吓得身子发抖。领头人笑得更邪恶，手摩挲着她的下巴，道：“庆安王府的郡主刚进来，她可是长安城一枝花，多少人思慕的绝色，等明夜就轮不上你给爷们解闷了。”

她瑟缩着往后躲，门“嘭”的一下被人踹开了。

“择日不如撞日，何必要等明夜？”

来人穿着慎远坊破旧的衣衫仍是遮不住一身的芳华，她似是刚躺下，满头青丝披散在身后，像是夜间出没的妖灵。

“这不是郡主嘛，我见郡主往日那般清高，不承想郡主也是个放荡惯了的人。”领头的人一见容潋出现，立马将方云梦放开，转身去抓人。容潋轻巧地躲开，纤腰一转进了屋，挡在了方云梦的身前。

她微微侧头，问："你没事吧？"

方云梦一怔，随后摇头道："我没事……他们、他们很坏，你不要因为我卷进来，你快走吧！"

"坏？"容潋勾唇笑道，"再坏的人我也见得多了。"她一步步往那人身前走，手臂一下勾住领头人的脖子，娇媚地一笑，那人顿时眼睛都直了。下一刻，一把匕首抵住他的腰腹，顺着往下轻轻滑动。

"你既也思慕本郡主，应该也听说过本郡主曾挖过几个胆敢多看我一眼的狂徒的眼睛。即使我如今人在慎远坊，可要动你还是绰绰有余，想不想试试？"

屋中的人吓得噤声，容潋眸子一眯，怒道："滚！"

"走走走……"

几人飞也似的跑了，容潋拿起匕首在月光下转了转，方云梦才发现这匕首居然是木头的。

"临时弄了一把，吓唬吓唬人的。"容潋将木头匕首收起，替她将衣襟掩住，说道，"我一直想要个妹妹，可惜没能如愿，你年纪比我小，以后就做我妹妹好了。有我在，往后没人敢再欺负你。"

方云梦红着眼点点头，这是她颠沛流离这一年来，第一次感觉到了人世间的温暖。

后来有很多次，方云梦都在想，如果在两个月后没有兰襟的出现让她抱有希望，如果不是后来钟骞在夜里拿石子敲中她的窗，她会不会真的能和容潋做朋友。方云梦不知道答案，只能按照自己的想法向前走。

边境动荡不安，她两个兄长皆被流放在那附近，她想要让她的亲人活下来。

天机司掌司，六安侯兰襟，这个长姐信件中曾提到过的人，因罪被贬到慎远坊中。他心机深沉、手段高明，朝上朝下皆畏惧他三分。

方云梦所想，不过是将她的两个兄长调离南境附近便好。若是兰襟能够对她倾心，她相信以兰襟从前的势力，办这一点点小事还是不在话下的。

她从小耳濡目染的，是怎么察言观色。

兰襟这样心机深重的人，若是明晃晃地靠近，他就会早早竖起防线。她要寻隙渗入他的生活，再留一些蛛丝马迹，让他在几经查证中知道她的心意。

可兰襟始终拒她于千里之外，方云梦不知道问题出在哪里，直到她发现兰襟在一日夜里进了容潋的房。

容潋那样和兰襟作对，恨不得让全世界都知道她在勾引他，兰襟这样聪明的人却心甘情愿地往容潋的陷阱里掉。如果不是另有所求，就是思慕已久。

方云梦知道自己留不住兰襟，可为了兄长，她也不得不继续做戏，哪怕只有一点点希望也要坚持。

慎远坊的一把火，烧掉了存粮食的库房。户部尚书亲自押送粮草到慎远坊，除此之外，还带了刑部的官员核实起火原因。

来的刑部官员，是刑部主事钟骞。

钟骞，钟骞，钟骞……

这个名字让她想起了太多她从前做的似真似幻的梦，在每一个梦境里，他都只有一个背影，一张模糊的脸。她曾在梦里和他一起赏月听风，一起登高望远，一起在檐下躲雨……她没见他，已经和他经历过太多。

方云梦像以前那样趴在窗边，放空自己。

“啪”的一声，一枚石子穿过窗纸，脆生生地落在地上。

窗下一个男声懊恼地嘟囔道：“好多年不扔了，还扔错了。”她心念一动，顺着那个小小的洞口看向外面。

明月夜，虬枝之下站着一个人。他侧对着她，背影熟悉又陌生。蓦然间，容潋的门推开了，说道：“大晚上打破人家窗户，钟大人还是小孩子吗？”

钟大人，钟骞，钟大人。

钟骞迎上去，他的脸在方云梦眼底呈现。她梦中所见的那个人，终于有了清晰的脸。隔着一层薄薄的窗纸，她抬手，遥遥地描绘着他的轮廓。

美梦还会有吗？还会吧！

现实无奈，世事可悲，她躲避在编织的梦里，沉醉其间。数年一闪而逝，他啊，依旧在她的梦里。

当哥哥们都不在人世，撑着她活下去的信念也没有了。她就生了贪心，生了执念，想让美梦成真。

如果容潋不在，她和钟骞是不是就还有机会？

当那匕首穿透她的胸口，闷闷的疼痛席卷而来时，她才知道她错了。她远远地看着他的脸，眼前渐渐地模糊，模糊的他和在她梦中时一样。

——你不知道，我一直在看着你。

——你不知道，我一直在梦里陪伴你。

你什么都不知道……真好。

终于，我终于可以把这个长长的梦一直做下去了。

再也不要醒来。

番外三 风月有关

大越庆昭二年，新帝下旨准许女子参加科考，入仕为官。

这一年，南疆城城主焦诩因病“去世”，到南疆城多年，为南境周边的和平鞠躬尽瘁的太守霍准请旨返回长安城，一起带回来的还有自己的新婚夫人。两人一到长安城，便去了六安侯府拜会。

容境自登基后器重天机司，这几日兰襟事忙，府中就只有容溦和两个孩子在。

兰襟与容溦成婚的第二年，容溦生了大儿子兰铮，又过了三年，诞下小儿子兰封。两个小郎君的性情都活泼，追着打着满院子跑。

容溦也不管，只让嬷嬷们在远处看着，别磕了碰了就好。

“小公子们倒是像郡主多些。”焦诩眼睛盯着满院子跑的娃娃们，眼神中不无羡慕。

容溦这是第一次看见焦诩穿女装，倒是位俏佳人，她这才后知后觉地明白霍准千里迢迢又去南疆城受罪到底是为哪般了。

焦诩自小在南疆长大，长安城无人认识她，因此霍准才能堂而皇之给她换个身份带回长安。等着日后女子恩科一开，焦诩再去参加考试，入朝为官，便可实现自己的抱负。

这是霍准离开南疆之前，兰襟答应他的条件。

扬州城之案一旦有需要，霍准要向朝廷要银子，来逼方文案狗急跳墙。眼下容潋也感叹，没想到霍准看着那么不着调，倒也是个用情至深的人。

“太医院的章太医擅长妇科千金良方，等明日，我请他过来给你看看。”

焦诩身子寒，成婚至今肚子也没什么动静。她从前女扮男装，想的只有怎样守住南疆城，从来没有想过要嫁人。即使是霍准在她身边的那段时间，她心里倾慕于他，也不敢动这样的念头。

她那时四处奔波，不注意身体，而今嫁了人才晓得从前实在是胡来。

“多谢郡主。”

“这侯府真是好，我什么时候能在长安城混到个这样的府邸，也算是今生没白活。”霍准在侯府绕了一圈，晃晃悠悠从廊下穿出来，手里还拿着一枝荷花。

容潋调侃道：“凭你的三寸不烂之舌，骗也能骗一个。”

霍准坐到焦诩身边，小曼上了一碗新茶，他灌了几口，才摇摇头道：“今时不同往日，我可是有家之人，这要是再去骗人，夫人都能把我小腿折断，划不来的。”

焦诩恨恨地瞪了他一眼，霍准觍着脸笑眯眯的，焦诩也拿他没办法。

“娘亲，娘亲，哥哥欺负我。”

“娘亲，是弟弟先欺负人的。”

兰家兄弟一前一后跑过来，边跑边带着哭腔地喊，齐齐往容潋身上扑，双手一抹就哭起来。容潋被闹得头疼，急忙去喊小曼：“杏仁甜酪好了吗？端两碗过来。”

一听杏仁甜酪，两兄弟的眼睛都亮了。兰襟是严父，他在府中不许兰铮和兰封多吃这些甜食，兄弟两个就趁着兰襟不在来缠磨容潋。

得了甜酪，兄弟俩又恢复如初，手牵手地跟着小曼姐姐去了。

霍准在桌下扯了扯焦诩的手，用两个人能听到的声音小声说：“看，多个孩子多个索命的，如今小羽毛和我都不用操这个心，多好。”

焦诩知道他是想宽慰自己，可心底里还是想给喜欢的人生一个孩子。

霍准从前在长安也有住处，夫妻两个又坐了一会儿便回去了。夏日午后人懒洋洋的犯困，容溆回了卧房小憩，两个调皮的儿子在外面仍叽叽喳喳地闹个不停，一刻也不闲着。

容溆叹了口气，反正也睡不好，她索性翻了个身坐起，打算去看看那两个调皮鬼究竟在做些什么。她还没走出卧房，外面突然安静下来。能制住这两个小鬼的，也只有侯府的阎王了。

容溆嫣然一笑，放轻脚步往外走，廊下果然见着一身绛紫官服，负手而立的兰襟。他只一个有些冷的眼神丢过去，两个混世小魔王便立刻站得直直的，低着头不敢说话。

每当这时，容溆就自觉做娘十分失败，只会被这兄弟两个牵着鼻子走，根本制不住他们。

“手伸出来！”

兰铮和兰封浑身打了个哆嗦，颤巍巍地将手伸出来。兰襟拿着戒尺，狠狠地抽下去，容溆顿时笑不出来，整颗心都揪在一起，疼得不行。

“别打了！”容溆疾步跑过去，将两个儿子护在身后。兄弟两个看靠山来了，立时可怜地抽泣起来，容溆心更软了，恨不得将两个儿子抱在怀里。

她直直地看向兰襟，说道：“别再打了，不过是小孩子家玩闹，何必动这么大气，你这一下抽下去，他们得疼好些日子。”

“不疼怎么能长记性？”

“我不管，反正不许再打了。”容溆眼角泛红，兰襟的气势顿减。

但在孩子面前如此低头不免失了父亲风范，兰襟敛起眉眼，拂袖而去，到晚饭时也没有回来。

容溆也从来没想到过，她和兰襟经历了那么多风风雨雨，却在教孩子的问题上矛盾重重，争吵不休。当然是她单方面地吵，每次她眼圈一红，兰襟立刻就举手投降。

等到圆月挂树梢，兰襟还没有回来，容潋坐不住了。

在侯府内部，六合早就尽数靠向容潋，她刚一出门，随月生就把兰襟的方位报给了她。南宫意陪同，褚乘风驾车，浩浩荡荡去找人。

“他在这儿？”马车停下，容潋看着庆安王府的后门一时出神。先帝下令修葺王府不出三个月，她与兰襟成婚仍住在侯府，这王府的修葺工作便停了下来。

随月生肯定地点头，答道：“侯爷就在里面，小意，你带夫人进去。”南宫意下车，环住容潋的腰身一个飞身跃上高墙。

月光皎洁，院中的景致尽展于眼底。兰襟坐在那架秋千上，轻轻地前后摇荡，静默出神。昔年，他就像她如今看着他这样，一直注视着她。

“既然来了就下来。”兰襟开口道，默了默又道，“还是我来吧！”

他起身往墙边走，南宫意小声说：“夫人，我先走了。”

说完，她直接跳了出去。兰襟已经走到墙边，好整以暇地看着爬墙的容潋。她脸颊微红，轻咳一声，说：“看着我做什么，还不快把我弄下去。”

兰襟轻笑，双臂张开朝向她，容潋往下一跳，被他抱了个满怀。

兰襟颠了颠她，抱着走回去，将她放在秋千上，说道：“我曾想象许多次在这儿推着你荡秋千，不曾想到今日才算实现。”

容潋双手抓着绳子，想到他今日连晚饭都没回去吃，不免要刺他一句：“这个秋千是从前钟骞扎的。”

“那个我早就拆了，这个是我亲手扎的。”

容潋心道，真不愧是兰襟。

兰襟轻轻笑，双手自后面捧住她的脸颊，微微向上抬，从身后压下来，在她柔软的唇上亲了又亲才稍稍满意，轻轻地推着她，一下，又一下。

“你怎么到这儿来了？”

“每次因为铮儿封儿你与我生气，我便会到这儿来。我无父无母，从小也没有感受过什么亲情，你不一样，你得到又失去，自然会更加在意，也更加宠溺孩子。”兰襟说，“这些我都懂，只是作为男孩子不能一味纵容娇惯，不然以后总要闯祸。”

他平日那般忙碌，还要分心这么设身处地为她想这些小事，容潋有些愧疚，说：“那，那你也不能总那么严厉，瞧瞧铮儿的手，你那一下，他整个手心都肿起来了。”

兰襟应道：“下次我会轻些。”

解决完这一次小小的矛盾，容潋心情舒畅了，指挥着兰襟说：“往高处推一推。”

“坐稳些。”兰襟微用了些力气，秋千随着荡起来。

她的裙摆飘飘荡荡，在他心中，仿佛从明德十五年，一直荡到如今。

他将她放在心上，也有十五年了。

他会继续疼她，爱她。

朝朝暮暮，岁岁年年。

后记
我亦有轻光

很任性又很固执，在古言市场不好的情况下我又写了一本古代言情，虽然名字和《将军恰恰甜》有一点儿像，但是内容风格真的是千差万别。

有一段时间我翻出来看，都觉得不像是一个人写的。

《将军恰恰甜》的行文还是草率了一点儿，但是我真的永远爱它，爱沈婳谢湛，爱武安侯府七子，他们永远是我的心头爱。

说回眼前这本书，其实一开始男女主的雏形，源于我和编辑冬菇对一款游戏的讨论，我没有写过兰襟这样的男主，也没有写过容潋这样的女主，两个没有写过的角色碰撞在一起，带给我一段艰难又难忘的旅程。

写到十五万字左右的时候，在一个大雨的深夜，我敲下这篇《后记》。距离我第一次写这本书，已经过去八九个月的时间。

对于出版书而言，八九个月的创作期实在是过于漫长，而拖的原因一是因为身体，二则是对这本书的把控。我觉得每一本书，都应该有它存在的意义，有它表达的思想，可是我写了十万字，还是想不到我想表达的是什么。

单单是兰襟和容潋之间的相爱相杀？是苏唯安和兰襟之间猫与老

鼠的游戏？是朝斗，是宫斗，抑或者是其他什么的。我陷入了迷茫倦怠期，文档的字数一度停滞不前。直到我跳开兰襟和容潋这条感情线，去写了有关方云梦的番外。

方云梦这个角色出现的频次并不高，在前期也不算讨喜，她就像是每本小说里都会有的恶毒女配标配——身世凄惨、女主闺密、接近男主、盛世白莲。我写下她的番外章节名“云中织梦”四个字后，这个人物在我眼前立马鲜活起来。

她不是标准的恶毒女配，她有自己的美梦，也有自己的坚持。

对方云梦而言，“钟骞”这两个字，就让她做梦做了好多年。其实这个名字如果换成“刘骞”“马骞”，等等，都是一样的。方云梦迷恋并且追逐的，是她在凄苦尘世里给自己造的心上人。他无时无刻不在陪伴她，不在照顾她。

前路黑暗混沌，他是她的光。

就是这一点，让我明白了这本书的灵魂。

容潋是兰襟的光，是他浴血沙场，身受重伤时的精神支撑。她是他在朝堂诡谲里独行，不怕欲望侵蚀的初心。

兰襟是六合所有人的光，是将他们从地狱里拯救出来的天神，是让他们得以存活得以实现价值的引路人。

兰襟也曾是容境的光，是与他相伴走上高位甘苦与共的人，是分道扬镳后还能把酒言欢的人。

……

每个人都有属于他自己的光，因为有了光，才会有美好存在。

这就是这本书里，我想传达给大家的东西。

我想有那么长时间我都没有发觉这一点，是因为在这段寂寞的旅途里我丢失了自己的光。在《郡主微微甜》签约两个月左右的时候，我得了焦虑症，我还是第一次知道精神类的疾病会让身体那么难受，浑身上下的每一个部位都不听我的使唤，我长时间地躺在床上，没有一丝力气。

每天夜里，我睁着眼睛到天亮，不困，但什么也不想干。世界被冰封，思想停滞，那时候别说是书，我连我自己第二天会是什么样都不知道。

好在，在家人和朋友的陪伴下，我渐渐地走出了那段难熬的岁月。

身体和思维都慢慢恢复后，我参加了工作，也在试着写作上的转型，疲乏的时候，就去找一件平淡生活中的小美好让自己尝一口甜。

比如，在暴雨倾盆的路上，买到了平时大排长龙今天店里却没人的烤鸡；比如，和爸妈视频通话时，突然看到窜上来的狗狗的可爱脸；比如，买到了一件好看的裙子，一对漂亮百搭的耳钉……我学着和自己和解，也学着犒劳自己。

我也学着去发现，写作的意义。

这是之前困扰我很久的问题，也是引发我焦虑症的原因之一。我不断地否定自己，厌恶自己，我想放弃又不甘心，我想继续但又自卑。

我丢了我的光，我好像再也找不到它了。

直到有一天，我发了一条微博："还是不够努力，所以配不上幸运，以后要更努力，努力让幸运追着我走。"

有个读者在下面评论："那我要和你一起走。"

那一刻，我好像找到我要继续下去的理由，找到我的光了。

就为了这很纯粹又很珍贵的喜欢，为了这很奇妙又可爱的陪伴，努力写下去。

写出好的故事，写给他们看。

也许有一天不再写了，那我也能很骄傲地说一句：我用心了，我没有辜负作为一个作者的自己。

谢谢你们，来看我写故事。

希望每一个人，都不会弄丢属于自己的光。

萧四娘

2019 年 7 月写于大雨夜里